Henkersmahlzit

14. 1. 10

Für Pia Ramsier

Gute Fahrt bi

Wien

Pit Heß

PETER HÖNER

# WIENER WALZER

## MORD IM EURONIGHT 467

Limmat Verlag
Zürich

*Im Internet*
Informationen zu Autorinnen und Autoren
Materialien zu Büchern
Hinweise auf Veranstaltungen
Schreiben Sie uns Ihre Meinung zu diesem Buch
*www.limmatverlag.ch*

Umschlagfoto von Lea Pfister
Umschlaggestaltung von Sonja Schenk

© 2003 by Limmat Verlag, Zürich
ISBN 3 85791 433 5

«‹Der Mörder›, sagte Monsieur Bouc mit feierlichem Ernst, ‹ist unter uns – er sitzt hier in diesem Zug.›»

Agatha Christie

Mettler drehte den Verschluss auf und kippte den Cognac auf den Rest Whisky.

Nacht für Nacht stand er am Fenster seines Hotelzimmers und trank. Bier, Wein, Sekt, dann die Schnäpse, die gesamte Minibar. Frierend starrte er auf die fensterlose Fassade des Nachbarhauses und drängte seine Beine gegen den Heizkörper. Aber immer war die Heizung schon ausgegangen, und wenn er das Ventil aufdrehte, so kullerten nur ein paar Luftblasen in den Rohren, wärmer wurde es nie.

Er war viel zu leicht angezogen. Doch kurz vor Frühlingsbeginn hatte er keine Lust, sich eine Wintergarderobe anzuschaffen, er war froh, dass seine gesamte Habe in einem Koffer Platz hatte. Ein halbes Dutzend Hemden, zwei Sommerhosen, Wäsche. Eine Mappe mit Dokumenten und ein Karton voller Fotos. Das war alles, was er aus Afrika nach Hause brachte.

Nach Hause? War er vielleicht hier daheim? Hier, wo ihm alles fremd geworden war, er niemanden mehr kannte, niemand auf ihn wartete?

Er hatte Alice versprochen, zu Ali zu fahren. Zu zweit sei alles leichter, und er werde sehen, wie bald er in sein früheres Leben zurückfinde. Sie sei seine afrikanische Episode, und er müsse sie vergessen. Er wehrte sich und fluchte, während sie zerfiel und von Anfall zu Anfall schwächer wurde. Jahrelang hatten sie diese Pillen geschluckt, aber ausgerechnet sie musste von einer Mücke gestochen werden, deren Malariaerreger gegen sämtliche Mittel resistent war.

Er reiste mit der Urne nach Lamu, um sie im Hof ihres Hauses beizusetzen. Das war vor sieben Monaten. Er hatte seine Projektleiterstelle gekündigt und den Hausstand aufgelöst. Er vegetierte dahin, begann zu trinken. Warum er sich schließlich aufraffte und nach Zürich flog, wusste er auch nicht mehr.

Bis vor kurzem hatte Ali in Zürich gelebt und in einer Bar gearbeitet. In der Stadt fand er nur noch Alis geschiedene Frau Christina. Er sei nach Wien gezogen, eine neue Stelle. Eine neue Freundin. Immerhin wusste sie seine Adresse. Pension «Alsergrund».

Nun musste er, wenn er sein Versprechen einlösen wollte, auch noch nach Wien. Um Vater und Sohn zu spielen. Als ob Ali ihn je als Vater akzeptiert hätte. Über Jahre wussten sie nichts voneinander, und als sie sich schließlich kennen lernten, war der Junge längst erwachsen. Um doch noch so etwas wie Verantwortung zu übernehmen, hatte er Ali eine Ausbildung finanziert. Alice und er schickten ihren Sohn an die Hotelfachschule in Luzern, hofften, dass er später einmal ihr Hotel in Lamu übernehmen würde, doch Ali hatte andere Pläne, und von seinem Vater ließ er sich schon gar nichts sagen.

Der Heizkörper war ja kälter als seine Beine, und der Schnaps taugte auch nichts. Er zog die Vorhänge zu und schaltete den Fernseher ein. In der Minibar waren noch ein Wodka und zwei Underberg, er schüttete alles zusammen und setzte sich aufs Bett, dann langte er nach einem Stapel Fotos, die auf dem Nachttisch lagen.

Alice und Ali vor dem «Rafiki Beach Hotel».

Ali mit Sombrero: der Eisverkäufer.

Alice auf der Terrasse ihres Hotels.

Die beiden vor seiner Piper Cup.

Die Hoteldirektorin. – Da waren sie schon verheiratet.

Alice und er vor dem Rundhaus ihrer Baumschule in Tansania.

Aus Wien kündigte eine rothaarige Moderatorin ihre Show an. Groß, schlank und mit langen Haaren entsprach sie wohl dem üblichen Schönheitsideal. Ihre Munterkeit freilich passte schlecht zur nachtschlafenden Stunde. Sie kam eine Treppe herunter, schwebte in Wolken, vervielfachte sich und warf ihren Gästen oder den Zuschauern daheim – bald in ein Lumpenkostüm gewickelt, dann wieder in einem roten Minirock – Kaskaden von Kusshänden zu. Schließlich landete sie in einem rosafarbenen Ledersessel und fing mit der eigentlichen Sendung an. Sie begrüßte eine weiß gepuderte Dame mit strohblonden Haaren, die sie als die älteste Wahrsagerin der Schweiz vorstellte.

Warum die Frau in einem weißen Spitzenkleid auftrat, als sei sie eine Braut, konnte er sich allerdings nicht erklären. Doch daran, dass er nicht verstand, was er sah, hatte er sich in den vergangenen Tagen längst gewöhnt. Jeder Werbespot war eine Denksportaufgabe, und vor den meisten kapitulierte er.

Das Publikum klatschte und johlte, und die Moderatorin, die in ihrem Plastikrock neben dem Tüll, den Rüschen und Bändern wie nackt dastand, lächelte so milde und andächtig, als habe sie dem Wiener Studiopublikum gerade eine neue Mutter Theresa vorgestellt.

In welchem Mief war er denn da gelandet? Er legte die Fotos zurück auf den Nachttisch und ging ins Bad.

Er war wieder da, von wo er geflohen war, er war wieder in der Schweiz, doch die Vorstellung, er könnte seine alte Arbeit wieder aufnehmen, war schlicht undenkbar.

«Büro Lux, Beobachtungen und Ermittlungen aller Art. Wir liefern die Fakten, die Ihnen fehlen. Diskret, modern, Tag und Nacht.»

Woher hatte er nur diesen blödsinnigen Sprüche? «Diskret, modern, Tag und Nacht.» Was hieß denn das? Was hatte das mit seiner Arbeit zu tun?

Eifersüchtige Ehepartner wollten Beweise für Seitensprünge, missgünstige Angehörige glaubten sich von einer lustigen Witwe um ihr Erbe betrogen, und ängstliche Eltern vermuteten, ihre Kinder würden Drogen nehmen. Er stellte Ladendiebe, versteckte sich mit einem Fotoapparat in staubigen Büschen, fuhr in einem alten BMW hinter dem Ford Fiesta einer Hausfrau her und ärgerte sich über alle, die ihn kaufen konnten. Tag und Nacht.

Doch womit sollte er seinen Unterhalt verdienen, wovon sollte er leben, wenn seine Ersparnisse einmal aufgebraucht sein würden? In Afrika war es leicht, seinen Beruf als Hobby zu betreiben. Zusammen mit seinem Freund, Kommissar Tetu.

Leicht? – Tetu saß immer noch im Gefängnis, und er hatte sein Hotel verloren, in dem sein ganzes Geld gesteckt hatte. Nein, leicht war das nie, und hier schon gar nicht. Wenn er denn als Detektiv überhaupt noch zu gebrauchen war.

Wütend drehte er den Heißwasserhahn ab und stand unter der Brause, bis er es nicht mehr aushielt. Nüchtern wurde er nicht.

Polizeiarbeit, das war ein Fluch. Sie verfolgte ihn, wohin er sich auch flüchtete, irgendwann holte sie ihn immer ein. Dabei wusste er nicht einmal, ob er ein so guter Detektiv war, wie Alice geglaubt hatte, dass er einer gewesen sei.

Im Fernsehen hatte die Moderatorin mittlerweile sieben Paare um ihren Sessel versammelt. Sie sprachen über das verflixte siebte Jahr. Zwei Frauen, deren Gesichter immer wieder den ganzen Bildschirm füllten, rannen bereits schwarze Schlieren ihrer Schminke über die Wangen.

Mettler setzte sich auf die Bettkante und zappte durch die Programme. Obwohl es morgens um drei war, fand er an die zwanzig verschiedene Sender, von denen er noch nie etwas gehört hatte. Nachrichten aus Arizona, Sport, ein alter Streifen mit Gary Grant, Telenovelas, Musikclips, Softpornos und weitere Talkshows und Quizsendungen, schließlich landete er wieder bei der Roten in Wien.

Ein fetter Jüngling mit wirrem Haar und Pickeln im Gesicht bat eine Petra um Verzeihung. Er stotterte und heulte, bis die Rote von Petra wissen wollte, ob sie sich auf Grund der so sichtbaren Reue vorstellen könnte, ihre Beziehung wieder aufzunehmen. Die Kamera schwenkte auf eine versteinerte Frau mit blassblauen Backen, die sich in eisiges Schweigen hüllte, um gleich darauf wieder den Mann ins Bild zu holen, der von seinem Stuhl rutschte und sich nun heulend vor Petra auf dem Boden wand.

Die Rote sagte leise, fast flüsternd und doch mit einem Timbre, das wohl ihre eigene Bewegung verraten sollte: «Siehst du das, Petra? Siehst du das. Das tut er für dich.» Worauf die Blassblaue erst zu flüchten versuchte und dann zusammenbrach. Sie schluchzte, der Dicke warf sich in ihren Schoss, das Publikum klatschte, und die Rote lächelte.

Mettler kippte den den ganzen Wodka-Underberg und sank ins Bett. Sein Kopf knallte gegen die Bettkonsole, Sterne kreisten. Alice und Ali, Zürich, Wien und hinter dem Fernseher grinste der Belgier Poirot, der jeden Fall klärte, Tag und Nacht und mit geschlossenen Augen.

Ein grimmiger Bursche, der seine Arme über der Brust verschränkte und trotzig zu Boden starrte, wurde nun von der Moderatorin gefragt, ob er selber sagen wolle, warum er hier sei. Der Mann nickte unbestimmt, und die Rote erzählte.

«Vor sieben Jahren waren Sie für mehrere Wochen in Afrika. Sie haben sich verliebt. In eine junge Afrikanerin.»

«Nicht vor sieben, vor dreißig Jahren!», protestierte Mettler und stieß die Faust gegen den Fernseher. «Ich war in Afrika.»

«Sie waren ganz schön heiß», sagte die Rote und lächelte gefährlich. «Sie liebten sich am Strand, auf Dachzinnen, im Hotel; aber dann, eines schönen Tages, sind Sie abgehauen. Einfach so, ohne sich zu verabschieden. – Was ums Himmels willen haben Sie sich denn dabei gedacht?»

Mettler biss die Zähne aufeinander. Er kannte den Feigling. Schiss hatte er, weil er werden wollte wie Poirot. Ein verdammter Schnüffler. «Polizeischule, Büro Lux!», schrie er, «In einem alten BMW hinter Frauen her.»

«Sie glauben mir nicht», sagte die Rote sanft. «Und es ist auch ein kleines Wunder, dass es uns gelungen ist, Eliza und den kleinen Ibrahim zu finden und zu uns, hierher ins Studio zu bringen.»

Mettler presste die Fäuste in die Augen. Aus schwarzroten Nebeln tauchten Alice und Ibrahim auf. Das «Rafiki Beach Hotel». – Eliza? Er kannte keine Eliza.

Im Fernseher starrte der Mann die Moderatorin an, als habe er eine Wahnsinnige vor sich. «Sollen wir sie bitten hereinzukommen?», schnurrte die Rote und schwang einen Arm über ihren Kopf, warf die Hand in die Luft und schnippte mit dem Finger. – Musik brauste auf, in der Tiefe des Studios wurde eine Türe geöffnet, Schwaden von Trockeneis dampften. Eine Assistentin führte eine junge Frau und einen kleinen Jungen herein, und das Publikum tobte. Die Rote ging den beiden entgegen, umarmte die Frau und führte sie in die Mitte der Bühne.

«Eliza und Ibrahim.»

Mettler schoss hoch und starrte auf das Paar. Alice und Ali. Was quatschte die Rote da? Das waren Alice und Ali. Sie waren hier, sie waren in Wien, und er war besoffen. Seine Augen füllten sich mit Tränen.

Später, nachdem jemand mehrmals an seine Türe geklopft hatte, ging es ihm schon wieder etwas besser.

## GLEIS 12
## ZÜRICH HB

Vor der Tür des doppelstöckigen Schlafwagens stauten sich die Reisenden. Eine hagere Schaffnerin blätterte in Listen, verglich ihre Eintragungen mit den Reservationen der Passagiere und dirigierte sie von einem Wagen zum andern. Irgendwo in der langen Kette vom Bahnschalter bis zur Abfahrt des Zuges war es zu einer Panne gekommen, die Buchungen stimmten nicht mehr mit den Reservationen überein. Die Frau kritzelte neue Nummern auf die Fahrscheine und lächelte, blieb freundlich, obwohl in den Stimmen der Reisenden immer gehässigere Töne mitschwangen.

«Schwendimann. Zwei Erwachsene, ein Kind. Wir haben eine Reservation für ein Viererabteil», drängte ein junger Vater einen Sikh und dessen Frau beiseite, die, vielleicht ein bisschen umständlich, ihre Gepäckstücke in den Schlafwagen schafften.

«Wir haben Anspruch auf ein großes Abteil», sagte er streitsüchtig, und seine abstehenden Ohren glühten. Vielleicht auch nur deshalb, weil das Kleinkind, das in einem rucksackartigen Tragegestell auf seinem Rücken auf und ab hopste, daran herumgezerrt hatte, bis sie ihm wie zwei rote Bügel aus dem Haar stachen. Die Mutter, eine Frau mit eigenartig wirren Haaren (Zipfel standen wie Federbüsche vom Kopf ab und einzelne Strähnen fielen aus dem nachlässig gewundenen Haarkranz), stand daneben und vertrat sich die Beine.

«Wir haben ein Recht darauf, verstehen Sie. Ich habe mir das noch gestern bestätigen lassen. Reserviert haben wir schon vor einem Monat.»

«Das haben wir auch», mischte sich ein kantiger Mann mit einem fleckigen Gesicht ein und versuchte, der Schaffnerin über die Schultern zu schauen. Er hatte eine Frau im Arm, umklammerte ihre Taille und zog und schob sie mit sich herum, als hätte er Angst, sie könnte ihm davonlaufen.

«Bitte, meine Herrschaften, bitte. Ich tue, was ich kann», wehrte sich die Schaffnerin. «Ich kann Ihnen versichern: Es sind genügend Plätze da. Aber ich habe hier nur Ihre neuen Platznummern, für weitere Fragen wenden Sie sich bitte an den Schlafwagenschaffner. Ich habe schließlich auch noch den Liegewagen.»

«Wir wollen eines der Viererabteile. Diese Oberstock- und Unterstockkabinen, glauben Sie vielleicht, wir wüssten nicht, wie eng die sind.»

«Familie Schwendimann? Nun lassen Sie mich doch erst einmal nachschauen! – Na bitte, hier! Sie sind in einem Vierer.»

«Wenn man sich nicht wehrt», sagte der Mann und drehte sich triumphierend nach seiner Frau um.

Mettler stand in der Traube der Reisenden, seinen Koffer zwischen die Beine geklemmt, und wartete, bis die Leute vor ihm abgefertigt wurden. Er fuhr nach Wien. Mit dem Nachtzug.

Seine letzten Stunden in Zürich hatte er damit verbracht, durch die Stadt zu schlendern wie ein Tourist.

Der See war so blau, und die Berge so nah; er schaute allen Frauen nach und freute sich, wie sie durch die Straßen flanierten, als ob sie nichts anderes zu tun hätten, als zu beweisen, wie gut sie die kalten Monate überstanden hatten. Später ließ er sich von einer Schuhverkäuferin viel zu elegante Schuhe aufschwatzen, italienische Slipper, die ihn nun zwickten und drückten.

Mit der Dunkelheit schlich die Kälte in die Stadt zurück, und weil er in seinem Sommerjackett (obwohl er es mit einem dunkelgrünen Wollschal ausstopfte), zu frieren begann, brach er – viel zu früh – zum Bahnhof auf.

Die Halle war renoviert worden. Man hatte das hässliche Kino herausgerissen und stattdessen einen vollbusigen Engel unter die Decke gehängt. Der Industriedom war zwar immer noch düster, aber großzügig, ein Hauch von Großstadt, der ihm gefiel, und er wunderte sich, warum er den Bahnhof nicht schon früher entdeckt hatte. Wahrscheinlich weil er einer Szene nachhing, die ihren Charme längst verloren hatte. Oder hatte ihm seine Trauer den Blick vernebelt und seine Neugier erstickt?

Auf einer mächtigen Leinwand lief eine Frau mit wippenden Brüsten hinter einem Ball her. Ein Mann stoppte das Leder, das Zifferblatt einer Uhr wurde eingeblendet, die Frau strahlte, die beiden umarmten sich, dann lief sie wieder.

Werbung. Aber wofür? Er starrte fasziniert auf die Leinwand, bewunderte die Brillanz der Aufnahmen und verstand doch nichts.

Leicht verwirrt steuerte er die Zeile der Bahnhofsbazare an. Reiseproviant brauchte er keinen, schon gar keinen Alkohol, aber vielleicht war es ja von Vorteil, wenn er sich für die lange Nacht im Zug mit Lesestoff versorgte. Er stöberte im Taschenbuchständer nach einem Krimi. «Mord im Orientexpress». Er kannte den Roman. Und den Film. Aber fuhr er nicht in den Orient? War das nicht die ideale Lektüre, um alte Berufswünsche zu beleben? Oder ein für alle Male und endgültig zu begraben?

Neben den Büchern lag die Masse der Blätter und Zeitschriften; Autorevuen und Computermagazine, glanzlackierte Busen, Prominente auf ihren Yachten, Rosenzüchter, Pferdehalter, Fußballer, Weintrinker und mittendrin: der Kopf der Roten.

«Dorin Wolf, die Moderatorin von ‹Blick ins Herz›». Das Titelblatt der «Privat».

«Kann ich Ihre Billette sehen?», erkundigte sich die Schaffnerin, wahrscheinlich um der japanischen Reisegruppe zu entgehen, die sich erwartungsvoll um sie versammelte. Er reichte ihr seine Fahrkarten, sie warf einen kurzen Blick darauf und hakte ihn in ihrer Liste ab. Sie nickte ihm zu, wünschte eine gute Reise, um dann die Japaner zum Eingang des Liegewagens zu lotsen. Bestimmt ein gutes Dutzend fast identischer Rollköfferchen holperten hinter ihr her den Zug entlang.

Vor der Türe drehte sich Mettler noch einmal um und schaute in den Bahnhof. Der Bahnsteig hatte sich mittlerweile geleert. Einzig ein dürrer Riese pendelte vor dem Schlafwagen hin und her. Er telefonierte, hatte dieses Ding am Ohr, das hier alle zu besitzen schienen, und brüllte auf dem Bahnsteig herum.

«Bist g'scheit? Passt scho, wenn's eh nix wird. Bitte danke. Naa servus. I di aa.»

Aus der Halle bog eine Gruppe lärmender Männer, die wie ein Mückenschwarm um eine stattliche und gut gelaunte Frau tanzten. Die Männer hatten weder Koffer noch Taschen bei sich, nur die Frau schob einen Gepäckwagen vor sich her. Sie schien auf eine weite Reise zu gehen, zumindest ließ dies das Ungetüm ihres Koffers vermuten. Die Männer scharwenzelten um sie herum und überboten sich mit flotten Sprüchen.

Schauspieler, diagnostizierte er. Schauspieler, die eine Kollegin zum Bahnhof bringen, den Stargast aus Wien. Er griff nach seinem Koffer und stieg ein.

## SCHLAFWAGEN 302
## ZÜRICH HB

Der Hund war ja ein Angsthase. Dorin Wolf musste ihn auf den Arm nehmen und in den Schlafwagen stemmen.

«So! Nun aber, lauf!»

Das dumme Vieh sprang an ihr hoch und machte ihr den Mantel dreckig, sie schubste ihn beiseite und spähte in den Korridor.

Wie meistens war der Wagen gut belegt. Die Reisenden standen im Flur vor den Abteilen und warteten auf die Anweisungen des Schaffners. Irgendetwas Auffälliges, gar Ungewöhnliches konnte sie nicht entdecken. Trotzdem zögerte sie.

Sie wurde bedroht. Seit Wochen erhielt sie anonyme Briefe. Sie war in Gefahr. Ein perverser Blödmann bastelte mit ausgeschnittenen Worten und Buchstaben einen holprigen Text, klebte Schweinereien auf Papier und drohte, sie umzubringen.

Sie hatte die Briefe der Polizei gezeigt. Man erkundigte sich, ob sie einen Verdacht habe. Ob sie glaube, als Moderatorin angegriffen zu werden? Ob sie sich beobachtet, gar verfolgt fühle? Lauter Unsinn. Sie wollte ja nur wissen, wer ihr solche Briefe schrieb. Irgendetwas unternommen hatte die Polizei nie, und ihre Kollegen … Mein Gott. Die lachten sich schief und brannten darauf, die hässlichen Anzüglichkeiten hinter ihrem Rücken durchzuhecheln.

Vor ein paar Tagen hatte sie ein Paket mit einem Klappmesser bekommen. «Alles hat zwei Seiten, das Messer eine Schwester». Ein Blödsinn, auf den sie sich keinen Reim machen konnte. Die Schwester des Messers ist die Gabel, der Bruder der Löffel. Und die zwei Seiten? Aber wenn der Satz einen Code enthielt, den sie nicht knacken konnte, wenn es an ihrer eigenen Fantasielosigkeit lag, dass sie nicht verstand, was da auf den Zettel geklebt war? Oder war es das Messer, das ihr Angst machte? Ein scharf geschliffenes Klappmesser, mit dem sich leicht jemand erdolchen ließ.

Sie drückte die Schwingtüre zum Korridor auf, blieb erneut einen Augenblick unter der Türe stehen und musterte die Reisenden ein zweites Mal. Eine vertraute Runde: Geschäftsleute, Kulturtouristen (Oper, Burgtheater, Stephansdom) und ein paar Ausländer, die sich nicht so leicht einer bestimmten Kategorie zuteilen ließen. Nichts, was ihr Misstrauen rechtfertigte. Schon drehten sich die ersten Köpfe nach ihr um, und sie erntete die immer leicht überraschten Blicke, die ihr verrieten, dass man sie erkannte.

Ihr Abteil befand sich in der Mitte des Wagens im Oberstock und war das einzige, welches einen eigenen Aufgang besaß. Es war immer das selbe. Ein Entgegenkommen der Bahn, die so die Treue einer guten Kundin belohnte. Immerhin benutzte sie den Zug jede Woche, immer in der Nacht von Donnerstag auf Freitag, einmal von Zürich nach Wien, die Woche darauf von Wien nach Zürich. Seit bald zwei Jahren. Der kleine Raum war längst zu einer Art dritten Heimat geworden. Auf jeden Fall kannte sie ihn so gut, dass sie auf Grund der kleinen Beschädigungen (einem blinden Fleck im Spiegel, einem Kratzer im Waschbecken) jeweils wusste, in welchem Waggon der beiden Zugkompositionen, die zwischen Zürich und Wien verkehrten, sie gerade zu Gast war.

Die Blicke der Leute taten ihr gut. Ihr Publikum begleitete sie, und die spürbare Bewunderung tilgte die scheußliche Mischung aus Angst und Wut, die sie seit Wochen verfolgte. Zumindest für den Moment.

Vor drei Tagen hatte sie sich einen Hund gekauft. Als Hilfe hatte er sich bis jetzt freilich nicht erwiesen. Im Moment stürmte er durch den Wagen und begrüßte ihre Fans. Wie ein ungezogenes Kind.

Sie kramte in ihrer Tasche, rief seinen Namen und warf ein Hundebiskuit nach ihm. Leider ohne Erfolg. Immerhin hoben seine Kapriolen die Stimmung, und eine Frau flüsterte ihr zu, wieso denn der süße Hund nicht in «Blick ins Herz» auftrete.

«Mein Mann und ich, wissen Sie, wir schauen jede Ihrer Sendungen. Obwohl. Sie sind für ein jüngeres Publikum, ich weiß, wir gehören ja nun zu den Alten. Den jungen Alten.» Sie lachte. «Dafür haben wir Zeit.» Und etwas verlegen fügte sie hinzu: «Sie sehen immer so, so dynamisch aus.»

Die Moderatorin lächelte und bedankte sich, und die Frau drehte sich nach ihrem Mann im Abteil um.

«Dorin Wolf ist im Zug, du weißt schon, die Moderatorin von ‹Blick ins Herz›», flüsterte sie, immerhin so laut, dass sie gut zu hören war. «Unser Stargast, und wir sind dabei.»

Eine Welle tiefster Befriedigung durchrieselte sie. Dafür arbeitete sie, das waren die kleinen Höhepunkte, die sie glücklich machten. «Dorin Wolf is here.»

Der Hund tapste eine der kurzen Treppen hoch und verschwand, um gleich darauf mit einem Schuh im Maul wieder aufzutauchen.

«Busoni!», schrie sie entsetzt. Dieser Mistkerl.

Schon kam die Besitzerin des Schuhs die Treppe herunter. Eine füllige Dame mittleren Alters, rosig und schwitzend, die Bluse war ihr aus dem Rock gerutscht. Der Hund tollte zum anderen Ende des Wagens, warf den Schuh in die Luft und knurrte, als müsste er seiner Beute den Garaus machen.

«Busoni! Willst du wohl hierher kommen. – Gib sofort den Schuh zurück.» Ein Albtraum, der Hund verpatzte ihren Auftritt.

Die Rosige näherte sich dem Hund, ließ sich wie ein Ringer in die Hocke fallen und streckte dem Hund die Hand entgegen.

«Komm, du kleiner Frechdachs, und gib den Schuh zurück.»

Der Hund zögerte, dann schlug er ein paar übermütige Haken und blieb stehen. Mitten im Flur. Dorin Wolf hoffte, ihn beim Halsband zu erwischen, doch er durchschaute sie und preschte durch die Strümpfe der Ringerin.

Irgendein Idiot klatschte und rief die Punkte aus.

«Eins zu null für den Hund.»

Sie wäre am liebsten an die Decke gesprungen. Zwischenrufe, das war so ziemlich das Letzte, was sie ertrug. Endlich kam ihr einer der Zuschauer zu Hilfe. Er griff nach dem Hund und bekam immerhin den Schuh zu fassen. Er tippte dem Tier auf die Schnauze, fasste ihm ins Maul und wand den Schuh heraus. Dann streichelte er den Dieb, der mit hängender Zunge vor ihm hockte.

«Sie kennen sich ja mit Hunden aus», sagte sie erleichtert und drängte mit der Hundeleine in der Hand zu ihrem Retter.

Der Hundekenner dürfte um die vierzig sein, sportlich, braun gebrannt, ein selbstbewusster Naturbursche, der ihr ungeniert in die Augen schaute. Ein Tennisass oder ein Skilehrer, auf jeden Fall jemand, der gewohnt war, in der Öffentlichkeit zu stehen. Einer aus dem Jet-Set, und sie kannte ihn nicht.

Sie nahm den Hund an die Leine. Der Mann wischte den Schuh an seiner Hose ab und untersuchte ihn.

«Alles in Ordnung. Ein paar Abdrücke seiner Milchzähne. Durchgebissen ist er nicht, und das Leder wächst noch einmal nach.»

War das eine Anspielung? Sollte es ein Witz sein? Was grinste er so blöd?

«Ich werde Ihnen die Schuhe selbstverständlich ersetzen. Hier, meine Karte», wandte sie sich an die mollige Ringerin. «Du bist aber auch ein böser Hund», und sie hatte große Lust, dem ungezogenen Vieh die Leine um die Ohren zu schlagen.

Zum Glück kam der Schlafwagenschaffner und die Sensationslust der Leute fand ein neues Ziel. Er führte einen jungen Mann durch den Korridor, einen Blinden, der trotz seiner Begleitung einen Blindenstab benutzte. Er tastete sich den Wänden entlang, ortete die Auf- und Abgänge zu den Abteilen und klapperte geschickt um einzelne Gepäckstücke.

Der Schaffner und der Blinde kamen direkt auf sie zu. Der Hund hatte sich niedergelassen, den Kopf zwischen den Vorderpfoten, und versperrte den beiden den Weg. Sie zerrte das Tier vom Boden hoch und drängte es in eine Treppennische. Der Hund bockte, zappelte und wand sich, sie versetzte ihm einen Klaps, und er schoss aus seinem Hinterhalt. Er sah den Stock und schnappte danach, dann griff er den Mann an.

Der Blinde schlug um sich, der Schaffner streckte dem Angreifer das Gepäckstück des Blinden entgegen (einen funkelnagelneuen, ledernen Stadtrucksack), sie zerrte und riss den Hund zurück, und der Köter, in der Leine hängend und auf den Hinterbeinen stehend, kläffte und knurrte, bis ihm der Geifer aus dem Maul flog. Die Katastrophe war perfekt.

«Ich hab ihn erst ein paar Tage», stammelte sie unglücklich. «So etwas hat er noch nie gemacht.»

Gebückt und den Hund am Halsband hinter sich herzerrend eilte sie zu ihrem Abteil. Sie wusste wohl, dass alle auf eine Entschuldigung warteten. Auf eine ihrer flotten Bemerkungen, mit denen sie in ihrer Sendung jede Peinlichkeit zu überbrücken vermochte. Aber ihr fiel nichts ein. Kein Kalauer und absolut gar nichts.

Sie schob den Hund die Treppe hoch und schaute, dass sie in ihrem Abteil verschwand.

## SCHLAFWAGEN 302
## ZÜRICH–THALWIL

Schade, Mettler hätte gern ein paar Worte mehr mit der attraktiven Moderatorin gewechselt, als Hundekenner ein paar gute Ratschläge gewusst, stattdessen hatte er sich mit einem dummen Witz blamiert.

Sie war kleiner, als er sie sich vorgestellt hatte. Das Gesicht war nicht ganz so makellos wie auf dem Bildschirm. Pausbacken, die nicht zu einer «femme fatale» passten, und ihr Umgang mit dem Hund, ihr Abgang waren alles andere als souverän. Sie roch gut. Nach Frühling und Limonen.

Die Abfahrt des Zuges nahm niemand wahr. Vor den Treppen in die beiden Stockwerke bildeten die Leute kleine Gruppen, und Mettler war wohl nicht der Einzige, der darauf wartete, dass die Rote sich noch einmal melden würde. Doch sie ließ sich Zeit.

Ein Glatzkopf mit Schnauz, der schon vorher von Abteil zu Abteil marschiert war, als wollte er sich einprägen, wer sich wo einquartierte, stellte sich vor den Aufgang zu ihrem Abteil, und zwei Frauen, eine ältere und eine jüngere, beide klein und breit, die zusammen reisten und immer etwas zu tuscheln hatten – Mettler hielt sie für Mutter und Tochter – sagten fast gleichzeitig und wie einstudiert:

«So schafft man sich Freunde.»

Jemand klatschte, die beiden kicherten wie Teenager, und der junge Mann mit dem Kind (dieser Schwendimann) dozierte wichtig:

«Hunde sollte man verbieten. Aufdringliche Hauptdarsteller, die zur Plage werden. Ganz abgesehen davon, dass einer oder eine, die einen Hund hat, eine zutiefst verunsicherte Person ist. – Aber ein Hund ersetzt keine Analyse. Im Gegenteil. Hunde sind der Grund für jede dritte Ehescheidung. Für sinkende Geburtenraten …»

«Einverstanden, aber ob Frau Wolf einen Hund hat oder nicht, kann uns doch egal sein», unterbrach der Glatzkopf seine Behauptungen.

«Genau. Ein Hund soll uns ablenken und weiter nichts», sagte die rosige Ringerin. «So ein Tier ist doch unschuldig.»

«Ach ja? Da fragen sie mal den jungen Mann, was er dazu sagt. – Ein Hund ist nicht berechenbar, nie, und darum ist ein Hund ohne Maulkorb ein Verstoß gegen die öffentliche Sicherheit», schwadronierte Schwendimann unbeirrt weiter und verlangte: «Wer einen Hund halten will, soll beweisen, dass er dazu auch in der Lage ist.»

Und seine Frau, die ihm das Kind aus dem Arm nahm, fügte hinzu:

«Stefan ist noch so klein, da kann ihm jeder Hund gefährlich werden.»

«Aber doch nicht ein junger Labrador», sagte der Blinde, der sich von seinem Schreck erholt hatte. «Nur keine Panik, ich bin okay.» Er tastete nach seinem Rucksack und sagte zum Schaffner: «Ich möchte, dass Sie mich jetzt in mein Abteil bringen.»

«So große Hunde sollten in einem Schlafwagen verboten sein. Tier bleibt Tier», versteifte sich Schwendimann. Der kleine Stefan fing an zu weinen, und die Mutter sagte empört:

«Ein Hund gehört in den Gepäckwagen und nicht hierher.»

«Bitte, meine Damen und Herren, bitte», versuchte der Schaffner das aufgebrachte Ehepaar zu beruhigen. «Ein etwas übermütiger Hund darf doch wohl mit Ihrer Toleranz rechnen.»

«So ist es. Wann er da Kommissar Rex wäre, tät man ihn eh lieb haben», mischte sich der Riese mit dem Handy ein. «Weil der tut ganz allanig di Verbrecher jagn ...»

«Etwas mehr Anstand dürfte man aber schon erwarten», sagte die Tochter, die mit ihrer Mutter reiste, und die Blasse, die mit dem grobschlächtigen Mann unterwegs war, zischte spitz:

«Dass sich Frau Wolf einen Hund hält, kann ich verstehen. Immer unter Hyänen.»

Mettler schaute über die Geleise auf die Leuchtreklamen, die den Schienenstrang säumten. Alt vertraute Werbezeichen glitten vorbei, Logos, die er schon immer mit Zürich verband. Kam er an, erlösten sie ihn von seinem Heimweh, fuhr er weg, jubelte sein Fernweh.

Sie überholten einen gut besetzten Regionalzug, der so

nah neben ihrem herfuhr, dass er die Menschen hinter den Fenstern sah. Dann bogen die Züge auseinander, der Regionalzug legte sich in eine Kurve, die Fenster kippten weg, kurz darauf nahm ihm ein Bahndamm die Sicht. Dass die Rote noch einmal auftauchte, hoffte er wohl vergeblich.

Der Schaffner schickte die Passagiere in ihre Abteile und bat sie, ihre Papiere bereitzuhalten. Auch Mettler ging in seine Kabine, doch dort begriff er den Schließmechanismus der Türe nicht, nicht auf Anhieb, und als er schließlich kapiert hatte, wie die in zwei Flügel aufgeteilte Türe zugeschoben werden musste, ließ er sie offen stehen, bis der Schaffner die Papiere holen würde.

Im Abteil unter ihm richtete sich das ungleiche Paar ein. «Claudia lass!», «Claudia pass auf», «Claudia nicht!» Doch den Mechanismus der Türe verstand auch der Fleckige nicht. Er holte den Schaffner, damit er ihnen erkläre, wie die Türe sich schließen, verriegeln und sichern lasse, und es brauchte mehr als nur ein paar Worte, bis er zufrieden war.

«Aber für das Türschloss haben Sie einen Schlüssel?

«Ja, die Drehverriegelung können wir entsichern. Im Notfall. Aber wenn die Schließstange vorgelegt wurde, können auch wir nicht mehr ins Abteil.»

«Wie das? Hörst du zu, Claudia?»

«Die Schließstange wird in das auf der Tür befestigte Gegenstück gedrückt, bis sie einschnappt. Zum Freigeben der Stange kann das Gegenstück zur Seite gedrückt werden. Sehen Sie, so! Aber das geht nur von innen. Von außen lässt sich die Tür nur gerade einen Spaltbreit öffnen. Danach ist Schluss.»

«Sie meinen, danach lässt sich die Tür nur noch mit Gewalt aufbrechen?»

«So ist es.»

«Und die Stange lässt sich nicht ausheben? Zum Beispiel mit einem Messer?»

«Laszlo! Du tust ja gerade, als ob du einen Einbruch planen würdest.»

Der Schaffner lachte und verabschiedete sich.

Mettler hockte auf der Bettkante und legte die Papiere bereit. Ausweis, Fahrkarten, Zolldeklaration und die Frühstückswünsche.

Zu deklarieren hatte er nichts, ein Werbeblatt der Bahn (ein Bild des Orientexpress, dem eine Fotografie des Doppelstockschlafwagens unterlegt war) steckte er in den Abfallbehälter, und so großzügig, dass er sich lange damit aufzuhalten brauchte, war das Frühstücksangebot nicht. Vier Teile aus einer marginalen Auswahl. Ein bisschen ratlos markierte er Kaffee, Brot, Butter und Schinken. Vielleicht wäre Käse besser gewesen, aber nun waren die Kreuze schon gemacht.

Er schaute durch die verschmutzten Fenster, glaubte die Gebäude der «Roten Fabrik» zu erkennen, ein Backsteinbau, der im orangen Flutlicht der Straßenbeleuchtung aufglühte. Es war Jahre her, dass er dort die Konzerte einer damals als alternativ berühmten Kulturszene besucht hatte. Generationen. Nicht nur, dass er sich nicht mehr auskannte, er gehörte auch nicht mehr dazu. Das hatte man ihm in den vergangenen Tagen freundlich, aber deutlich zu verstehen gegeben. Selbst ehemalige Freunde wussten mit ihm nichts mehr anzufangen.

Die Rote ließ ihm keine Ruhe. Er legte seine Papiere auf den Waschtisch und ging noch einmal in den Flur hinunter.

Der Korridor war mittlerweile menschenleer. Offensichtlich hockten alle in ihren Zellen und füllten ihre Zettel aus. Die besten vier aus zwanzig, das war eine ernst zu nehmende Herausforderung.

Ohne etwas sehen zu können, schaute er aus dem Fenster. Entweder waren sie in einem Tunnel oder die Bahnböschung war so hoch, dass sie einer dunklen Wand gleichkam. Manchmal glaubte er, dass die Lichter hinter den Wagenfenstern einzelne Büsche, einen Zaun oder ein Wiesenbord beleuchteten, aber sicher war er sich nicht.

Dann hörte er Schritte. Jemand kam auf ihn zu. Eine Frau. Er schloss die Augen und drehte sich um.

Es war die Schauspielerin.

Ohne den Kreis ihrer Verehrer wirkte sie ein wenig verloren. Oder lag es an der trüben Beleuchtung. Er glaubte sich zu erinnern, sie sei auf dem Bahnsteig fröhlicher gewesen, als sie jetzt auf ihn zukam. Ihre Blicke kreuzten sich. Er nickte freundlich, sie lächelte und sagte mit einer überraschend tiefen Stimme:

«Sie hätten nicht Lust, mich in den Speisewagen zu begleiten?»

## SCHLAFWAGEN 302 / ABTEIL 13
## THALWIL–ZIEGELBRÜCKE

«Die Fahrkarten, mein Pass, sein Impfausweis, die Zolldeklaration und …», sie zwinkerte dem Schlafwagenschaffner zu und strich eine ihrer roten Haarsträhnen aus dem Gesicht. «Frühstück wie immer. Lassen Sie mich ein bisschen länger schlafen.»

«Sie mögen unseren Kaffee nicht.»

Sie hielt mit einer Hand ihr rotes Haar zusammen, drehte es geschickt um den ausgestreckten Zeigefinger und zog es durch ein Gummiband, dann schüttelte sie ihren Pferdeschwanz und strahlte den Mann an.

«So stimmt das nicht. Aber in St. Pölten geweckt werden, um mit einem Kaffee durch den Morgen zu schaukeln, ist mir ein Graus. Da sind mir eine halbe Stunde Schlaf und ein Wiener Kaffeehaus lieber.»

«Das kann ich verstehen. – Was ist mit dem Hund?»

«Hören Sie bloß auf. Ein Theater …»

«Ich meine, wenn er raus muss. Soll ich ihn abholen und … Einmal um den Block?»

«Vielen Dank, ich hoffe nicht, dass das nötig wird. Aber sollte er unruhig werden, werde ich mich bei Ihnen melden.»

«Jederzeit. Lieber einmal zu früh als zu spät», grinste der Schaffner und verbeugte sich. «Eine gute Fahrt wünsche ich und viel Spaß.»

Sie nickte, und der Schlafwagenschaffner, ein immer gut gelaunter Österreicher, drückte die Türe zu. Sie mochte den Mann. Auf jeden Fall lieber als den Schweizer, mit dem er sich abwechselte und der nicht einmal ihre Sendung kannte.

Der Zug passierte den Bahnhof von Thalwil. Anzeigetafeln, Masten, ein Warteraum. Eine einsame Straße im Licht der Laternen, dunkle Häuserblocks, dazwischen sah sie kurz die schwarz glänzende Fläche des Sees. Sie schaute kaum hin, sie kannte die Kulisse.

Sie saß auf dem Bett, ihr Hund hockte vor ihr und wedelte mit dem Schwanz.

«Was ist denn jetzt schon wieder?»

Wie eine alte Jungfer, dachte sie, spricht mit ihrem Hund. Single und einsam. – Man hatte ihr gesagt, ein Labrador habe Charakter. Die Rasse würde nicht umsonst als Polizei- oder Blindenhund eingesetzt. Von wegen. Oder ihr Busoni war die

Ausnahme, welche die Regel bestätigt. Ein aus der Art schlagender, überzüchteter Tölpel. Vielleicht war es auch ein Fehler, dass sie sich für einen jungen Hund entschieden hatte. Aber der Kleine war so süß und knuddelig, dass sie nicht widerstehen konnte. Was hätte sie denn machen sollen? Einen Hund aus dem Tierheim holen? Ein Tier, das schon verdorben war?

Sie riss eine Tüte mit Hundefutter auf, Huhn mit Gemüse, und drückte die glitschigen Brocken in den Fressnapf. Ein penetrant süßlicher Duft verbreitete sich, und sie hielt sich die Nase zu. Das Zeug stank ja wie ein Babyfurz.

Wenigstens fraß der Hund alles leer und leckte den Napf sauber. Danach scharrte er auf dem Teppichboden, drehte sich mehrmals im Kreis und ließ sich nieder.

Wie meistens nutzte sie die anderthalb Stunden vor Mitternacht, um ihre Fanpost zu erledigen. Sie hatte ihren Laptop und die Briefe dabei, und einen Papierkorb gab es auch.

Während das Gerät hochfuhr, begann sie ihre Post zu öffnen. Gratulationen, Musikwünsche, eine Empfehlung: «Weiter so!» Die meisten Briefe waren von Frauen.

«Liebe Frau Wolf, ich heiße Sandra Ackermann und bin ein Fan Ihrer Sendung. Ich schaue immer, aber mein Freund Ralf leider nicht. Dabei könnten wir so viel lernen, weil wir so viele Probleme haben. Gut finde ich auch, dass sie zwischen den Leuten Musik machen. Die Auswahl der Leute finde ich manchmal nicht so gut, weil sie so viel dazwischenreden, aber sonst finde ich alles gut, und ich wäre glücklich, wenn Sie mich auch einmal einladen würden. Ich grüße Sie sehr freundlich, Ihre Sandra Ackermann.»

Sie lud den Musterbrief und setzte Namen und Adresse ein.

«Liebe Sandra! Herzlichen Dank für Ihren Brief. Es freut mich, dass Sie zur ständig wachsenden Schar meiner Zuschauer gehören. Bald einmal sind es jeden Freitag mehrere Millionen, die ‹Blick ins Herz› verfolgen. Doch nicht die hohe Zahl der Zuschauer ist mir wichtig, sondern die wachsende Zustimmung derjenigen, die wie Sie, liebe Sandra Ackermann, unsere Arbeit schätzen. Wir sind überzeugt, dass die Möglichkeit, offen über Partnerschaft und Beziehung zu sprechen und ohne Tabus auch heikle Themen anzugehen, für uns alle immer wichtiger wird. Dies und die Qualität von ‹Blick ins Herz› wird immer Ziel meiner Sendung sein. Mit herzlichen Grüssen, Ihre Dorin Wolf.»

Auf Sandra folgten eine Erika Lehmann, wahrscheinlich eine Schülerin, eine Agnes, eine Frau Fröhlich, die Schwestern Gina und Julia, noch einmal eine Sandra, dann, in einem dunkelroten Umschlag, der Liebesbrief eines bodygestählten Mike Meierhofer. – Das Foto des ölglänzenden Schwarzenegger-Verschnitts in einem leicht verrutschten Tangaslip wurde gleich mitgeliefert. – Er versprach, sie für immer auf Händen zu tragen. Die Kraft dafür schien er ja zu haben. Mit krakeligen Buchstaben versicherte er, dass sie die Frau seiner Träume sei, und verlangte, dass sie ihn anrief, um ein Date auszuhandeln. Sie zerriss Bild und Brief und warf sie in den Abfallbehälter. Schade um das schöne Foto, aber derart eindeutige Angebote beantwortete sie nicht.

In Interviews wurde sie immer wieder gefragt, warum sie nicht in einer festen Beziehung lebe. Meistens ging sie gar nicht darauf ein oder versuchte, einen Witz zu machen. Obwohl ihre Sendung von verwandelten Prinzen lebe, habe sich ihr noch kein Froschkönig empfohlen oder sonst ein Blödsinn, den niemand verstand und der sich nicht verwerten ließ.

Leute wie ihre Eltern, ihr Redakteur warfen ihr deswegen Hochmut vor. Sie werde einmal wirklich einsam und allein sein und einem der Verschmähten nachtrauern. Sorgen hatten die Leute.

Das hieß ja nicht, dass sie kein Sexualleben hatte und ihre Nächte als prüde Jungfer verbrachte. Ihre «one night stands» fanden nicht selten hier im Zug statt. Irgendwo zwischen Innsbruck und St. Pölten. Alleinreisende Männer gab es genug. Die Spielregeln mussten klar sein, und spätestens in St. Pölten hatten ihre Besucher wieder zu verschwinden. Nach dem Akt wurde es in dem schmalen Bett sowieso ungemütlich. Meistens gingen sie nachher noch einmal in den Speisewagen, wo sie sich bei einem Glas Wein voneinander verabschiedeten. Dem Schafwagenschaffner spendierte sie ein Trinkgeld. Manchmal. Um sicher zu sein, dass er den Mund hielt. Aber eigentlich war das ihre Sache. Es ging niemanden etwas an, mit wem sie ihr Abteil teilte, und zur Regel wurde es nicht. Im Gegenteil. Es mussten zu viele Dinge stimmen, und gerade reich gesät waren die Typen nicht, die für sie in Frage kamen.

Mit Busoni im Abteil dürfte sich die Zahl möglicher Kandidaten erneut verringern. Da mochte sich einer noch so gut mit Hunden auskennen, aber die Vorstellung, dass der Hund ihnen zuschauen könnte, fand sie obszön.

Der Zug verlangsamte seine Geschwindigkeit. Er schlich die Lichter einer Baustelle entlang, Männer in gelben Helmen glitten vorbei, ein grell gestreiftes Absperrband wellte auf und nieder, sie hörte das Dröhnen eines Kompressors. Sie befanden sich mittlerweile am oberen Ende des Sees. Die orange beleuchtete Schlossanlage von Rapperswil spiegelte sich im glatten Wasser. Ein vertrautes und schönes Bild, und für den Bruchteil eines Augenblicks flog ihr durch den Kopf, dass sie gern hier lebte.

Busoni japste, zog die Lefzen hoch, die ganze Schnauze zitterte, dann ein kurzes Blinzeln, er schluckte seinen Speichel und schlief weiter.

Sie riss einen weiteren Umschlag auf und zog den Brief heraus, ein billiges Papier, «der Umwelt zuliebe» grau und sperrig.

«Klemmfutz! Willkommen zur letzten Fahrt.»

## SPEISEWAGEN
## THALWIL–WALENSTADT

Er zeigte auf einen Vierertisch ohne Aschenbecher, obwohl er seine Pfeife bei sich hatte.

«Sie sind Nichtraucher», bemerkte seine Begleiterin erfreut, und er nickte.

«Pfeife. Ich kann gut und gern darauf verzichten.»

So kurz hinter Zürich war der Speisewagen noch fast leer. An einem Tisch gleich hinter der Küche saßen drei Männer bei einem Bier.

Sie rutschte über die Sitzbank ans Fenster, schüttelte sich, als ob sie friere und rieb sich die Hände. Dann stützte sie die Arme auf den Tisch und fragte:

«Überrumpelt?»

Er lächelte schwach und wunderte sich erneut über ihre tiefe Stimme.

«Ich heiße Melitta Strauß», stellte sie sich vor, «und finde es fad, allein im Speisewagen zu sitzen. Vor allem später, wenn die Biertrinker aus der zweiten Klasse eintrudeln. – Ich lebe in Wien, habe die letzten Wochen in Zürich gearbeitet …»

«Im Theater?»

«Ja. Woher wissen Sie das.»

«Eine Vermutung. Die Leute, die Sie begleiteten, ich hielt sie für Schauspieler …»

«Ja, das stimmt.»

«Sie sind Schauspielerin?»

«Nein, ich nicht. Ich habe für ihr Theater ein Stück geschrieben. – Aber bevor Sie mir alle meine Geheimnisse entlocken, darf ich vielleicht Ihren Namen erfahren?»

Er lachte entschuldigend und sagte:

«Mettler, Jürg Mettler.»

Er zögerte und kam über die paar Silben nicht hinaus. Was konnte einer von sich sagen, der weder Titel noch Beruf hatte und ohne Arbeit war. Fast wünschte er sich, noch bei der Polizei zu sein. – «Kommissar Mettler, Kriminalpolizei Zürich.» – Das hätte immerhin zur ihrer tiefen Stimme gepasst.

Zum Glück kam der Kellner mit den Speisekarten. Er empfahl ihnen ein Nudelgericht und brachte eine Flasche Zweigelt, einen österreichischen Rotwein, zu dem Mettler sich überreden ließ, obwohl er sich vorgenommen hatte, keinen Alkohol zu trinken.

Am Zweiertisch ihnen schräg gegenüber nahmen zwei weitere Gäste aus dem Schlafwagen Platz, der Sikh und seine Begleiterin. Er hatte sie für ein Paar gehalten, nun war er sich nicht mehr sicher. Auf jeden Fall besaß die Frau die größere Reiseerfahrung, sie betreute ihn. Sie fragte den Kellner nach einer Speisekarte in englischer Sprache, sie bestellte die Getränke, sie schaute sich neugierig nach allen Seiten um, und sie nickte Frau Strauß zu, als seien sie alte Bekannte. Der Mann schwieg und lächelte oder fummelte an seinem Turban, der nicht richtig zu sitzen schien.

«Mehr als Ihren Namen verraten Sie mir nicht?», nahm

Frau Strauß den Faden wieder auf. «Warum fahren Sie nach Wien?»

«Ich besuche meinen Sohn. Er arbeitet in Wien, in einem Hotel. Ich, ich habe ihm eine traurige Nachricht zu überbringen. Seine Mutter …»

Er verstummte. Warum sollte er einer Frau, die sich allein im Speisewagen langweilte, erzählen, dass Alice gestorben war. Dass er Haus und Hof verloren und ohne Arbeit war. Die große Jammertour.

«Seine Mutter und ich leben getrennt», versuchte er den drohenden Einbruch ihres Tischgesprächs abzuwenden. «Noch nicht sehr lange. – Eine der üblichen Geschichten», sagte er rasch und um weiterer Fragen zuvorzukommen: «Erzählen Sie mir von Ihrem Theaterstück. War es ein Erfolg?»

«Ich bin zufrieden. Wir wurden nicht ausgepfiffen und die Kritiken waren gut, bis auf die eine schlechte, die einen dann so wurmt. «Das Stück treibt an der Oberfläche, ohne Pointen, ist banal und trifft das an sich wichtige Thema nicht.» Und schon hält man diese eine für die wichtigste und die Lobreden der anderen für oberflächlich. – Doch das ist wohl mehr ein persönliches Problem.»

«Wie meinen Sie das?»

«Man weiß selbst am besten, woran man mit einer Arbeit ist», sagte sie finster, und ihre Augen bohrten sich in die seinen.

«Der Erfolg gibt einem Recht.»

«O nein. Dem Erfolg darf man nicht trauen. Was alle bejubeln, tut niemandem weh. – Na ja, so simpel ist es nicht, und schon gar keine Entschuldigung für den eigenen Schiffbruch …»

«Den Sie ja nicht erlitten haben.»

«Richtig, vielen Dank. – Sehen Sie, kaum fragt mich jemand, nach meinem Erfolg, glaube ich, dass es, weil es einer war, wohl kein wirklicher gewesen sein kann. – Das meine ich mit persönlichem Problem.»

«Mit der Bratwurst in den Kaffee tunken», sagte er augenzwinkernd.

Sie lachte und schüttelte irritiert den Kopf. Doch bevor sie fragen konnte, was er denn mit seiner rätselhaften Bemerkung gemeint haben könnte, servierte ihnen der Kellner die Speisen.

Das Nudelgericht war eine fade Angelegenheit. Eine Mischung aus verkochten Teigwaren, Gemüse, ein paar Stückchen Huhn und einzelnen Blättchen hauchdünn geschnittenen Schinkens.

Sie waren mittlerweile eine halbe Stunde unterwegs (er glaubte, jenseits des Sees die Lichter von Rapperswil zu erkennen), und die Tische im Speisewagen waren fast alle besetzt.

Ihnen gegenüber hatten Laszlo und Claudia Platz genommen. Er las ihr die Speisekarte vor und gab Ratschläge und merkte nicht, dass sie sich entweder längst entschieden hatte oder gar nichts mehr essen wollte. Etwas weiter entfernt entdeckte er die Mollige. Sie las in einem Buch, und wenn er sich nicht täuschte, dann war es «Mord im Orientexpress». Das war wohl die Bahnfahrer-Standardlektüre.

Frau Strauß aß mit sichtbarem Vergnügen. Sie kaute und malmte die einzelnen Bissen kraftvoll und mit einer Ausdauer, die ihn unwillkürlich an einen Wiederkäuer denken ließ. Die stoische Gelassenheit einer Kuh. Die Augen seltsam abwesend. Es war lange her, dass er jemandem so interessiert beim Essen zugeschaut hatte, und leicht erstaunt stellte er fest, dass er sich nicht erinnern konnte, wie Alice gegessen hatte.

«Sie essen wie ein Fuchs», sagte Frau Strauß nach einem Schluck Wein, «beschnüffeln und zuschnappen.»

«Es ist Hühnerfleisch dabei. Es fliegt zwar nicht mehr davon, aber ...»

«Ich zermalme alles wie eine Kuh.»

Er nickte unwillkürlich, und sie lachte und wischte sich den Mund ab. Gleich würde sie das Thema wechseln, und um all ihren Fragen zuvorzukommen, sagte er:

«Sie haben mir noch gar nichts von Ihrem Stück erzählt.»

Sie kicherte begeistert, wühlte in ihrer Tasche, verdrehte die Augen und schüttelte den Kopf.

«Ich habe geglaubt, ich habe noch ein Programmheft. Nun müssen Sie ohne Illustration auskommen. – Also. Aber wenn ich Sie langweile, müssen Sie es sagen.» Sie beugte sich vor und stützte die Ellenbogen auf. «Es geht um die Priester der Information. Ihre Kanzeln stehen in jeder Stube. Das Fernsehen – unsere moralische Anstalt.» Ihre Augen schlugen einen Salto. «Kirche, Elternhaus, Schule. – Tempi passati. Was wahr ist, was gut, gerecht, weise, was liebenswert ist, das teilen uns die Leute vom Fernsehen mit.» Ihr Blick durchbohrte ihn. «Und wir? Wir glauben, was wir sehen. Noch die dümmste Tussi wird zur Wetterfee.»

Ihre Stimme dröhnte.

Er hörte ihr zu und dachte an die Moderatorin. Ob die Dramatikerin die Wolf auch zu den Priesterinnen der Information zählte?

«Fernsehen macht dumm, glaubten meine Eltern», sagte sie viel zu laut, als hätte er etwas anderes behauptet. «Fernsehen macht kaputt. Als Erstes die Augen. Nicht das Organ, auch, aber viel schlimmer ist der Betrug, dem unser Schauen ausgeliefert wird.» Sie fixierte ihn, um wieder ein bisschen ruhiger fortzufahren. «Unsere Gefühle werden durch Bilder geprägt, vor allem unser Sicherheitsempfinden. Alles, was einer im Laufe eines Lebens sieht, wird vom Gehirn gehortet, verglichen und geordnet, und genau hier liegt das Problem. Als Speicher ist unser Gehirn phänomenal, praktisch unbeschränkt, aber es ist träge –, die Masse Mensch ist träge – und darum können unsere grauen Zellen so leicht überlistet werden. Sie lassen sich täuschen. Sie glauben, anstatt zu denken. Und schon haben wir den Salat.» Sie lehnte sich zurück und riss die Augen auf. «Über Jahrtausende entwickelte Vorsicht wird durch die Folgenlosigkeit konsumierter Fernsehbilder gestürzt und macht unser Sicherheitssystem kaputt. Sinnsprüche, Rätsel, Weisheiten verlieren ihre Gültigkeit.»

Er verstand nicht, was das mit einem Theaterstück zu tun haben sollte, ihre Ansichten teilte er nicht. Auch Bilder logen, zeigten eine Oberfläche, waren subjektiv. Das war doch schon immer so.

«Wie schade, jetzt habe ich Sie erschreckt. Sie sollten Ihr Gesicht sehen», spottete die Strauß. «Aber Sie haben natürlich Recht. Ich verheddere mich immer in der Einleitung, anstatt zur Sache zu kommen.»

«Ich nehme einmal an, es war wichtig», sagte er unhöflicher als beabsichtigt.

«Der Rest ist schnell erzählt, und Sie haben es überstanden», sagte sie, die seine Verstimmung wohl längst bemerkt hatte, und zwinkerte ihm zu. «Die Hauptrolle des Stücks ist eine junge Fernsehmoderatorin. Sie bringt mit, was von ihr erwartet wird. Gutes Aussehen, Stimme. Eine Topfrau. Ihre Show wird als Livesendung verkauft. Die Probleme von Paaren: unfreiwilliger Kindersegen, zu kleiner Busen und zu dicker Hintern – Alles Lug und Trug. Nichts ist live. Die Paare sind Schauspieler, die Szenen einstudiert, das Publikum instruiert. Wann klatschen, wo lachen. Selbst die schöne Moderatorin ist eine Fälschung.»

«Haben Sie für Ihre Moderatorin ein Vorbild?», fragte er scheinheilig und dachte erneut an die Rote.

«Nein, es geht ja nicht darum, jemanden bloßzustellen. – Auf der Bühne wird nun gezeigt, wie eine solche Sendung entsteht. Die Moderatorin selbst ist eine dumme Gans. Eitel, überkandidelt und unkollegial. – Nun, nachdem die Zuschauer gemerkt haben, dass die Sendungen getürkt werden, wird die Situation auf den Kopf gestellt. Echte Leute, echte Probleme, live. Alle wissen es, nur die Moderatorin nicht. Die Rache ihrer Kollegen. – Die Moderatorin versagt, und die Sendung muss abgebrochen werden. – Wir im Theater spielen freilich auch damit, dass unsere Geschichte auf einer Bühne spielt, also ebenfalls nur Fiktion ist.»

Sie lehnte sich zurück, schwieg und lächelte. Er verstand überhaupt nichts mehr. Was sie ihm erzählt hatte, hielt er für eine Komödie, welche die engagierte Einleitung kaum erklärte. Überdies schien ihm der Schluss zu fehlen.

«Und?», fragte er vorsichtig.

«Und? – Und nichts. Fertig!» Sie lachte, musterte ihn amüsiert und sagte: «Ich glaube, da bin ich eben durchgefallen.»

Er schüttelte den Kopf und war doch froh, dass eine Stimme hinter ihm fragte:

«Ist der Platz noch frei?»

Es waren die einzigen freien Plätze. Der Skilehrer drehte sich überrascht nach ihr um, für den Bruchteil eines Augenblicks funkelten seine Augen, er nickte ihr zu und rückte zur Seite. Die Strauß schaute eisig. Dorin Wolf kannte die Frau. Eine Journalistin, die sich seit kurzem als Dramatikerin versuchte.

Sie setzte sich neben den Mann und kramte in ihrer Tasche nach Lighter und Zigaretten.

«Das ist ein Nichtrauchertisch», beschwerte sich die Theaterfrau.

«Oh, Entschuldigung. Stört es Sie?»

Der Skilehrer schüttelte den Kopf und grinste, Dorin Wolf schob eine Kerze zwischen die beiden und sagte:

«Ihnen bin ich sowieso noch ein ‹Dankeschön› schuldig.»

Die Strauß wurde ganz grün im Gesicht, er lachte affig, gleich würde er der Dramatikerin die saudumme Hundegeschichte erzählen. Doch bevor er ihre Bekanntschaft als flüchtige Begegnung verunglimpfte – die Strauß sollte ruhig im Ungewissen bleiben, ihre Eifersucht war ja unübersehbar – nickte sie der Dramatikerin freundlich zu und säuselte:

«Wir kennen uns, wenn auch nur vom Hörensagen. Sie sind Melitta Strauß. Mein Name ist Wolf, Dorin Wolf. – Sie hatten letzte Woche Premiere.»

Die Strauß nickte nur, drehte den Kopf zum Fenster und trank Kaffee. Wahrscheinlich fragte sie sich, ob sie ihr Stück gesehen hatte, vielleicht sogar in der Premiere war. Die Begegnung war ihr unangenehm. Vorsichtig ausgedrückt.

Sie bestellte ein Bier und einen Tomatensalat, lehnte sich zurück und schaute sich um.

An einem Zweiertisch neben dem Eingang saß das Rentnerpaar aus dem Schlafwagen, ein paar Tische weiter löffelte ein Mann mit Turban eine Gulaschsuppe. Am übernächsten Tisch hockten drei Männer beim Bier. Ihr schräg gegenüber kümmerte sich ein scheckiger Klotz etwas übereifrig um eine durchsichtige Spinnenfrau. Wie ein Mörder sah niemand aus.

Als ob sie das beurteilen könnte. Als ob Mörder wie Mörder aussehen würden.

Es war ein Fehler, hierher zu kommen. In ihrem Abteil wäre sie sicherer gewesen. Aber sie hielt es nicht mehr aus. Mit dem Brief, immer das hässliche Schimpfwort vor Augen. Sie musste unter Leute. Und wenn ihr Mörder genau das beabsichtigt hatte? Dass sie ihr Versteck verließ und in den Speisewagen flüchtete. Dann brauchte er nur hier auf sie zu warten. Wenn sie dann wieder zurück in ihr Abteil wollte, würde er ihr folgen, sie in eine Toilette drängen oder in die Nacht hinausschleudern. Er könnte sie erwürgen, irgendwo zwischen den Waggons, wo jeder Schrei vom Rattern der Räder zugedeckt würde.

Was für ein Unsinn. Ein Mord im Zug. Wieso sollte sie jemand ausgerechnet im Zug töten wollen? Das dürfte doch ziemlich schwierig sein.

Und wenn sie Recht hatte? Dann war sie ihrem Mörder direkt in die Arme gelaufen. Dann saß er irgendwo hier im Speisewagen, vielleicht sogar neben ihr. Der Skilehrer. Die Strauß. Sie war vor niemandem sicher.

Die Dramatikerin versuchte, ihr Gespräch mit dem Skilehrer fortzusetzen, als seien sie nicht gestört worden. Aber ihr beleidigter Grummelbass verriet ihre Verstimmung. Der

Typ gab sich redlich Mühe, sie wieder aufzubauen, und schmierte kräftig Butter aufs Brot. Er fände ihren Einfall witzig und spannend. – Aha! Die beiden quatschten über das jüngste Opus der Wienerin.

Sie hatte es nicht gesehen, aber die Kritiken gelesen, und im Fernsehen war es mindestens zwei Tage lang das Kantinenthema «Number one». Praktisch alle hatten sich aufgeregt, gesehen hatte es niemand, außer die paar Kulturfritzen, die jeweils vom Sender zur Vorpremiere geschickt wurden.

Sie steckte sich eine weitere Zigarette an, beugte sich leicht vor und sagte:

«Entschuldigen Sie, wenn ich mich einmische. Sie sprechen über Ihr neues Stück. – Darf ich Sie etwas fragen?»

Die Strauß nickte und verdrehte die Augen. Der Skiläufer rutschte zum Fenster, setzte sich quer, damit er sie besser sehen konnte.

«Haben Sie mit Ihrer Tussi eigentlich mich gemeint?»

Das saß. Die Strauß schaute so blöd, dass sie sich ein feines Grinsen nicht verkneifen konnte. Wahrscheinlich sauste deren Stimme mittlerweile unter hundert Hertz. – Kartoffel, Kartoffel. – Doch dann lehnte sie sich zurück und spielte die Masche: cool, immer schön cool bleiben. Was ihr aber nicht gelang. Ihre Hände auf dem Tisch, so verkrampft wie die waren und das Zuckerbeutelchen zerfetzten. Endlich antwortete sie:

«Ich kenne Ihre Sendung nicht.»

Das Grummeln eines Elefanten.

«Das wäre aber vielleicht ganz gut gewesen», sang sie. «Ich meine, ich finde es ausgesprochen unfair, uns derart in die Pfanne zu hauen, ohne sich die Mühe zu nehmen, sich unsere Sendungen wenigstens anzuschauen.»

«Ihre Sendung ist doch nicht die einzige in der Art. Die

Talkshow in meiner Komödie ist kein Abbild einer bestehenden Sendung, sondern steht stellvertretend für eine bestimmte Haltung …»

«Der Sie unterstellen, dass sie unseriös ist, sich nur an Quoten orientiert und das Publikum für eine stetig wachsende Masse von Vollidioten hält. Und Ihre Moderatorin ist ein eitles, dummes Ding mit gestylter Visage und hüpfenden Silikonbrüsten.»

«Waren Sie in der Premiere?»

«Nein, aber so stand es in der Kritik …»

«Und deren Urteil übernehmen Sie, ohne sich die Mühe zu nehmen, sich mein Stück wenigstens anzuschauen.»

Der Kellner mit dem Tomatensalat kam gerade richtig. Er hatte sie erkannt und teilte ihr mit, dass sich das Team des Speisewagens freue, sie als Gast bei sich zu haben. Sie alle seien von ihrer Sendung begeistert. Das nannte man Glück. Auf jeden Fall zerbröselte das triumphierende Feixen der Strauß auf der Stelle.

Sie drückte die Zigarette aus, warf den Kopf in den Nacken, strich die Haare aus dem Gesicht und sagte leise:

«Sie können mich nicht beleidigen. Sie haben es in Ihrem Stück versucht, und es ist Ihnen misslungen. Wir begegnen uns, zufällig, und Sie versuchen es erneut. – Wenn das Ihre Antwort auf meine Frage ist, so weiß ich Bescheid.»

Dann beugte sie sich über den Tomatensalat und aß. Sie saß und aß. Ja. Sie aß ihren Tomatensalat. Was gesagt werden musste, wurde gesagt, hinzuzufügen hatte sie nichts.

Die Dramatikerin schwieg ebenfalls, ein raffiniertes Biest, dafür meldete sich der Skilehrer:

«Ich bin kein Experte, aber … Die vielen Programme, diese Masse an Filmen, Nachrichten, Magazine … Nach zwei

Stunden brummt mir der Kopf, als wäre er ein Hornissennest. – Aber Erkenntnisse? Keine.»

Oh Gott! Kam er vom Mond, oder hatte er den Sinn einer Fernbedienung nicht begriffen?

«Das Fernsehen bietet eine Dienstleistung», klärte sie den Skilehrer auf und fischte eine Zigarette, die letzte, aus der Packung.

«Schön wärs», meldete sich endlich der weibliche Nikolaus. «Im Wettlauf um die Gunst des Publikums verkauft man als Wahrheit, worüber sich nur spekulieren lässt. Wenn eine Meldung nichts hergibt, wird sie mit Bildern aufgepeppt, und wenn überhaupt nichts mehr zieht, so ist man wenigstens live dabei. Es geht immer nur darum, den Zuschauer bei Laune zu halten. Ein Zweck, der jedes Mittel heiligt.»

«Huch! Aus der Steinzeit des elektronischen Zeitalters. Das Fernsehen als verkörperte Unmoral.»

«Ich werde nicht gerne angelogen, und die Vorspiegelung falscher Tatsachen stößt mich ab.»

«Oieueu», seufzte sie und blies Zigarettenrauch über den Tisch. «Was wird Ihnen denn in einer Sendung wie der meinigen an falschen Tatsachen vorgespiegelt?»

«Alles. Ihre Kandidaten sind nicht echt, die Fälle erfunden und aufgebauscht, Ihre Experten getürkt und Ihre Ratschläge, ich bitte Sie, das glauben Sie doch selbst nicht.»

«So, und warum nicht?», sagte sie lauter als beabsichtigt.

«Psychologie, erstes Semester.»

«A ja. Aber Sie und Ihr Theater, da hat man die Weisheit mit Löffeln gefressen.»

«Auf jeden Fall verschluckt man sich nicht an Quoten», sagte die Strauß und lachte. Lauthals und mit offenem Mund. Der Grobian vom Nebentisch feixte ebenfalls. Offensichtlich genoss ihr Streit mittlerweile die Aufmerksamkeit des halben Speisewagens.

Die Reihe makelloser Zähne schockierte sie. Eine dieser blöden Nichtraucherinnen. Auch auf ein Make-up schien die Theatertussi verzichten zu können. Aber jung war sie nicht mehr. Die Falten am Hals, vierzig musste sie längst gewesen sein.

«Ich weiß nicht, was Sie so komisch finden», sagte sie bissig. «Was Sie uns vorwerfen, wissen wir selbst am besten. Was Sie aufdecken, ist unseren Zuschauern bekannt. Die können nämlich durchaus unterscheiden zwischen einer Unterhaltungskiste und Information. Die wissen, wo und wann eine Diskussion stattfindet, was live ist und was Theater.»

«Bravo!», sagte jemand hinter ihr, und ein paar Leute klatschten. Die Strauß legte ihre Geldbörse auf den Tisch und winkte dem Kellner.

«Vielen Dank für Ihre Belehrung.»

Sie bezahlte ihre Rechnung, rutschte über die Bank in den Flur, winkte dem Skilehrer ein letztes Adieu zu und rauschte ab. Ein fast geglückter Abgang.

Pech war nur, dass der Zug in den Bahnhof von Sargans einfuhr. Er schlenkerte über Weichen, und die Dramatikerin verlor das Gleichgewicht. Sie taumelte gegen einen Mann, den sie in ihrem Energieschub nicht bemerkt hatte, obwohl er in seiner rot karierten Jacke eigentlich unübersehbar war.

Wie sie sich an sein Revers klammerte. Peinlich, peinlich.

Der Typ, nicht eben ein Ausbund an Höflichkeit, schüttelte sie ab und drängte an ihr vorbei, und sie, ohne sich ein weiteres Mal nach dem Skilehrer umzusehen, schwankte mit gesenktem Kopf hinter ihrem Torero her.

«Ich hoffe, Sie werden mir nicht ebenfalls davonlaufen», scherzte die Wolf und wechselte den Platz. «Warum glauben eigentlich immer alle Leute, sie könnten mit mir über nichts anderes als das Fernsehen reden?»

Der Skilehrer starrte sie entgeistert an, traf aber keine Anstalten, der Strauß nachzueilen. Als er ihren Hund gekrault hatte, hatte er jünger ausgesehen. Der breite Mund hatte etwas Verkniffenes. Die Augen waren jung geblieben. Lachfältchen. Kein Fett, weder Pausbacken noch Doppelkinn. Wenn er doch eher gegen die fünfzig ging, so hatte er sich zumindest gut gehalten. Verblüffend war seine gebräunte Haut, selbst seine Handrücken waren braun. Wenn er ein Bräunungsstudio besuchte, musste es ein gutes sein.

Der Aufenthalt in Sargans war kurz. Der Zug rollte bereits wieder an, vor ihrem Fenster zog der leere Bahnsteig vorbei, und wie immer, wenn der Zug Sargans hinter sich ließ, hatte sie für einen Augenblick das Gefühl, sie würden in die verkehrte Richtung fahren. Sie beugte sich zum Fenster, spähte nach der Silhouette des Schlosses und sah sie nicht. Entweder war die Fassadenbeleuchtung bereits abgeschaltet worden, oder das Schloss war tatsächlich nicht zu sehen.

In den Fensterscheiben spiegelte sich die Inneneinrichtung des Speisewagens – und ihr Gesicht. Milchig, farblos und durchsichtig, die Maske einer Toten.

Schlagartig packte sie ihre alte Angst. Als würden ihre Mörder aus dem Schatten der schwarzen Berghänge kriechen, sich an den Waggons festsaugen, kopfüber vom Dach baumeln und ihr durch das Fenster ins Gesicht springen. Sie sah den Brief vor sich, die hässliche Zeile im schlenkernden Tanz des Zuges.

Sie wünschte, sie könnte sich dem Mann ihr gegenüber

anvertrauen, besäße jemanden, der zumindest wüsste, dass man sie bedroht. Sie möchte eine Hand auf seinen Arm legen, nicht mehr länger allein sein, darüber reden, wie ernst sie die Drohung zu nehmen hatte.

Es ging ihr, verdammt noch mal, ziemlich beschissen.

«Sie haben den Hund noch nicht sehr lange?», sagte der Skilehrer vorsichtig, offensichtlich darum bemüht, ein unverfängliches Gesprächsthema anzusteuern.

«Nein. Nein, das ist mein erster Hund, und ich weiß auch nicht …»

Sollte sie ihrem Visavis sagen, weshalb sie sich einen Hund zugelegt hatte? Nein. Er sollte sie zurück zu ihrem Abteil begleiten, vielleicht bat sie ihn zu bleiben, vielleicht. Wenn einer sich einmal zum Beschützer ernannt glaubte, maßte er sich eine Dominanz an, die ihr alle Kerle zuwider machte. Abgesehen davon sah er durchaus danach aus, als ob er einen Platz für seine Zahnbürste suchen würde.

«Was wissen Sie nicht?», fuhr der Typ den Bagger auf.

«Wer Sie sind, wie Sie heißen, und was, außer Hunde bändigen, Sie sonst noch können?»

Er lachte und stellte sich vor. Jürg Mettler. Ein Vorname aus dem letzten Jahrhundert. Gut, so lange lag das nun auch wieder nicht zurück, trotzdem, wieso nannte er sich nicht Georg. – Jürg würg. – Selbst Schorschiboy hätte besser geklungen.

Dann, kaum hatte er seinen Namen gesagt, wollte er vom Fernsehen quatschen. Auch nicht besser als alle andern. Dass er eine ihrer Sendungen gesehen habe und dass er … Sie schnitt ihm das Wort ab und sagte, kurz vor Mitternacht sei sie definitiv nicht mehr im Dienst, über ihre Sendungen könne er morgen früh wieder mit ihr reden. Er nickte brav und verstummte. So war das ja nun auch nicht gemeint. Aber vielleicht grübelte er bereits über ihr verstecktes Angebot. Sie musste ihn an ihre ursprüngliche Frage erinnern. Er beugte sich leicht vor und sagte ziemlich leise:

«Ich war bei der Polizei. War Privatdetektiv. Wahrscheinlich bin ich es schon bald wieder.»

Das wäre ja dann ein Volltreffer gewesen, wenn seine Antwort auch reichlich sibyllinisch klang.

«Vor gut zehn Jahren bin ich als Privatdetektiv nach Afrika gefahren. Dort habe ich mich, anstatt meinen Fall zu lösen, verliebt und ein Hotel gekauft …»

O je, eine Lebensbeichte, zumindest hörte es sich so an. Gleich alle Klammern auf. Immerhin nicht allzu gewöhnlich. Detektiv, Afrika, Liebe, Hotel, das war doch gleich eine ganze Reihe von Stichworten, auf die sie bei ihren Studiogästen meist vergeblich hoffte. Vielleicht müsste sie Schorschi einmal zu einer Sendung einladen. Auf jeden Fall kam ihr Skilehrer ganz schön in Fahrt.

Aber er besaß eine angenehme Stimme und schwatzte flüssiger und nicht ganz so doof drauflos wie vorhin, als er glaubte, der Strauß nach dem Maul reden zu müssen, sie hörte ihm gerne zu. Er unterhielt sie. Er verstand es sogar, den Monolog zu vermeiden, baute Fragen ein und gab ihr die Möglichkeit, Stellung zu nehmen. Fast hätte man glauben können, sie sprächen miteinander. Aber sie spielte die Bälle immer gleich wieder zurück. Sie zog es vor, ihm zuzuschauen. Als säße sie in einem Stummfilm, oder einem Streifen in einer fremden Sprache. Überdies entwickelte Schorschi schauspielerisches Talent. Er begleitete seine Worte mit Gesten, dann skizzierte er auf einer Serviette den Flickenteppich afrikanischer Staaten oder imitierte einige der Hauptpersonen, die seinen Lebensweg gekreuzt hatten. Eine Zeit lang hielt er sich beim Sprechen sogar die Nase zu. Er war witzig.

Vieles verstand sie allerdings nicht, und den Faden hatte sie längst verloren. Einmal wohnte er am Meer, dann in der Hauptstadt, oder im Urwald, bald besaß er ein Hotel, dann gehörte es seiner Frau; schließlich hätte sie nicht einmal mehr sagen können, in welchem Land der Mann denn nun gelebt hatte. Doch wenn er seine Rede unterbrach und sie fragte, ob er sie mit seiner Geschichte nicht langweile, schüttelte sie den Kopf und bat ihn, zu Ende zu erzählen. Alles war besser, als zurück ins Abteil zu ihrem Hund zu müssen.

Vor Buchs leerte sich der Speisewagen. Offensichtlich glaubten viele, sie müssten während der Grenzkontrollen in der Nähe ihres Gepäcks sein. Dann stand der Zug an die zehn Minuten. Die Schweizer Lokomotive wurde ausgewechselt. Vor den Fenstern schlenderte ein Bahnbeamter vorbei, der mit einer Eisenstange gegen die Räder schlug.

Die theatralischen Schilderungen Schorschis kamen ihr nun, da die Geräusche des Zuges ihr Gespräch nicht mehr übertönten, etwas aufdringlich vor. Kam hinzu, dass der Mann in der roten Jacke wieder in den Speisewagen kam und sich an einen Tisch in ihrer Nähe setzte. Viel zu laut bestellte er sich einen «Bündnerteller». Vielleicht hatte er noch das Dröhnen des Zuges im Ohr, doch das störte sie nicht, schlimmer war, dass er, während er auf sein Trockenfleisch wartete, Lust auf ein Schwätzchen zu bekommen schien. Auf jeden Fall sah sie ihm an, wie er die Ohren spitzte und ihr Gespräch belauschte.

Sie konnte es verstehen. Er reiste allein und langweilte sich, aber auf eine Ausdehnung ihres Gesprächs hatte sie nun wirklich keine Lust. Dass sich da einer einklinkte, vielleicht, weil er auch einmal in Afrika gewesen war oder weil er sie vom Fernsehen kannte.

Sie wollte ins Bett. Ob mit oder ohne wusste sie immer noch nicht, aber allein zurücklassen wollte sie ihren Schutzengel auf keinen Fall. Sie winkte dem Kellner, verlangte die Rechnung, und noch bevor sich Schorschiboy überhaupt zur Wehr setzen konnte, hatte sie alles bezahlt.

## SCHLAFWAGEN 302 / ABTEIL 17
## FELDKIRCH–LANGEN AM ARLBERG

Mettler stand unter der Türe zu seinem Abteil und lauschte auf die Geräusche im Flur. Dorin Wolf wurde immer noch von ihrem Hund begrüßt. Ein stürmischer Mix aus Kläffen und Gewinsel.

Er hatte die Moderatorin bis zu ihrem Abteil begleitet. Schon im Speisewagen war ihm ihre Nervosität aufgefallen. Vor allem nach dem Streit mit der Dramatikerin. Eine Unruhe, die sich auf dem Weg durch die Waggons noch verstärkte. Sie ging so dicht hinter ihm, dass er ihren Atem spürte, und wenn er zwischen den Wagen kurz hintereinander gleich mehrere Türen öffnen musste, lief sie auf ihn auf, als befürchte sie, die automatisch schließenden Türen könnten sie trennen. Im Ruhewagen, wo sie über Gepäckstücke und Beine steigen mussten, griff sie nach seiner Hand und gemeinsam balancierten sie durch eine Herde Schlafender, deren Ausdünstungen an ein überfülltes Massenlager erinnerten. Wenn ihnen jemand begegnete, drückte sie sich an ihn, und vor jedem Durchgang drehte sie sich um, als ob sie sich vergewissern wollte, dass ihnen niemand folgte.

Sie erreichten den Schlafwagen, und sie wurde etwas ruhiger. Aber als ihnen hinter der Schwingtüre zum Flur zwei Männer entgegenkamen, erschrak sie so sehr, dass er das Stocken ihres Atems hörte. Es waren der junge Schwendimann, der mit einem Paket (wahrscheinlich schmutzigen Pampers) zum Waschraum wollte, und ein tatsächlich etwas merkwürdiger Bursche mit einem knallroten Haarschopf, so schrill, dass die Haare der Moderatorin schon fast natürlich wirkten. Ein Typ, von dem er instinktiv dachte, dass er im Schlafwagen nichts zu suchen habe, und den er hier auch noch nicht gesehen hatte.

Sie riss ihn zurück und klammerte sich an ihn, bis die beiden Männer vorbei waren, dann zog sie ihn hinter sich her zum Aufgang in ihr Abteil. Dort musste sie wohl selbst das Gefühl bekommen haben, dass ihr Benehmen ihn befremden könnte. Sie ließ ihn los, hüpfte die Treppe hoch und drückte die Türe auf – der Hund erkannte sie und begann sein Begrüßungsgejaule – worauf sie noch einmal zu ihm zurückkam, ihn umarmte und flüsterte:

«Denken Sie nicht zu schlecht von mir.»


Der Hund beruhigte sich, und er schob die Türe zu. Endlich kam er dazu, seine Schuhe auszuziehen. Zur Blase an den Fersen war in den letzten Stunden ein immer stärker werdender Druck auf den gesamten Fuß gekommen, ein stechender Schmerz. Seine Socken waren blutig und hinterließen auf dem Teppichboden mehrere Abdrücke mit einem feinen, dunklen Rand.

Es war nicht das erste Mal, dass er ein Abteil in einem Schlafwagen gebucht hatte, aber noch nie in einem Komfortwagen eines City Liners. Außer Fenster, Spiegel und Bettlaken war alles aus einem harten, widerstandsfähigen und gut zu reinigenden Kunststoff. Es roch nach nichts, es klapperte nichts, und alles wirkte geradezu klinisch sauber. Sogar der Apfel, der zum Begrüßungsset gehörte, sah nach Plastik aus.

Die Fahrgeräusche des Zuges waren so gering, dass er sich fragte, ob der Zug überhaupt fahre. Er spähte durchs Fenster in die Nacht hinaus und sah nichts, aber ein paar Minuten später, als der Zug hielt, bemerkte er es erst, als der Wagen schon eine ganze Weile in einem hell erleuchteten Bahnhof stand.

Er kramte seinen Waschbeutel aus dem Koffer, legte sein Buch und die Zeitschrift aufs Bett und zog sich aus. Nachdem er die Zähne geputzt, ins Lavabo gepinkelt und zumindest den Versuch unternommen hatte, sich zu waschen, kroch er ins Bett.

Unter dem Kasten des zweiten zusammengeklappten Betts war es so eng, dass er nicht mehr lesen konnte. Er rutschte hervor, riss das Bett auseinander und platzierte das Kissen beim Fenster. Aber über dem Fenster gab es keine Leselampe, und aus dem Schlitz der Ventilation blies kalte Luft. Entnervt knautschte er die Decke zusammen und schob sie sich in den Rücken.


Das Titelfoto der «Privat» hatte wenig zu tun mit der Person, die er zwischen Walenstadt und Feldkirch kennen gelernt hatte. Nichts mit dem beleidigten Gezänk, mit dem sie über das Theaterstück von Melitta Strauß hergefallen war, und nichts mit der kindlichen Anhänglichkeit, mit der sie ihm durch die Waggons gefolgt war. Er suchte nach einem Grund, weshalb er dieser Frau ungefragt seine Geschichte preisgegeben hatte, während er der Dramatikerin ausgewichen war.

Auch dem Titelfoto hätte er sein Leben erzählt. Den Augen, die einen so erwartungsvoll anschauten, dem leicht erstaunten Lächeln, das einem jede Beichte entlockte.

«Eine Madonna», murmelte er und strich mit der Hand die Seite glatt.

Die Wolf in der Maske einer Heiligen. Das tief verwurzelte Bild eines Traums. Für die Moderatorin einer Sendung wie «Blick ins Herz» eine ideale Rolle.

Eine Madonna mit rot gefärbten Haaren? War er vielleicht dabei, sich in die Rote zu verlieben, oder hatten ihn Alkohol und Lebensüberdruss der letzten Monate zum sentimentalen Trottel gemacht? Ein Jammerlappen, der vor dem Hotelfernseher in Tränen ausbrach, oder sein Herz ausschüttete, sobald er einer attraktiven Frau begegnete?

Der Artikel war die Fortsetzung des Titelfotos in Küche, Bad und Bett.

«Wir wissen, wenn wir klingeln und unser TV-Schätzchen die Tür zu ihrem Heim aufmacht …» Ein paar Zeilen später «huschte das TV-Schätzchen» «elfenhaft» in die Küche und kam mit Kaffee und Gebäck zurück, was dem Schreiber und dem Fotografen in «weichen Pludersesseln» ein «himmlisches Vergnügen» bereitete.

Die Fragen, welche der Reporter stellte, waren so saudumm, dass die Antworten nicht gescheit sein konnten, doch dann ließ sich Dorin Wolf, von den vielen Komplimenten geblendet, dazu verführen, ihre Wünsche für die Zukunft preiszugeben.

«… natürlich kann ich die Sendung ‹Blick ins Herz› nicht mein ganzes Leben lang machen. … viel lieber möchte ich mit einem Kamerateam unterwegs sein und wirklich gute Reportagen über wirklich wichtige Leute machen. Über fremde Länder, oder über Tiere, über Städte und Strände …»

Eine Seite weiter hinten lag die Wolf in einer durchsichtigen Bluse, einem verrutschten Minirock und Stiefeln auf der

Decke ihres Doppelbetts. Halb aufgestützt, die Knie leicht angewinkelt schaute sie verängstigt oder verführerisch und tat, als ob sie jeden, der ihr zu nahe kommt, in den Bauch treten wolle.

Plötzlich schämte er sich für seine Geschwätzigkeit im Speisewagen. Er warf das Heft unters Waschbecken, wo er einen Papierkorb vermutete, als es an seine Türe klopfte. Er setzte sich auf und lauschte, glaubte, sich getäuscht zu haben, als es ein zweites Mal klopfte. Lauter als zuvor. Er rutschte vom Bett, wickelte sich die Decke um den Bauch und öffnete die Tür.

Auf der Treppe, den Hund an der Leine, stand Dorin Wolf.

«Darf ich Sie bitten, zu mir in mein Abteil zu kommen. Ich muss Ihnen etwas zeigen. Es ist dringend.»

## SCHLAFWAGEN 302 / ABTEIL 13
## LANGEN AM ARLBERG–STRENGEN

Sie wollte, sie hätte Schorschi nicht herübergebeten. Es war ein Fehler. Wie er dagestanden hatte, mit seiner Decke um den Bauch, die muskulöse, braun gebrannte Brust. Ein geiler Pfau. Sonst hätte er ihre Einladung nicht so selbstverständlich angenommen. Was sich diese Säcke immer einbilden. Wahrscheinlich schluckte er schon sein Viagra, kramte nach einem Präser.

Es wäre besser gewesen, sie hätte sich wieder in den Speisewagen gesetzt. Im Speisewagen konnte man sie nicht umbringen. Aber die Vorstellung, allein durch die Waggons zu gehen ... Nein. Nie im Himmel. Auch den Hund hätte sie nicht wieder allein lassen können. Ein Minimum an Sicherheit gab er ihr ja doch. Dass jemand die Treppe hochkam, merkte er sofort. Er stellte die Ohren, schaute gebannt zur Tür und knurrte.

Ihr Gast klopfte an die Tür, als müsste er sie einschlagen. Der Hund bellte. Musste denn der ganze Zug wissen, dass sie Besuch bekam?

«Pst! Busoni! Sei doch still! – Wer ist da?»

«Sie wollten mir etwas zeigen.»

«Ja. – Busoni, es reicht, sei jetzt einmal still. – Einen Augenblick.»

Sie schob die Türe auf und bat ihren Besucher herein. Busoni leckte dem Typen die Hand, winselte vor Begeisterung und tanzte auf der Stelle. Schorschiboy kniete zwischen Tür und Angel und knuddelte den Köter.

«Nun kommen Sie doch rein. Ich will die Türe wieder schließen.»


Parfümiert hatte er sich. Nicht schlecht. «XS paco rabanne». Zumindest im Schweizer Sender kannte sie gleich mehrere, die sich dieser herben Limonenfrische überließen. Kameraleute, ein Cutter, Schauspieler …

Seine Jacke und den muffigen Schal hatte er «zu Hause» gelassen. Gut so, oder eben doch nicht. Es war klar, er segelte unter falscher Flagge. Sie drückte die Türe zu und legte den Riegel vor. Dann packte sie den Hund am Halsband und zerrte ihn von dem Mann weg.

«Busoni, aus jetzt. – Nehmen Sie doch Platz.»

Sie musste den Hund festhalten. Er musste sich in den Mann vernarrt haben, immer wollte er wieder zu ihm hin. Schorschi setzte sich aufs Bett, ans Fußende beim Fenster, wo sie ihn haben wollte.

Sie hatte geplant, ihre Einleitung im Stehen abzugeben, nun kauerte sie neben dem Hund. Immer wieder der Hund.

Aber vielleicht war das sogar besser, sie und ihr Hund, sie beide mussten beschützt werden, und dem Hund konnte er ja offensichtlich nichts abschlagen.

«Ich brauche Ihre Hilfe», flüsterte sie. «Sie sind Detektiv. – Ich kann es mir gar nicht leisten, Ihnen nicht zu glauben. Ich sterbe vor Angst. – Jemand will mich umbringen.»

Er reagierte überhaupt nicht, schaute ihr in die Augen, zwischen zwei Lidschlägen in den Ausschnitt. Er war auf der Hut.

«Seit Wochen bekomme ich Drohbriefe.»

Er wusste nicht, was er davon halten sollte. Sie sah es ihm an.

«Heute, heute Nacht, da soll es geschehen … Sie sind Detektiv, Sie müssen mir helfen.»

Er schaute immer noch, als ob die Antwort auf ihrer Stirn zu lesen wäre. Dieser Blick, dann sagte er endlich:

«Ich glaube kaum, dass ich der richtige Mann bin.»

«Ich bezahle Sie.»

«Das meine ich nicht. Ich habe schon lange keine Lizenz mehr. Selbst wenn ich wollte, darf ich nicht für Sie arbeiten.»

Er schwieg, starrte vor sich auf den Boden, die Enttäuschung stand ihm ins Gesicht geschrieben. Mein Gott, was für ein Arschloch.

Sie stand auf. Wenn sie noch länger in der Hocke kauerte, schliefen ihr die Beine ein. Am liebsten würde sie den Typen wieder rausschmeißen. Gleich würde er den Hund zu sich locken, damit seine Hände eine Beschäftigung fänden.

«Ich bin Ihnen gerne behilflich. So gut ich kann, aber nicht als Detektiv – Ich habe zehn Jahre in Afrika gelebt und weiß nicht, ob ich als Spürnase noch zu gebrauchen bin.»

Er hob den Kopf und grinste, ein verschmitztes und irgendwie verschwörerisches Lächeln, das sie irritierte.

«Doch, doch», sagte sie schnell. «Es ist ja nur für eine Nacht.»

Mist, das war nicht gut. Er schielte auch schon wieder. Sie hätte ihm das alles schon im Speisewagen sagen sollen. Ohne den faden Beigeschmack einer Erotik, als ob sie in einem Lift stecken geblieben wären. Ach was, es kam doch schon gar nicht mehr darauf an.

«Ich habe Angst.»

Er nickte. Der Hund hockte vor ihm und wedelte mit dem Schwanz.

«Ich danke Ihnen für Ihr Vertrauen.»

Oh Gott!

«Solange ich hier bin, können Sie ja einigermaßen sicher sein. – Das stimmt doch, oder?»

Sie wusste überhaupt nicht mehr, was sie sagen sollte.

«Am besten setzen Sie sich hin und erzählen mir einmal der Reihe nach, was Sie wissen. Wann und wie alles angefangen hat und warum Sie glauben, dass diese Nacht so gefährlich für Sie wird», spielte er den braven Onkel. «Es gibt bessere Örtlichkeiten als einen Zug, um jemanden umzubringen.»

Sie nickte und ärgerte sich. Warum nickte sie, als ob sie einverstanden wäre, und wusste doch, dass er sie nur beruhigen wollte.

«Ihr Mörder muss Sie kennen. Gut kennen. Umso mehr muss er befürchten, von Ihnen erkannt zu werden. – Dass jemand, der Ihnen Angst macht, gleich einen Killer auf Sie ansetzt, glaube ich nicht. Ein Schlafwagen ist dafür ein denkbar schlechter Ort …»

«Sie halten mich für verrückt, denken ich spinne.»

«Nein. – Ich kann mir vorstellen, dass Sie Feinde haben.»

Wollte er sie beleidigen? Warum konnte er sich vorstellen, dass sie Feinde hat? Er weiß nicht, wer sie ist. Ein Banause, Hinterwäldler, dachte sie. Einer, der aus dem Urwald kommt und sich nun als Feigling entpuppt, einer, der gerade mal weiß, wie man mit einem Hund umgeht.

«Ich habe sie doch nicht beleidigt?»

Er schaute ihr voll ins Gesicht und schob doch tatsächlich den Hund beiseite.

«Heißt er da wirklich Busoni?»

«Ja. Stört Sie das?»

«Nun ja, der Name eines italienischen Komponisten.»

Busoni? Sie hatte geglaubt, es sei ein Markenname für Suppen und Saucen, wie Knorr oder Maggi. Auch egal. Hieß er eben nach einem Komponisten.

«Ich kenne eine Katze, die Mozart heißt», sagte sie bissiger als beabsichtigt.

Der Zug schoss in den Arlbergtunnel. Die Druckveränderung schlug gegen das Wagenfenster und die Fahrgeräusche des Zuges verstärkten sich.

Eigentlich der ideale Moment für einen Mord, kein Hilfeschrei könnte das dumpfe Dröhnen übertönen. Und alle Zeit der Welt. Die Durchfahrt würde mehrere Minuten dauern. Niemand würde den Mord oder die Flucht des Mörders hören. Schreie, Schritte, Türschlagen, alles würde im Lärm des Zuges untergehen. Sie stand auf und riss den oberen Einbauschrank auf, zog ihre Mappe hervor, wühlte und kramte darin herum, bis sie die Briefe zu fassen bekam und schleuderte den ganzen Packen aufs Bett.

«Da!», schrie sie und zeigte auf den Brief. «Da, der da!»

Der Hund jaulte auf seinem Platz hinter der Tür, dann kam er aus seiner Ecke und steckte den Kopf zwischen die Beine ihres Besuchers.

Wenn er sich jetzt um den Köter kümmert …

Doch er tätschelte nur dessen Kopf, griff nach dem Brief, faltete ihn auseinander, starrte auf den hässlichen Satz und schloss die Augen.

Ja und? War das alles, was ihm dazu einfiel? Sah er denn nicht, wie sie zitterte? Wie die Angst sie würgte?

Ihre Augen füllten sich mit Tränen. Am liebsten hätte sie sich einfach übers Bett in den Schoss des Mannes geworfen und losgeheult. Doch sie ist keine hysterische Heulsuse.

Aber seine geschlossenen Augen waren eine Gemeinheit. Er soll verschwinden, nein, dableiben, den Arm um sie legen und mit ihr auf den Morgen warten. Gott sei Dank fasste er sie nicht an. Aber wenn er aufstehen und abhauen wollte, würde sie ihn zu sich niederziehen. Sie müsste, weil sie sonst sterben würde. Wenn er ein halbwegs anständiger Kerl wäre, so würde er das Maul aufmachen und sie trösten, aber er hockte da und schwieg, ihren Hund zu seinen Füssen.

Der Zug schnellte aus dem Tunnel. Das Fenster knackte. Er öffnete die Augen, schaute sich den Zettel noch einmal an, faltete das Papier zusammen und legte es zurück.

«Den Tunnel haben wir schon einmal hinter uns», sagte er, ohne sich nach ihr umzudrehen, und als spräche er mit ihrem Hund. «Wenn wir die Drohung ernst nehmen, und das müssen wir, sind wir im Vorteil. Es ist gut, dass Sie mich zu sich gebeten haben. – Wer immer versucht, Sie umzubringen, muss sich für diese Tat einen sorgfältig vorbereiteten Plan ausgearbeitet haben. – Seit wann haben Sie den Hund?»

«Seit ein paar Tagen», flüsterte sie. «Es ist das erste Mal, dass ich und Busoni zusammen nach Wien fahren.»

«Aha. Wer weiß davon? – Was glauben Sie? Haben Sie eine Vermutung, wer der Mörder sein könnte. Ein Mann, eine Frau, jemand, der einmal in ihrer Sendung war, aus ihrem

Bekanntenkreis, ein Arbeitskollege? Sie müssen sich das gefragt haben. – Wann haben Sie den ersten Brief dieser Art bekommen?»

Das hatte die Polizei sie auch gefragt. Sie wusste es nicht. Das war es ja, was ihr solche Angst machte, sie hatte keine Ahnung. Hätte sie einen Verdacht gehabt, man wäre der Sache nachgegangen. Aber so.

«Sie haben Recht», sagte er, «zu wissen brauche ich das nicht. – Versetzen wir uns einmal in die Lage des Täters. Er dürfte mittlerweile einigermaßen verwirrt sein. Der Hund. Ein Unbekannter in Ihrem Abteil. – Vorausgesetzt, er hat überhaupt die Möglichkeit, Sie zu beobachten, und plant, Sie in Ihrem Abteil umzubringen. – Sie aus dem fahrenden Zug zu werfen dürfte freilich schwieriger sein. Man könnte Sie vergiften, Ihnen durch den Schaffner etwas bringen lassen. Oder man könnte die Snacks, die man uns zur Begrüßung aufgetischt hat, präpariert haben, den Apfel zum Beispiel. Ein Schneewittchenmord.»

Wahrscheinlich erwartete er, dass sie in Gelächter ausbrechen und seinen Einfällen Beifall spenden würde. Ein Idiot. Doch er war mit seinem Detektivspiel noch nicht am Ende.

«Ich würde versuchen, Sie in Ihrem Abteil zu töten», fantasierte er. «Woher weiß ich, welches Ihr Abteil ist? Wie komme ich unbemerkt hinein? Wenn Sie auf die Toilette gehen? Wenn Sie schlafen und alles ruhig ist. Ich muss Schlüssel haben. Vor allem muss ich Sie beobachten, dieses Abteil überwachen können. Ich muss Sie im Schlaf überraschen, und ich muss wieder hinaus, und den Zug verlassen können ...»

«Vielen Dank, Sie können einen wirklich beruhigen», unterbrach sie ihn empört.

Was bezweckte er mit seinem Geschwätz? Es ging doch nur darum, sie vor einem Mord zu bewahren. Ihr Urwaldheld sollte sich einfach vor die Tür stellen und brummen. Ein Baloo.

Nun beugte er sich vor und fingerte die Unterseite des Waschbeckens ab, er untersuchte den Rahmen des Fensters, griff hinter die Jalousie, stand auf und stellte sich vor die schmale Schrankwand.

«Darf ich?»

Ohne ihre Antwort abzuwarten, öffnete er Türen und riss Schubladen heraus, fuhr mit der Hand Kanten entlang oder tastete Rückwände ab.

«Suchen Sie Wanzen?», fragte sie pikiert und zog die Beine hoch. «Vielleicht kriechen Sie unters Bett?»

Er schaute tatsächlich auch dort nach und wühlte im zusammengeklappten oberen Bett herum. Sein konzentriertes, fast finsteres Gesicht amüsierte sie. Er presste die Lippen aufeinander, und wenn er sich, wie eine verrenkte Gliederpuppe und keuchend, zwischen Hund und Bett und über ihr seinem Tastsinn überließ, schloss er die Augen. Ein Verrückter. Sie hatte ihn doch nicht gebeten, ihr Abteil auf den Kopf zu stellen. Selbst Busoni, der erst glaubte, er müsse ebenfalls aufstehen und aufgeregt den Boden abschnüffeln, legte sich wieder hin. Dann wischte er sich die Hände an ihrer Bettdecke ab und sagte:

«Nichts! Der Kerl muss sich ja verdammt sicher fühlen. Auf jeden Fall scheint er Bescheid zu wissen. – Fahren Sie eigentlich immer mit diesem Zug und immer im Schlafwagen?»

«Ja, und immer in diesem Abteil. Es liegt in der Mitte des Wagens und besitzt einen eigenen Aufgang. Ich lasse es mir immer gleich wieder reservieren ...»

«Wer weiß das?»

«Niemand, außer … Die Leute von der Bahn natürlich, der Schaffner. – Sie sind ja verrückt.»

«Das werden wir gleich sehen. – Ich werde jetzt hinausgehen. Sie verschließen die Tür. Die Drehsperre verriegeln sie nicht. Einen Schlüssel, wie ihn der Schaffner hat, kann sich jeder besorgen. Es geht um die Schließstange. Ich werde Sie anschleichen und versuchen, die Tür zu öffnen, als wäre ich Ihr Mörder. – Behalten Sie den Hund im Auge.»

Sein Ernst war irgendwie drollig. Trotzdem, das mit dem Mörder hätte er besser nicht gesagt. Nicht dass sie plötzlich glauben würde, er selbst, nein, das konnte sie sich nun wirklich nicht vorstellen. So täuscht sich keine Frau. Aber wenn der Mörder nur darauf wartete, dass ihr Schorschi sich in eine Toilette zerren und ausschalten ließ? Sie hätten besser ein Zeichen verabredet. Dass er dreimal an die Tür klopft oder sich räuspert.

Wenn sie wenigstens eine Waffe gehabt hätte, einen Pfefferspray. Aber das Einzige, was ihr in die Hand kam, war ein kantiges Parfümfläschchen. Ein unbrauchbares Werkzeug, um einen Gegner auszuschalten. Obwohl, so schwach, wie man vielleicht glaubte, war sie nicht. Sie ging ins Krafttraining. Regelmäßig. Seit einem Jahr lernte sie die Kampfformen des Tai Chi.

Busoni schnellte auf und ging zur Tür. Hörte er etwas? Sie selbst hörte gar nichts, nur das Rauschen des Zuges. Oder die Klimaanlage. Der Hund stellte die Ohren, winselte und knurrte.

Dann drehte sich der Knauf des Schlosses, langsam und geräuschlos. Sie starrte auf den Knopf und hielt den Atem an. Jetzt knickte die Türe ein, jetzt wurde sie Millimeter um

Millimeter aufgeschoben. Der Hund fixierte den Türspalt. Zu knurren vergaß er schon wieder.

Dann arretierte der Riegel. Der Hund steckte seine Schnauze durch den etwa handbreiten Spalt und wedelte mit dem Schwanz. Eine Hand schob sich ins Abteil, Finger griffen nach der Schließstange, versuchten, sie aus dem Gegenstück zu stoßen, drückten, pressten, rüttelten. Ohne Erfolg. Die Hand zog sich zurück und die Tür wurde wieder geschlossen.

Doch dann, vollkommen unerwartet, fiel die Schließstange aus der Halterung. Einfach so. Nutzlos baumelte sie neben dem Türrahmen, und mit einem Stoß flog die Türe auf.

Sie stieß einen entsetzten Schrei aus. Doch schon wurde sie herumgewirbelt, und eine Hand erstickte ihren Aufschrei. Sie wollte beißen, brachte aber den Mund nicht mehr auf.

«Beruhigen Sie sich doch, ich bin es. Herrgott noch mal, ich habe Ihnen doch gesagt, dass ich versuchen werde … Still jetzt!»

Schorschi. Das wird er büßen, Schorschi inszeniert einen Überfall, demonstriert seine Überlegenheit. Die Sicherheit der Türe wollte er überprüfen, stattdessen erschreckte er sie zu Tode.

Sie versuchte ihn zu treten, ihm auf die Füße zu stehen, aber er hatte sie mit dem Rücken zu sich gedreht und umklammerte sie, sie war ihm vollkommen ausgeliefert. Nun begann sie auch noch zu zittern, gleich würden ihr die Knie wegsacken. Der verdammte Scheißkerl. Er drehte sie um und drückte sie aufs Bett.

Sie warf ihm einen wütenden Blick zu. Dann musste sie die Augen schließen und sich festhalten. Das Abteil wirbelte im Kreis herum, ein Gefühl, als würde sie in einen alles zermalmenden Schlund gesogen. Er packte sie bei den Schultern und hielt sie fest.

Die Kraft seiner Umklammerung, ihr Kopf, ihr Atem, das Herz. Auf dem Boden der blöde Hund. Der schlingernde Wagen. Die Lichter eines Bahnhofs, die wie Blitze zwischen Jalousie und Fensterrahmen flackerten und im Halbkreis durchs Abteil jagten. Gleich würde sie sich übergeben. Da spürte sie den Plastikbecher an ihrem Mund und trank.

«Um Gottes willen, ich wollte Sie nicht erschrecken.»

Sie schwieg und umklammerte den Plastikbecher.

«Immerhin wissen wir jetzt, dass der Sicherheitsriegel nichts taugt. Entweder die gesamte Vorrichtung, was ich nicht glaube, oder irgendjemand hat sich daran zu schaffen gemacht.»

Er ließ sie los, ging zur Tür und untersuchte die Schließstange. Dann wühlte er in seinen Hosentaschen, klappte ein Taschenmesser auseinander und stocherte damit in der Halterung herum. Er zog einen Kartonstreifen hervor, grunzte befriedigt und werkelte erneut am Halter.

Schließlich drückte er die Schließstange in ihr Gegenstück, öffnete die Tür, schob sie bis zur Arretierung und zurück, rüttelte, drückte; die Schließstange bekam er nicht mehr frei. Die Halterung fuhr allen Bewegungen der Türe hinterher und diese blieb gesichert.

Er drehte sich zu ihr um und hielt ihr den Kartonstreifen vors Gesicht.

«Klasse, Schorsch», zischte sie.

Er schaute blöde, zumindest irritiert, um gleich wieder Detektiv zu spielen.

«Damit hat jemand die Türverriegelung manipuliert. – Den Kartonstreifen habe ich hinter dem Halter für die Stange gefunden. Er hat eine Feder lahm gelegt, die dafür verantwortlich ist, dass die Schließstange nicht aus ihrem Gegenstück fallen kann. – Wir können also davon ausgehen, dass tatsächlich jemand beabsichtigte, in Ihr Abteil einzubrechen.»

«Na toll, auf die Idee wäre ich ja nie gekommen.»

«Die Sicherheitssperre ist so weit wieder in Ordnung. So gesehen, haben wir die Pläne eines möglichen Täters durchkreuzt. Trotzdem schlage ich vor, dass ich die Nacht bei Ihnen verbringe ...»

«Das könnte dir so passen», fuhr sie ihn an.

«Auf der zweiten Liege.»

«Jetzt hab ich aber genug. Raus! Raus hier, oder ich rufe den Schaffner.»

Er schaute sie entsetzt an, schüttelte ungläubig den Kopf und zog ab. Fluchtartig. Ein richtiger Feigling.

SCHLAFWAGEN 302 / ABTEIL 17
STRENGEN–PITZTAL

««Dann›, sagte Poirot bedächtig, ‹sieht es so aus, als ob wir unseren Mörder im Wagen Istanbul–Calais zu suchen hätten.› Er wandte sich an den Arzt. «Das wollten Sie doch vorhin andeuten, nicht wahr?›

Der Grieche nickte.

‹Wir sind eine halbe Stunde nach Mitternacht in diese Schneeverwehung geraten. Danach kann niemand mehr den Zug verlassen haben.›

‹Der Mörder›, sagte Monsieur Bouc mit feierlichem Ernst, ‹ist unter uns – er sitzt jetzt in diesem Zug.›»

Mettler legte das Buch beiseite und starrte zur Decke. Agatha Christies Geschichte bewährte sich nicht.

Hatte er den Verstand verloren, seinen Instinkt, auf den er sich so viel einbildete? Schminke und falsche Haare, aber er schwärmte von einer Madonna. Die Frau war eine Hexe. Ein richtiges Biest.

Erst empfing sie ihn halb nackt, in einem notdürftig zusammengebundenen Morgenmantel, den sie sich ständig mit einer Hand zuhalten musste, weil sonst ihre Brüste zu sehen waren, dann präsentierte sie ihm eine haarsträubende Geschichte, und als er schließlich halbwegs davon überzeugt war, dass die Möglichkeit einer Bedrohung bestand, schmiss sie ihn raus. Eine eingebildete Zicke, die glaubte, sie könne sich alles erlauben. Ihr hässliches Lachen, als er die Treppe runterstolperte.

Sie wollte ihn als Detektiv. Als sie vor seinem Abteil stand, wirkte sie verängstigt und verstört. Das war nicht gespielt. Der Ton ihrer Bitte. Ihre Angst war echt. Umso unverständlicher war ihr Verhalten. Warum zog sie sich um, kaum war sie wieder in ihrem Abteil? Warum empfing sie ihn in diesem verführerischen Aufzug, wenn sie Angst hatte und sich bedroht glaubte? Und warum warf sie ihn aus dem Abteil, nachdem er sich bereit erklärt hatte zu bleiben?

Nur mit den Launen eines verhätschelten Fernsehstars ließ sich das nicht erklären. – Die Frau war krank. Krank vor Angst.

Sie hatte ihn um Hilfe gebeten und wollte ihn bezahlen. Aber er wollte ihr Geld nicht. Er hatte ihren Stolz verletzt. Deshalb wurde sie so kratzbürstig, deshalb warf sie ihn hinaus. Sie ertrug es nicht, in seiner Schuld zu stehen.

Ach was. Er hätte sie in den Arm nehmen und auf ihr Angebot eingehen sollen, vielleicht hätten sie zusammen geschlafen, vielleicht … Was für ein Blödsinn, was bildete er sich eigentlich ein? Wer war er denn? Die Frau interessierte ihn doch gar nicht.

Wütend schlug er die Bettdecke zurück und begann, seine geschundenen Füße zu kneten. Beide Fersen waren wund gescheuert, die Blasen geplatzt. Wenn er wenigstens ein paar Heilpflaster hätte.

Auch ein Schnaps hätte ihm jetzt gut getan.

Missmutig beugte er sich zum Fenster und spähte in die Nacht hinaus. Aber da war nichts. Kein einziges Lichtlein wanderte durch die Scheibe. Keine einsame Hoffunzel aus den Steilhängen, keine Straßenlaternen aus dem Tal, nichts, nur die stockdunkle Nacht. Entweder fuhren sie durch Wälder, Felswände entlang, oder das Wetter war so schlecht geworden, dass selbst die allernächsten Dinge von der Finsternis verschluckt wurden.

Vor bald einem Jahr war er zweiundfünfzig geworden. Alice und er hatten seinen Geburtstag gefeiert, unbeschwert und fröhlich. Sie prosteten einander zu: «Auf viele, viele Jahre.» Ein paar Monate später war sie tot.

Er war zu einem Heimkehrer ohne Heimat geworden. Er sah sich gezwungen, irgendwo ein neues Leben zu beginnen, weil er sich nicht vorstellen konnte, ohne Alice in Afrika zu bleiben. Aber in der Schweiz oder irgendwo in Europa eine Arbeit zu finden, war nicht leicht für einen, auf den niemand wartete. Die Exfrau Alis, die mittlerweile eine Jobvermittlung leitete und der er in Zürich einen kurzen Besuch abstattete, stufte ihn auf Grund seines Alters als «schwer vermittelbar» ein.

Eine Lücke von zehn Jahren galt heute als unüberbrückbar. Über seine Arbeit in Afrika machte sie sich lustig. Erfahrungen als Hotelier, Wiederaufforstung eines Trockenwaldes,

Buschpilot. Für einen Schnüffler ein schwacher Leistungs-
ausweis. Als Polizist oder Detektiv sei er ohne Computer-
kenntnisse und ohne Know-how heutiger Ermittlungs- und
Fahndungsmöglichkeiten kaum noch zu gebrauchen. Vielleicht noch als Nachtwächter oder Hundefänger.

Im Flur wurden Stimmen laut. Weiter vorn schienen sich
Leute zu versammeln. Geflüster, unterdrücktes Gelächter,
halblaute Rufe, die Säumige aus den Federn trieben.

Was war denn los, stiegen demnächst die ersten Leute
aus? Eine Stunde nach Mitternacht? Wer kaufte sich denn ein
Schlafwagenticket für ein paar Stunden? Wieso kümmerte
sich der Schaffner nicht um sie? Warum sorgte er nicht für
Ruhe?

Jetzt polterten sie an seiner Tür vorbei. Er stand auf, ent-
riegelte seine Türe und streckte den Kopf in den Flur. Mindestens ein halbes Dutzend Leute staute sich vor der Schwingtüre
in Richtung Speisewagen. Claudia und Laszlo waren dabei.
Der Glatzkopf hielt Mutter und Tochter die Türe auf. Als
Letzte stolperte die Mollige hinter den Leuten her, kichernd
und aufgekratzt und in einem schwarzen Abendkleid.

Dass sich die Leute kennen könnten, war ihm bis jetzt
nicht aufgefallen, und nun zogen sie mitten in der Nacht in
den Speisewagen oder sonst wohin, als hätten sie etwas zu
feiern. – Die Fraktion der Hundegegner. Begossen sie ihre
Abneigung bei einem gemeinsamen Umtrunk? Nachts um
eins?

Die hässliche Tochter mit den kurzen Beinen war ihm schon
einmal begegnet. Vor seinem simulierten Einbruch. Sie war
auf dem Weg zur Toilette, hatte gesehen, wie er aus dem Abteil der Wolf kam und ihm verschwörerisch zugenickt. Offen-

bar war sie nicht so spießig, wie er sie eingeschätzt hatte. Weil er dann nicht wollte, dass sie ihn ein zweites Mal im Aufgang zu Dorin Wolfs Abteil entdeckte, wartete er, bis sie wieder zurückkehrte. Er nutzte die Zeit und sah sich ein bisschen im Schlafwagen um.

Obwohl er zu jenem Zeitpunkt eine Bedrohung der Moderatorin für unbegründet hielt (erst die Sache mit der Schließstange verunsicherte ihn), glaubte er, den Wagen auf mögliche Unregelmäßigkeiten überprüfen zu können. Als ob er gewusst hätte, wie ein Schlafwagen normalerweise aussah.

Der beste Beweis, dass der Wolf im Schlafwagen nichts geschehen könne, schien ihm die unbekümmerte Haltung der meisten Mitreisenden. Viele der Falttüren wirkten schlaff, nur gerade irgendwie zugeschoben, weil man es offensichtlich für überflüssig hielt, den Drehverschluss bis zum Anschlag durchzudrücken. Vor den Türen und in den schmalen Aufgängen lagerten Gepäckstücke. Die Tür zum Abteil der Kleinfamilie Schwendimann stand sogar offen. In einigen Abteilen wurde noch gesprochen, irgendwo piepste ein Handy, und selbst dort, wo man zu schlafen schien, verriet ein schmaler Lichtstreif, dass noch jemand wach lag.

Dann kehrte die Frau in ihr Abteil zurück, warf ihm einen vielsagenden Blick zu und verschwand, und er unternahm seinen blödsinnigen Einbruchsversuch.

Er hatte gehofft, dass der Hund zu kläffen anfangen würde. Er vertraute dem Sicherheitsriegel. Er wollte der Moderatorin beweisen, dass sie in ihrem Abteil keine Angst zu haben brauchte. Ein Beweis, der gründlich in die Hose ging. Trotzdem hielt er einen Mord im Zug nach wie vor für unwahrscheinlich. In einem Zug versammelten sich auf kleinstem Raum so viele Leute, dass der Täter immer Angst haben musste, von irgendjemandem überrascht zu werden. Irgendjemand musste immer auf die Toilette oder konnte nicht schlafen und ging in den Speisewagen. Er musste davon ausgehen, gehört und gesehen zu werden. Er hatte kaum Möglichkeiten, seine Spuren zu verwischen. Alles, was er tat, jede Bewegung, jede Äußerung, einfach alles, konnte beobachtet worden sein. Wer einen Mord im Zug plante, durfte im Grunde genommen gar nicht vorhanden sein, er musste als blinder Passagier reisen, als Nobody.

Abgesehen davon, wer von den Mitreisenden sollte denn der Moderatorin nach dem Leben trachten? Die Dramatikerin, der Wiener mit seinem Handy, Mutter und Tochter, die beiden Alten, Laszlo und Claudia, oder der Sikh und seine Frau. Wahrscheinlich gleich alle wie in Agatha Christies «Mord im Orientexpress», und er käme mit reichlicher Verspätung zu einem Auftritt als Monsieur Poirot. «Der Mörder sitzt im Zug», und sein Opfer hat er mit einem Drohbrief vorbereitet, damit es schön brav auf ihn wartet. – Eine ziemlich einfältige Variante.

Gereizt durchwühlte er das Laken, suchte erneut nach dem Roman und entdeckte ihn auf dem Waschtisch. Er blätterte in dem Krimi, starrte auf Buchstaben, ohne sie zu lesen, legte ihn beiseite und stand wieder auf. Er humpelte zur Türe und drückte die Schließstange in ihr Gegenstück. Dann schob er die Türe auf, und wieder zurück, und wieder auf … Die Feder seines Halters funktionierte, die Schließstange saß fest. Seine Tür war gesichert.

Der Drohbrief war echt, aber war er auch ernst zu nehmen? «Willkommen zur letzten Fahrt.» Die letzte Fahrt. Irgendwie erinnerte ihn das an etwas. An einen Buch- oder Filmtitel?

Könnte es auch als Metapher gebraucht worden sein. Für eine Höllenfahrt, für eine letzte Chance? Eine letzte Fahrt musste nicht notgedrungen eine Zugfahrt sein. Der Satz wurde doch nur deswegen so bedrückend, weil ihn Dorin Wolf im Zug gelesen hatte.

Wäre die Manipulation der Schließstange nicht, er würde sich mit Sicherheit keine Sorgen machen. Auch so schienen sie ihm reichlich überflüssig. Sein Einsatz hatte immerhin bewirkt, dass sich die Türe wieder verschließen ließ. Selbst wenn der Halter präpariert und Teil eines Einbruchplans gewesen wäre, dann hatte er diesen erfolgreich vereitelt.

Viel wahrscheinlicher schien ihm, dass der Kartonstreifen, den er hinter der Halterung gefunden hatte, zum Montagematerial gehörte. Eine Isolation zwischen Plastikwand und dem Halter aus Aluminium. Oder jemand hatte den Karton hinter den Halter gesteckt, weil dieser klapperte und ihn nicht schlafen ließ. Vielleicht war die Feder ganz allgemein eine Schwachstelle im System und bei einer entsprechenden Kontrolle wäre die Hälfte aller Schließstangen aus ihren Halterungen gefallen.

Es gab eine ganze Reihe von Erklärungen. Dass der Kartonstreifen Bestandteil eines Mordplans war, dürfte wohl von allen die alleraberwegigste sein.

Schritte im Flur. Er hörte Schritte. Jemand tapste den Gang entlang, langsam und vorsichtig.

Er löschte das Licht und entsicherte die Tür. Woher die Geräusche kamen, konnte er nicht sagen, obwohl sie mittlerweile gut hörbar waren und in unmittelbarer Nähe sein mussten. Aber Schritte waren das nicht, sondern mehr ein gleichmäßiges Schleifen, als würde eine Last durch den Gang gezogen.

Er drückte leise die Tür auf und spähte in den Korridor. Der Rentner torkelte durch den Flur. Schlaftrunken versuchte er im immer leicht schlingernden Zug, nicht aus dem Tritt zu fallen. In einem schlottrigen Pyjama, barfuß in die Straßenschuhe geschlüpft, schob er mühsam Fuß vor Fuß.

Blitzartig schoss Mettler durch den Kopf, wie er ins Waschbecken gepinkelt hatte. Er drehte sich wütend um und knallte die Türe zu. Es war einfach läppisch, wie er sich aufführte. Er war kein Detektiv mehr und brauchte sich nicht um einen Fall zu kümmern, der keiner war. Die Wolf ging ihn nichts an. Ihre Angst mochte begründet sein, in Gefahr war sie nicht. Auch wo er seine Blase entleerte, war letztlich seine Sache.

Er zog die Jalousie herunter und legte sich aufs Bett. Das leichte Schaukeln des Waggons und die Eintönigkeit der Geräusche würden ihn schon in den Schlaf wiegen, er müsste es nur wollen.

## SCHLAFWAGEN 302 / ABTEIL 13
## STRENGEN–ÖTZTAL

Voller Wut trat sie gegen die Reisetasche. Eine Flasche fiel um und rollte über den Boden unter den Papierkorb. Busoni sollte verdammt noch mal auf sie aufpassen, vor allem wach bleiben und nicht immer einschlafen.

Sie hatte aus ihren Gepäckstücken, dem Hundenapf, zwei Wasserflaschen und einer Zeitung einen Schutzwall gebaut, damit der Hund hinter der Türe liegen bleiben musste. Die Schnauze neben dem Türspalt.

Der faule Kerl hob gerade mal den Kopf und blinzelte blöde, dann schob er seine Schnauze wieder zwischen die Hinterbeine und schlief weiter.

Sie hatte sich wieder angezogen und lag in den Kleidern auf dem Bett. Selbst ihren Wintermantel hatte sie an. Nicht nur weil ihr kalt war und sie zitterte, sondern auch, weil die gepolsterte «Gore-Tex-Hülle» einen zusätzlichen Schutz bot. Auch ein Panzer aus Watte war besser als gar nichts.

Die Jalousie war hochgeschoben und im nachtschwarzen Viereck des Fensters spiegelte sich der gesamte Raum. Tür, Riegel, Waschbecken, alle Einzelheiten des Abteils. Obwohl der Wagen schwankte und schüttelte, bewegte sich nichts. Einzig der Reißverschluss ihres Waschbeutels vibrierte leicht im Rhythmus des Zuges. Unverrückbar, wie die Gegenstände eines Bildes, klebte alles an seinem Platz, und die Nacht vor dem Fenster, ein gleichmäßig schwarzer Hintergrund, ließ sie vergessen, dass es da draußen eine Landschaft gab.

Im Fenster konnte sie den Hinweis neben der Schließstange lesen. Weiß auf blau: «Schieben, Pousser, Premere, Push.» Das Entziffern der spiegelverkehrten Schrift lenkte sie eine Weile ab und half ihr, nicht einfach einzuschlafen. Solange sie wach lag, konnte ihr nichts geschehen, und ihre Angst hielt sich in Grenzen. Doch je besser sie ihre Angst in den Griff bekam, desto müder wurde sie, weil es letztlich nur ihre Angst war, die sie nicht schlafen ließ. Ihre Angst wurde zum Lebensretter, und kein Hund, kein Sicherheitsriegel und ein Schorschi schon gar nicht.

Ihre Nachbarin stieß gegen die Wand. Ein Schlag, als ob diese zerschmettert werden sollte. Wahrscheinlich die Strauß. Schon mindestens drei Mal war sie mit ihrem fetten Hintern gegen die Wand gedonnert.

Sie schaute nach dem Hund, aber der rührte sich nicht. Ein junger Hund hatte wohl einen Freibrief auf einen gesunden Schlaf.

Sie hätte ihren Baloo nicht rausschmeißen sollen. Schorschiboy. Immerhin hatte er sie ernst genommen. Sein verblüfftes Gesicht, als er die Abteiltür aufbekam, sein Triumph, als er den Fehler herausgefunden hatte.

Sie glaubte nicht, dass der Papierstreifen die Halterung blockiert hatte. Der Schließmechanismus war wahrscheinlich schon viel länger kaputt, diese ganzen Sicherheitsvorkehrungen taugten doch alle nichts. Sie waren Teil einer absolut läppischen Beruhigungsstrategie, Sand in die Augen überängstlicher Kunden. Wenn man wollte, bekam man jede Türe auf.

Ja, und genau das wollte jemand: möglichst schnell und ohne Lärm. Genau deswegen hatte derjenige, der ihr nach dem Leben trachtete, sich den Trick mit dem Papierstreifen ausgedacht. Noch nie war ihr die Schließstange einfach so entgegengefallen.

Wie ein Mühlrad. Der Hund, das Abteil im Spiegel, der Hintern ihrer Nachbarin, ihr Dschungelbär, und immer wieder: ihre Angst. Dabei war sie gar nicht ängstlich. War es nie gewesen, schon als Kind nicht.

Vielleicht, weil sie niemandem etwas Böses zutraute. Vielleicht, weil sie ohne Geschwister aufgewachsen war, ein Einzelkind, umsorgt und verwöhnt. Schon immer verwandelten sich die Leute um sie herum in Süßholzraspler. Die meisten meinten es sogar ehrlich. Die Onkel und Tanten, die Lehrer und der Herr Pfarrer. Selbst Gleichaltrige trauten sich nicht an sie ran. Irgendwann hatte sie sich daran gewöhnt, dass es niemanden gab, der ihr Böses wollte.

Erst mit diesen Briefen änderte sich alles. Das war das Signal, das die Angst brauchte, um sich in ihr Leben zu drängen. Ihre Ruhe erwies sich als trügerisch, ihr «wohl behütetes» Leben zerbröselte. Es fraß sich etwas in ihr Leben, mit dem sie nicht umzugehen wusste. Etwas Unbekanntes, Unheimliches, das nur auf sie zielte. Aus dem Hinterhalt, anonym, unentdeckt und unsichtbar. Es gab niemanden mehr, der sie noch behütet hätte, hingegen jemanden, der sie belauerte, sie ausspionierte und verfolgte, ohne dabei auch nur das Geringste von sich preiszugeben.

Es wurde nie versucht, sie zu erpressen. Man wollte kein Geld von ihr oder verlangte, dass sie mit ihren Sendungen aufhöre und vom Bildschirm verschwinde. Es waren immer nur Beleidigungen ihrer Person, ihres Geschlechts, und von allem Anfang an die Drohungen, sie umzubringen, auszulöschen, wegzupusten; das Messer und die Begrüßung zu einer «letzten Fahrt» waren nur ein momentaner Höhepunkt.

Vielleicht litt sie bereits unter einem Verfolgungswahn. Einer Phobie? Zumindest glaubten das ihre Kollegen, die sagten, sie dürfe sich nicht verrückt machen lassen. Blöde Wichser. Sie war schon immer von Neidern umgeben. Aber nun? Im Studio konnte sie sowieso niemandem trauen. Noch der friedlichste Kabelträger konnte letztlich ein missgünstiger und heimtückischer Intrigant sein. Karrieregeil waren die doch alle. Hinter jedem Lächeln versteckte sich eine Fratze.

Kein Wunder, dass sie sich zu einem Ekel entwickelte. Ja, sie wurde ein gepanzertes, stachliges und giftiges Monster. Das Schlimme war, dass sie ihre Ausstrahlung verlor. Ihr Kapital – «die fröhlichste, liebenswürdigste und begabteste Moderatorin aller Studios» – schmolz dahin. Ständig brüllte sie auf dem Set herum, aus jeder Lappalie loderte nach wenigen Worten Streit und Geschrei. Umgekehrt ertrug sie weder Verständnis noch Mitleid und beschimpfte jeden als Schleimscheißer, der sie beruhigen wollte.

Sie wälzte sich auf dem Bett herum, schaute nach dem Hund und schielte zum Fenster. «Schieben, Pousser, Premere, Push.» Hatte sie denn nur die Wahl zwischen ermüdenden Rechtfertigungen oder dem einschläfernden Buchstabieren der immer gleichen Worte? Sie streckte ihrem Spiegelbild die Zunge raus und drehte sich zur Wand.

Vielleicht wenn sie eine Freundin gehabt hätte. Eine echte. Aber sie gehörte nicht zu den Frauen, die sich mit einer besten Freundin trösteten. Natürlich kannte sie Frauen. Mehr als ihr lieb war. Es gab Zeiten, da wollten alle und jede ihre Freundin sein. Vielleicht war das der Grund, dass sie nie eine hatte, eine wirkliche, die auch die Belastung einer Beziehung mit einem Mann überdauerte.

Seit sie beim Fernsehen arbeitete, hatte sie sich sowieso auf nichts mehr eingelassen. Schon gar nicht auf etwas Festes.

Wem erzählte sie das eigentlich? War sie am Verblöden? Nur um wach zu bleiben, quälte sie sich mit einer Beichte, die niemand hörte.

«Blick ins Herz.» Die Sendung entwickelte sich zu einem Albtraum. Sie, die sich damit gebrüstet hatte, dass sie jede und jeden aufknacke, war verklemmter als ein Teenager. Ihre Stimme, ihr Auftreten, ihre Schlagfertigkeit. Alles weg. Harmlose Fragen, Zwischenrufe, ja selbst Applaus verunsicherten sie. Die Qual im Schneideraum, wenn sie ihre eigenen, falschen Sätze abhörte und daran herumschnippelte. Die gespielte Heiterkeit. Falsch sitzende Pointen, plumpe Vertraulichkeiten. Oder ihre Hände, mit denen sie lauter unnötige Bewegungen machte. Sie musste geschnitten und zurechtgestutzt werden, etwas, das bislang nur für alle anderen gegolten hatte. Natürlich getraute sich niemand, etwas zu sagen. Noch hielt sie die Quoten. Aber sie selbst war Profi genug, um zu sehen, dass sie schlecht war. Saumäßig.

Sie starrte auf Busoni, und ihre Augen füllten sich mit Tränen. Der Hund hatte es gut: schlief und vergaß. Er kannte keine Angst, und in seinem Kopf klapperte kein geschwätziges Mühlrad.

«Schieben, Pousser, Premere, Push.» Im Spiegel, im Fenster, auf dem Waschbecken, überall vibrierte der Reißverschluss.

Die saudumme Komödie, die zur Zeit im beliebtesten Theater der Stadt gespielt wurde, gab ihr den Rest. Das war ein Angriff auf ihre Person. Die ganze Stadt lachte über sie. Aber noch vor einem halben Jahr hätte sie sich die Premiere angeschaut und Interviews gegeben. Sie hätte ihren Humor nicht verloren und die Strauß als moralinsaure Dilettantin entlarvt. Jetzt verkroch sie sich und hatte Schiss. Mittlerweile machte sie sich schon mit ihrem Hund lächerlich. Weil er ihr nicht gehorchte. Weil er Busoni hieß. Weil er sie bewachen sollte und schlief.

Immerhin lag die Schnauze gleich hinter dem Türspalt. Wenn die Tür aufgehen sollte, musste der Hund es bemerken.

Sie hätte das Angebot ihres Urwaldhelden nicht ausschlagen dürfen. Wahrscheinlich hätte er sie nicht einmal angerührt. Sie hätte sich ins obere Bett gelegt, während der Herr Detektiv und ihr Hund auf sie Acht gegeben und sie behütet hätten.

«Schieben, Pousser, Premere, Push.» Jetzt hob er den Kopf.

«Behütet.» Wie altmodisch das schon klang, aber irgendwie zärtlich. «Behütet sein», das hieß, die Augen schließen und sich der Obhut eines anderen überlassen. Baloo. Noch einmal ein Kind werden und tief und ruhig atmen können.

Er stand auf und wedelte mit dem Schwanz. Was wollte er denn schon wieder? Schorschi hätte sich um ihn gekümmert. Er hätte sich hingelegt und den Hund gekrault. Vielleicht hätten sie noch ein paar Worte gewechselt. Über eine ihrer Sendungen, über die Strauß. Dass sie ausgerechnet mit ihrem Zug fahren musste. Dass sie Wienerin war, wusste sie, aber warum benutzte sie denselben Zug?

Jetzt fraß er eine Wurst.

Wenn sie nur nicht so müde wäre. Wie früher nach einem Tag im Schneideraum, wenn die Sendung im Kasten war. Da war sie auch öfter eingenickt. Heute war das nicht mehr so. Immer kam jemand rein und bedrängte sie.

Türe auf, Türe zu. Sie wurde verfolgt. Als ob alle wüssten, was mit ihr los war. So unhöflich, wie die Leute schon waren.

Nun schlich er davon. Wohin wollte er denn? Schon wieder die Tür. War es denn nicht möglich, dass man sie einmal in Ruhe ließ. Schorschi sollte sich darum kümmern. Was hatte er bloß?

Was war denn bloß mit der Türe los? Dieser Krach, und alles ohne anzuklopfen. Die Strauß. «Schieben, Pousser, Premere, Push.» Wollten sie die Tür einreißen?

Die Tür!

Sie schoss hoch.

Die Tür knallte gegen die Sperre. Hände zwängten sich durch den Spalt, streckten sich nach der Schließstange. Die Spinnenfinger einer Frau. Sie umklammerten das Türblatt, fingerten am Riegel, drückten und zerrten. Im Türspalt hörte sie das Keuchen ihrer Mörderin.

Ihr Atem stockte, dann bäumte sie sich auf und schrie.

SCHLAFWAGEN 302
HINTER ÖTZTAL

Der Schrei riss Mettler aus dem Schlaf. Er schreckte auf, schlug das Laken zurück und schnellte aus dem Bett. Aufgeregt zog er seine Kleider an, verbiss sich die Schmerzen, als er in seine Schuhe schlüpfte, verfluchte das harte Leder und hastete zur Tür.

Zwei Uhr und eine Minute. Die Wolf schrie immer noch, gellend und ohne Unterbruch, ein heller, schneidender Alarm, der ohne Atem auszukommen schien.

Er hetzte die schmale Treppe hinunter und rannte durch den Flur.

«Dorin? Können Sie mich hören? Dorin?»

Er stürmte den schmalen Aufgang hoch und stand, Gott sei Dank, vor der immer noch verriegelten Tür. Einen Spaltbreit stand sie offen, gerade so viel, wie sie sich bei vorgelegter Schließstange zurückschieben ließ.

Er presste sein Gesicht in den Winkel von Türblatt und Wandtäfelung und versuchte, ins Innere des Abteils zu schauen. Obwohl das Licht brannte, konnte er die Moderatorin nicht sehen. Sie musste im Bett liegen, oder gleich hinter der Tür stehen. Er duckte sich, spähte nach dem Hund. Aber auch diesen konnte er nicht entdecken. Auf dem Boden vor dem Bett lagen mehrere Gepäckstücke, der Hundenapf, zeltartig aufgereihte Zeitungsseiten, Abfälle … Ein Durcheinander, das er sich nicht erklären konnte.

Dann glaubte er, Dorin im Spiegel des Fensters zu erkennen. Eine hochaufgerichtete Gestalt zwischen Schrank und Bett.

«Dorin! Was ist denn los? Dorin!»

Mit Gewalt versuchte er, seine Hand durch den Spalt zu zwängen, um das Gegenstück der Schließstange zu erreichen. Ein sinnloser und verzweifelter Versuch. Seine Hand war für den Spalt zu breit, seine Finger zu kurz, und wie bitte hätte er die Türe zuziehen wollen, solange seine Hand im Türspalt steckte.

Das Schreien der Wolf wurde immer unheimlicher.

Warum atmete sie nicht, woher nahm sie die Luft? Er rief erneut ihren Namen und klopfte an die Tür, als ihm jemand von hinten die Hand auf die Schulter legte.

«So kommen Sie nicht weit.»

Er erkannte die Stimme sofort. Das dunkle Timbre der Wienerin. Die Strauß musste offensichtlich einen ähnlich leichten Schlaf und fast ebenso schnell reagiert haben wie er. Ohne sich nach ihr umzudrehen, flüsterte er:

«Es hat jemand versucht, sie umzubringen. – Dorin, so antworten Sie doch. Dorin.»

«Sie kann Sie gar nicht hören», sagte die Dramatikerin.

«Sie hat es mir selbst gesagt, sie hat mir einen Brief gezeigt. Ich habe die Sache nicht ernst genommen und nun ...»

«Machen Sie sich Sorgen.»

«Nein. Der Anschlag ist misslungen. Aber sie gibt keine Antwort, und ich krieg die Tür nicht auf. – Dorin! – Dass jemand so schreien kann.»

«Nicht mehr lange.»

Die besserwisserische Gelassenheit der Strauß ärgerte ihn, er wollte sich nach ihr umdrehen, sie bitten, doch selbst ihr Glück zu versuchen, als ein gewaltiger Stoß ihn gegen die Wand warf. Der gesamte Zug geriet in ein Schlingern, als wollte er aus den Geleisen springen. Im Wagen setzte ein wütendes Fauchen ein, die Fenster klapperten, und der Boden des Wagens hämmerte, als ob er über Schotter und Schwellen scheppern würde.

Auch der Schrei der Wolf steigerte sich noch einmal. Dann brach er unvermittelt ab, sie hörten ein kurzes, knatterndes Geräusch. Hals über Kopf schlug sie auf dem Boden auf, bedrohlich und seltsam verdreht schrammte ein Bein die Tür entlang.

«Jetzt hat sie auch noch die Notbremse gezogen», stieß

die Strauß hervor. «Mit letzter Kraft. Bevor sie ohnmächtig wurde und ihr die Knie weggesackt sind.»

«Sie ist ohnmächtig geworden?»

«Wer so schreit, muss ja umkippen, aber dass sich die Tratsche auch noch an die Notbremse hängt ...»

«Nicht sie, ihr Mörder.»

«Ihr Mörder?»

«Ihr Mörder hat die Notbremse gezogen, und jetzt versucht er abzuhauen», sagte Mettler und wusste, dass die Strauß ihn nicht verstehen konnte. «Bleiben Sie hier, versuchen Sie, ihr zu helfen. Versuchen Sie, die Tür aufzubekommen. Holen Sie den Schaffner ... Ich werde mir den Mörder vorknöpfen. – Weit kann er nicht sein. Noch, noch ist er ja im Zug.»

Er musste sich entscheiden. Den fliehenden Täter vermutete er gefühlsmäßig in einem der nachfolgenden Liegewagen, aber weil er sich erstens nicht sicher war, ob sich während einer Notbremsung die pneumatisch betriebenen Durchgangstüren zwischen den Waggons öffnen ließen, und er zweitens die Masse des Zuges lieber im Rücken als vor sich hatte, entschied er sich für den Ausgang des Schlafwagens. Wenn eine Notbremse überhaupt einen Sinn haben sollte, dann müsste der Zug ohnehin bald zum Stehen kommen.

Die Wirkung der Bremsen war so stark, dass er seine ganze Konzentration brauchte, um nicht hinzufallen. Er stemmte sich schließlich gegen die Fliehkraft, als versuche er, rückwärts durch einen Sturm zu stapfen. Das Kreischen steigerte sich zu einem fast schmerzhaften Quietschen, dann, unerwartet rasch und heftig, blieb der Zug stehen, und Mettler geriet erneut ins Taumeln. Nur mit einer geschickten Drehung und im allerletzten Moment konnte er verhindern, dass er auf den Hintern fiel.

Er lief zum Ausgang des Schlafwagens und wollte die Türe aufstoßen, er zog und drückte, er verlor Zeit und wurde nervös. Schon bald würden die ersten Stimmen einsetzen, Fragen und Geschrei, und der Ausbruch des Täters würde auf dem Schotter des Bahndamms oder durchs Gehölz nicht mehr zu hören sein.

Endlich sah er den roten Hebel über der Tür. Entweder hatte seine Hast eine Türblockade ausgelöst, oder diese blieben zu, wenn der Zug auf freier Strecke hielt. Er zog den Notgriff und schlug die Türe auf.

Der Zug stand in einer Kurve auf einem Damm oder einen Berghang entlang, etwas weiter unten vermutete er einen Waldrand. Ihr Schlafwagen war der dritte Wagen nach der Lokomotive, in die andere Richtung konnte er immerhin die Waggons bis zum Speisewagen sehen. Einzelne letzte Schneeflecken leuchteten blassgrau längs der Trasse und ließen einen Pfad oder Absatz vermuten und dort, wo die Reisenden Licht gemacht und ihre Jalousien hochgeschlagen hatten, glänzte vor dem wuchernden Dornengeflecht wilder Brombeeren flach gedrücktes Wintergras. Es regnete leicht, und die Nacht war so dunkel, dass schon die Böschung zu einem undurchschaubaren Dickicht verschwamm.

Trotz der schlechten Lichtverhältnisse war er sich sicher, dass niemand den Zug verlassen hatte. Eine geöffnete Türe hätte er erkennen können, und einen Menschen, der den Zug entlanghetzte oder sich durch die Böschung schlug, hätte er gehört. Aber er sah und hörte nichts. Die überhitzten Bremsen der Waggons knackten, und irgendwo weiter hinten zischelte ein Ventil.

Der Täter war raffinierter, als er angenommen hatte, und besser vorbereitet. Nicht nur sein Einbruch war geplant, sondern auch die Flucht. Die Stelle für einen Nothalt des Zuges war (soweit sich dies bestimmen ließ) vorher ausgewählt worden und für eine Flucht nahezu ideal. Auf jeden Fall kannte der Täter die Strecke.

Die Neigung der Waggons und die Krümmung des Zuges verführten dazu, einen Fliehenden talabwärts zu suchen, aber der Täter war auf der anderen Seite ausgestiegen. Zwar war eine Flucht bergaufwärts anstrengender, aber aus dem Bogen zu laufen, war erfolgversprechender, als sich vom Zug einkesseln zu lassen. Wo alle Fluchtwege auf eine Mitte zulaufen, wird jeder zum Gefangenen.

Mettler wechselte die Seite, drückte die gegenüberliegende Türe auf und sprang (seinen armen Füßen zum Trotz) ins Schotterbett. Wenn er nicht schon längst seinen gesamten Vorsprung verspielt hatte und überhaupt noch etwas erreichen wollte, musste er so schnell wie möglich wissen, wo der Ausbrecher den Zug verlassen hatte.

Auch auf dieser Seite führte ein kleiner Weg das einspurige Gleis entlang. (Eine Beobachtung, die ihn überraschte. Die Verbindung Vorarlbergs mit der Hauptstadt war wohl für Wien nicht besonders wichtig.) Es roch nach feuchtem Waldboden und Harz. Leider war es so dunkel, dass sich nicht feststellen ließ, wie steil und wie hoch der Berghang war. Handelte es sich um ein Felsband, einen Hügel oder blieb es bei einem hohen, dichten Tannenwald. Die schwarzen Riesen verloren sich zu allen Seiten in einem ebenso schwarzen Hintergrund. Gleich neben der Trasse standen im Lichtschein der Wagenfenster ein paar mächtige Bäume, deren unterste Äste so tief zu Boden hingen, dass sie einem Ausreißer einen guten Schutz boten.

«Dunkel wie im Arsch», murmelte er und bedauerte, ausgestiegen zu sein. Der Zug ließ sich kaum noch überblicken, auf dem Bahndamm noch schlechter als vom Trittbrett aus. Ganz abgesehen davon, dass es gar nicht so leicht sein dürfte, wieder zurück in den Schlafwagen zu kommen, sollte sich der Zug plötzlich in Bewegung setzen. Der Waggon lag derart in der Kurve, dass das Trittbrett bestimmt einen guten Meter über dem Boden hing.

Die Lokomotive sah er nicht mehr, und bei den nachfolgenden Wagen kam er über die beiden Liegewagen nicht hinaus. Die Türen des ersten Liegewagens waren verschlossen, aber gleich im folgenden Ausstieg schimmerten Treppenstufen, das Orange des Innenraums. Im Ausschnitt der Tür erkannte er die Umrisse eines Mannes. Dann hörte er die Stimme einer Frau. Da vorne versuchte einer abzuhauen, und jemand anderer wollte ihn daran hindern.

SCHLAFWAGEN 302
HINTER ÖTZTAL

Alle Mann klammerten sich an ihre Kaffeetassen. Dennoch konnte die Regie nicht verhindern, dass sie dem Abgrund entgegenrutschten. Das gesamte Studio geriet in eine immer bedrohlichere Schieflage. «Klappe tot!», schrie der Redakteur, und Schorschi zog einen Plastikkäfer durch die Stuhlreihen. Gleich würden die Kandidaten zu schreien anfangen.

Der Boden unter ihr bewegte sich in alle Richtungen, eine rotierende und wippende Scheibe, die nirgendwo einen Halt bot. Sie stolperte über die blanke Fläche, glitt aus, rappelte sich wieder hoch und kam doch nicht von der Stelle. Selbst im Stehen berührten ihre Arme den Boden, der sich ihr immer steiler entgegenstemmte. Ein Kamerakopf rollte vorbei, bäuchlings schlitterte der Assistent hinterher. Er griff nach ihren Armen und riss ihr die Beine weg. Sie wirbelten herum, kippten zur anderen Seite und stürzten in den Abgrund. Eine Frau rief ihren Namen.

«Frau Wolf! Frau Wolf! Hören Sie mich?»

Jemand packte sie bei den Schultern und schüttelte sie, dann sackte die Regie weg und der Rest des Publikums fiel von der Decke. Köpfe, Arme, verdrehte Leiber, Hände stoben an ihr vorbei, ein riesiger Hintern sauste in die Tiefe. Man drückte sie auf eine Couch.

«Frau Wolf, aufwachen, so wachen Sie auf!»

Ein Ringfinger krachte gegen ihre Nase. Jemand fuchtelte mit einem Wasserbecher vor ihrem Gesicht herum. Sie versuchte, die Hände aufzuhalten, schnappte nach den Fingern und biss in den Becher. Wasser lief ihr über Mund und Hals und in den Busen. Sie senkte den Kopf und stierte ihre Gegner an.

«Die Arme», gurrte eine Stimme. «Ist sie tot?»

Sie versuchte den Schleier loszuwerden, der ihr die Augen trübte. Sie sah die Leute nicht. Nicht wirklich. Sie konnte unmöglich alle niederschlagen, es waren viel zu viele und es wurden immer mehr.

Eine Hand, die unangenehm säuerlich roch, drückte ihr ein Glas gegen die Lippen und wieder rann Wasser über ihr Kinn. Sie wollte es wegwischen und das Glas gegen die Wand schleudern, bekam aber ihre Hände nicht frei. Jemand fuhr ihr über den Mund, die Milchkotze.

«Trinken Sie, Sie müssen trinken.»

Sie saß zwischen zwei Frauen, es war lange her, und sie konnte sich nicht erinnern. Wie waren die beiden hierher gekommen, und was wollten sie? War es nicht schon eng genug?

Das Publikum hatte kein Recht, es gab strikte Anweisungen. Man hatte versprochen, sie in Ruhe zu lassen. Sie reiste allein. Immerhin standen die Leute wieder, der Boden hatte sich beruhigt und in die Waagrechte zurückgedreht. Aber das Studio war es nicht.

Was wollte man von ihr? Der Dicke mit Glatze und einem falschen Schnurrbart? Der dürre Riese, angezogen wie ein Kapellmeister aus dem Orient? Das erschrockene Krötengesicht unter der Türe, oder die hässliche Schachtel mit dem Hütchen in der Ecke beim Fenster? Der graue Mann mit der Decke vor dem Bauch? Alles drängte sich in den winzigen Raum. Kleiner als jede Garderobe. Sie wusste gar nicht, wo sie war, wenn da nicht die Bettkante gewesen wäre, die sie kannte und sie an etwas erinnerte.

Die Frauen waren ganz warm und eine klopfte ihre Schenkel so leicht, dass es ihr angenehm war, auch, dass sie ihre Finger im Zaum hielt, aber dann stieß ihr wieder das Glas gegen die Zähne.

«So trinken Sie, meine Liebe, so trinken Sie, und es wird Ihnen gleich besser gehen.»

Sie trank, und diesmal gelang es auch. Sie schluckte und griff nach dem Glas, hielt es und fühlte sich ein bisschen besser. Eine Mollige stützte ihr den Rücken.

Wenn sie sich umschaute, blickte sie zu den Leuten hoch, suchte ihre Gesichter und lächelte. Sie würde sich entschuldigen.

Dann glaubte sie sich zu erinnern. Sie saß im Zug, und man hatte sie umgebracht. Wenn sich nicht so viele Leute in ihrem Abteil versammeln würden, könnte sie ihre Leiche sehen. Auf dem Boden liegend und zusammengekrümmt. Ein Messer im Rücken.

Sie streckte dem Uniformierten das leere Glas entgegen,

der Schaffner gab ihr die Decke. Ihr Rock war über die Knie gerutscht, und sie hatte keine Ahnung, warum die beiden Frauen neben ihr saßen. Sie hatte alles getan, was man von ihr verlangt hatte. Sie benutzte den Nachtzug, was ihr gutes Recht war, aber den Afrikahelden, der ihr gehörte, entdeckte sie nicht. Dann fragte sie sich, ob sie überhaupt noch auf Sendung war.

«Es tut mir Leid, aber ich muss wohl etwas verloren haben.» Oh Gott, nun quatschte sie auch noch dummes Zeug. Ein klassischer Aussetzer. «Gott sei Dank sind wir nicht live.»

Ein Turban lachte. Man verstand sie nicht, weil ihr keiner sagte, was geschehen war. Sie musterte den Fußboden und versuchte sich zu konzentrieren.

Auf dem Boden lag ihre Reisetasche. Die vielen Beine gehörten nicht dazu. Ja. Sie war nicht im Studio. Sie hatte ihre Post erledigt, hier, im Abteil des Schlafwagens. «Klemmfutz». Sie hatte einen Brief erhalten. Sie war im Speisewagen. Die Dramatikerin Melitta Strauß und ein Mann aus Afrika. Schorschi. Er hatte von einem Hotel erzählt. Alle Mitreisenden hatten sie erkannt. Die weiße Schrift. Sie wurde ermordet, aber sie war nicht tot.

«Wie sind Sie denn überhaupt hier hereingekommen? Es war doch zugesperrt?»

«Sie haben so laut geschrien, dass wir aufgewacht sind. Wir haben geglaubt, es geschehe ein Unglück, und wollten Ihnen helfen, und dann haben Sie die Notbremse gezogen und sind in Ohnmacht gefallen», sagte die Frau, die aufgehört hatte, ihre Schenkel zu tätscheln. Es war die Strauß, und der Riese unter der Türe näselte:

«San' S froh, Gnädigste, dass man Sie g'hört hat und dass es der Dame da gelungen ist, Ihr Abtäu aufzusperr'n, sonst müassat ma ja direkt um Ihr Leben Angst ham, wo S' do a

Ewigkeit in Ohnmacht g'legn san, und da Schaffner si net blicken losst.»

«Ich war vor Ihnen da», wehrte sich der Schaffner.

«Aber da hat die Dame da das Abteil schon aufbekommen», sagte der Mann mit dem falschen Schnurrbart. «Mit einer Nagelfeile!», und an den Schaffner gewandt fügte er zänkisch hinzu: «Da kann unsereiner einmal sehen, wie leicht einer Ihre Sicherheitsverriegelung außer Kraft setzt. Das muss jetzt auch einmal gesagt werden, bei den Preisen, die Sie nehmen.»

«Das gehört mit Sicherheit nicht hierher», unterbrach die Strauß, wurde aber von der Frau mit dem Hütchen unterbrochen, die kichernd behauptete, dass dies sehr wohl dazugehöre, auch wenn die beiden nur versuchen würden, vom Mordfall abzulenken.

«Das soll wohl ein Witz sein», zischte der Glatzkopf. Die Frau nickte eifrig, lächelte dem Schaffner zu und legte sich einen Finger auf den Mund. Kurz bevor sie von einem erneuten Lachanfall geschüttelt wurde, drängte sie sich an ihr vorbei zum Ausgang. Sie presste sich bereits eine Hand vor den Mund, um ihr prustendes Lachen zu ersticken.

«Was ist denn mit der Alten los? Was gibt es denn hier zu lachen? Wie ist sie hereingekommen, was will sie?», schrie sie die Leute an. «Bin ich denn hier in einem Irrenhaus?»

«Es ist wohl etwas schief gelaufen», flüsterte ihr die Strauß zu, packte sie beim Oberarm und drückte sie aufs Bett zurück. «Spielen Sie einfach mit, wir kriegen das schon hin.»

Sie verstand überhaupt nichts mehr. Was ging hier vor, was maßten sich diese Leute an? Die Strauß. Warum schmiss sie nicht einfach alle raus. Sie wollte aufstehen und die Bagage zum Teufel jagen. Doch nun hielt sie die Mollige fest. Ihre schwammige Hand auf ihrem Schenkel.

«Warum, Frau Wolf, warum haben Sie die Notbremse gezogen?», fragte sie in einem Ton, als hätte sie silberne Löffel geklaut.

«Ist das ein Verhör?», wehrte sie sich und versuchte sich zu erinnern. «Ich habe keine Notbremse gezogen.»

Alle lachten, und der Riese wand sich in den Flur und wiederholte ihren Satz so laut und marktschreierisch, als müsste er den gesamten Schlafwagen informieren.

«Sie hat de Notbremsn net zogn!»

Vor ihrem Abteil wurde gelacht, jemand klatschte. Wohl immer derselbe Blödian.

«Moment!», drängte sich nun der Schaffner vor und drehte sich nach der Notbremse unter der Decke neben der Türe um. «Was Frau Wolf sagt, stimmt», trumpfte er auf. «Die Notbremse wurde nicht gezogen. Auf jeden Fall nicht hier.»

«Glauben Sie, dass ich lüge», zischte sie, immer noch darum bemüht, endlich einen klaren Kopf zu bekommen.

Wenn sie nicht tot war, woher kamen denn diese Leute? Es waren Mitreisende. Sie waren im Speisewagen. Aber was wollten sie in ihrem Abteil? Warum spielte sich die Strauß auf, als wäre sie ihre beste Freundin? Warum kümmerten sich ausgerechnet die Mollige und die Dramatikerin um sie, warum nicht Schorschi, der ja immerhin wusste, dass sie in Gefahr war?

Sie hatte ihn rausgeschmissen. Er war so blöd, schloss die Augen und stellte sich taub. Nackt bis auf einen Morgenmantel, hatte sie ihn gebeten, ihr zu helfen, und er bastelte an einem Schloss herum. Sie waren nicht allein. Sie mussten aufpassen, dass niemand die Tür aufbricht. Das war sogar verdammt wichtig. Busoni. Wo war denn ihr Hund? Sie beugte sich nach vorn und suchte den Boden ab. Aber sie sah ihn nicht. Er versteckte sich oder tollte im Flur herum. Natürlich. Deswegen lachten und klatschten die da draußen. Busoni unterhielt sie mit seinen Kapriolen.

Sie wollte aufstehen, kam aber nicht richtig hoch, weil ihre Knie zitterten. Die Anstrengungen der letzten Minuten mussten sie doch stärker mitgenommen haben, als sie dies wahrhaben wollte.

«Mein Hund … Ich muss meinen Hund suchen», sagte sie und versuchte, die Hände abzuwehren, die sie immer wieder festhielten und niederzogen. «Er ist schuld, er hat etwas Schlimmes angestellt. Ein dummes Vieh, ein Nichtsnutz. Er hat eine Wurst geklaut. – So lassen Sie mich doch los. – Sie kennen sich. Sie waren mit ihm im Speisewagen. Er hat meine Türe repariert, weil man mich umbringen will, aber das glaubt mir ja niemand. Wir sind eingeschlafen. Die Tür ging auf, und der Hund verkroch sich. Es war eine Frau! Sie versuchte, die Schließstange aus der Halterung zu stoßen, ich habe sie gesehen, sie hatte so dünne Finger. – Zeigen Sie einmal Ihre Hände. Was hat er gesagt, der Dicke? Was haben Sie mit der Feile gemacht …»

«Immer mit der Ruhe, meine Liebe. Ich weiß, wie man diese Dinger austrickst …»

«Ah so! Sie wissen das. Aber dann hat man Sie gesehen. Sie sind davongerannt und haben die Notbremse gezogen. – Du, du hast mir die Briefe geschrieben …»

«Was soll denn das? Sie sind ja vollkommen verwirrt. Sie brauchen einen Arzt.»

«Mörder! Sie ist eine Mörderin», schrie sie. «Weil dein Stück, weil du durchgefallen bist.»

Sie langte der Strauß ins T-Shirt und riss ihr den Ärmel von der Schulter. Die Dramatikerin wollte aufstehen, aber sie hielt sie zurück. So leicht sollte sie ihr nicht entkommen. Wenn es ihr gelänge, die Wienerin zwischen die Schenkel zu spannen, wollte sie schon dafür sorgen, dass sie auf ihre Rechnung kam. Aber irgendwie fehlte ihr die Kraft. Sie konnte ihre Griffe nicht anbringen und war nicht schnell genug.

«Ich bring dich um», keuchte sie und schlug auf die Strauß ein. Doch sie konnte sich nicht konzentrieren. Die Frau verschwamm vor ihren Augen, der Fußboden begann sich wieder zu drehen, und die ersten Leute fielen um. Gleich würde sie kotzen.

Dann packte sie jemand und hob sie in die Luft.

## SCHLAFWAGEN 302
## ÖTZTAL–INNSBRUCK

«Schorschiboy!»

Ihr durchtrainierter Körper war weich und biegsam. Mettler fühlte ihre Wärme, ihren Herzschlag und wie sich ihr Atem in seinen Armen beruhigte. Zum ersten Mal seit dem Tod von Alice hielt er eine Frau im Arm.

Die Überraschung der Leute, die sich in Dorin Wolfs Abteil versammelt hatten, war unübersehbar. Jeder Einwand erstickte. Man konnte sich zwar nicht erklären, warum er mit dem Fernsehstar besser als alle anderen bekannt war, aber man billigte sein rasches Handeln. Einzig die Dramatikerin schien seine Einmischung zu kränken. Sie saß auf dem Bett beim Fenster, brachte ihre Haare in Ordnung und schaute mit hochgezogenen Augenbrauen, wie er sich vereinnahmen ließ.

Er selbst kam sich vor wie auf einer Bühne. Der rettende Engel, der für einen glücklichen Ausgang sorgte. Aber außer der Hoffnung, die Wolf möge sich in der Klammer seiner Arme beruhigen, wusste er auch nicht weiter.

Der Nothalt auf offener Strecke blieb ein Rätsel.

Als er den Liegewagen erreicht hatte, war der Streit noch nicht zu Ende. Ein junger Mann wollte aussteigen, und die Schaffnerin, deren hölzerne Art Mettler schon in Zürich aufgefallen war, versuchte, ihn daran zu hindern, indem sie hektisch an ihm herumriss. Der Junge behauptete, es habe sich jemand aus dem Zug gestürzt, ein Selbstmörder, die Tür sei aufgeschlagen worden, lange bevor der Zug zum Stehen gekommen sei. Das habe er gehört. Gesehen freilich hatte er nichts. Erst dem Zugführer, der wie Mettler auf der Trasse angelaufen kam, gelang es, den Burschen zum Schweigen zu bringen.

Sie lauschten in die Nacht hinaus und hörten nichts. Keine Schritte im verharschten Schnee, keine brechenden Äste, keinen kullernden Schotterstein. Ein schwacher Wind rauschte durch die Wipfel, und wenn er die Augen schloss und sich anstrengte, glaubte er, einzelne Tropfen zu hören, die sich aus den Zweigen lösten.

Er war längst davon überzeugt, dass ein Ausreißer mittlerweile ein Versteck gefunden hatte und sich nicht mehr durch irgendwelche Geräusche verraten würde. An einen Selbstmord glaubte er nicht. Wieso sollte jemand, der aus einem fahrenden Zug springen wollte, erst die Notbremse ziehen?

Auch der Zugführer, der damit begonnen hatte, mit einer Taschenlampe den Zug entlang und in den Wald zu leuchten, konnte nichts entdecken. Einzig die Liegewagenschaffnerin glaubte etwas zu hören. Ein Schaben und Kratzen, als ob sich jemand durchs Unterholz zwängen würde.

Der Jugendliche schlug vor, die Strecke abzuschreiten. Mindestens die letzten Kilometer, und er wollte gleich damit beginnen, doch der Zugführer verbot es ihm. Der Streckenabschnitt führe mitten durchs Gebirge, immer hart den Felsen entlang, über Wasserläufe und durch Galerien, einen durchgehenden Weg gebe es nicht, und die Trasse sei in der Nacht und bei diesem Wetter sehr gefährlich. Überdies gebe es keinerlei Hinweise, die seine Selbstmordtheorie bestätigen würden. Weder Kleiderfetzen noch Blutspuren. Er habe die Waggons bereits danach abgeleuchtet.

Mettler kam sich plötzlich ungemein lächerlich vor. Anstatt in seinem Bett zu liegen und in seinem Krimi zu lesen, verfiel er dem Sog seines ehemaligen Metiers. Warum war er sich so sicher, dass jemand versucht hatte, Dorin Wolf umzubringen, danach die Notbremse gezogen und den Zug verlassen hatte? Der Anschlag war misslungen. Ein Mörder ohne Mord hatte doch keinen Grund zur Flucht. Wenn es denn überhaupt jemanden gab, der einen solchen Versuch unternommen hatte? Woher wollte er wissen, warum die Wolf geschrien hatte? War es nicht viel eher die überreizte Moderatorin selbst, welche die Notbremse gezogen hatte?

Ohne die Umstände genauer zu erklären, teilte er darum dem Zugführer mit, dass im Schlafwagen eine Frau um Hilfe geschrien habe und dass er es für möglich halte, dass sie die Notbremse gezogen habe.


Wenn er die Moderatorin noch lange in seinen Armen hielt, setzte er sich dem Verdacht aus, die Schwäche der Wolf auszunützen. Zumindest entnahm er dies dem maliziösen Lächeln der Dramatikerin.

Neben der Strauß saß die Mollige in einem Abendkleid. Aber die Ringerin war nicht die Einzige, über deren Aufmachung er sich wunderte. Niemand stand im Schlafanzug, in ausgebeulten Trainingshosen oder zerknittertem Hemd herum. Der Handyriese glich einem Barkeeper aus einem Nobelschuppen, die Frauen waren geschminkt, Schwendimann sah in einem rosafarbenen Hemd geradezu verwegen aus. Am meisten freilich amüsierte ihn der Glatzkopf mit Schnauz, der ihn an Poirot erinnerte. Der zu enge Anzug, der sich über seinem Bauch spannte. Aber das lag wohl an seiner Lektüre.

Mit einem kräftigen Ruck fuhr der Zug an und nahm überraschend schnell Fahrt auf. Er torkelte, und die Wolf schaukelte in seinen Armen hin und her wie eine Puppe. Plötzlich zuckte und wand sie sich. Sie stemmte sich hoch, drehte sich abrupt zur Seite und erbrach sich ins Laken.

Er erschrak. Es schien ihr viel schlechter zu gehen, als er angenommen hatte, und er fragte sich, ob er daran schuld sei, er, der sie umklammerte, als wollte er sie für sich behalten. Doch jetzt konnte er sie nicht mehr loslassen. Er hielt sie bei den Hüften, während sie sich übers Bett beugte und weiteren Schleim auf die Decke würgte. Der säuerliche Geruch breitete sich rasch im gesamten Abteil aus, aber niemand ging hinaus. Alle bestaunten Mettlers Hilfeleistungen und harrten stumm auf weitere Anweisungen. Er schien von allen, selbst vom Zugpersonal, als eine Art Alphatier akzeptiert zu werden. Nur die Strauß legte sich quer.

«Sie braucht einen Arzt», sagte sie unbewegt. «Ich wette, dass ein Mediziner im Zug ist. Mit ein bisschen Glück vielleicht sogar in unserem Schlafwagen. – Aber bitte keinen Doktor Constantine.»

Der Riese lachte, als verstände er, worauf die Strauß anspielte. Mettler ärgerte sich. Die Strauß hielt sich wohl für besonders geistreich und merkte nicht, wie taktlos ihre Witze waren. Die Wolf mochte sie beleidigt haben, aber jetzt war bestimmt nicht der Moment, es ihr heimzuzahlen.

«Frau Wolf braucht ein neues Abteil. Ein größeres und eines, das leichter zugänglich ist.»

«Sie meinen das Viererabteil?», fragte der Schlafwagenschaffner unsicher. «Das wird normalerweise nicht verkauft. Die Toiletten stören, ich meine, ich weiß nicht, ob das für Frau Wolf im Moment der richtige Ort ist.»

«Ich meine schon. Wenn die Toiletten stören, dann sperren Sie sie zu. – Wir brauchen Handtücher. Sie!», und er deutete mit dem Kinn auf die Ringerin. «Der Schaffner wird Ihnen sagen, wo Sie welche bekommen. – Und Sie, meine Herren, Sie beide suchen einen Arzt. – Im Übrigen bitte ich Sie, das Abteil zu verlassen, ich glaube, wir sind hier ein paar Leute zu viel.»

«Mia san scho unterwegs», salutierte der Handyriese und drängte die Leute aus dem Abteil.

Die Strauß blieb. Sie machte das Lavabo frei, schob die Plastikabdeckung beiseite und suchte nach dem Handtuch, das in jedem Abteil für die Gäste bereitliegt. Sie drückte es der Wolf in die Hand. Dann füllte sie einen Plastikbecher mit Wasser.

Dorin richtete sich auf und tastete nach dem Lavabo. Er ließ sie los, vorsichtig und quasi versuchsweise, doch da sie sofort erneut zu zittern begann, stellte er sich wieder hinter sie, legte eine Hand um ihre Taille und drückte sie leicht gegen seine Oberschenkel. Aber nun, da er bis auf die Strauß alle hinausgeschmissen hatte, verwirrte ihn die Nähe, ihr fester Po. Verlegen und um sich abzulenken, starrte er auf das voll gekotzte Laken, das die Strauß zusammenknüllte und in die Ecke hinter den Schrank drückte.

Die Wolf spülte den Mund und spuckte ins Lavabo.

Seit Mettler ins Abteil gekommen war, hatte sie außer dem Namen, den sie sich für ihn ausgedacht hatte, nichts mehr gesagt. Sie fügte sich allen Anweisungen und nahm stumm jede Hilfe an. Jetzt richtete sie sich auf, drehte sich um und legte ihm die Arme um den Hals.

«Festhalten», hauchte sie und sank gegen seine Brust.

Er nahm sie erneut in die Arme, schaute zur Strauß und grinste. Nichts zu machen, dachte er und sagte:

«Wo ist eigentlich der Hund?»

«Unter dem Bett. Er hat sich verkrochen.» Sie packte Dorins Reisetasche. «Vorerst soll er ruhig einmal bleiben, wo er ist. Erzählen kann er uns ja doch nichts …»

«Glauben Sie denn, dass es etwas zu erzählen gibt?»

Sie unterbrach ihre Packerei und schaute ihn an, kalt und misstrauisch.

«Warum sind Sie davongerannt? – Sie haben sogar den Zug verlassen. Was wollten Sie da draußen?»

Ach so. Den Ton beherrschte er auch, und wahrscheinlich besser als die Theaterfrau, die bestimmt keine einschlägigen Erfahrungen hatte, und gehässig fragte er:

«Wie kamen Sie und alle andern in Dorin Wolfs Abteil? Oder hat sie Ihnen vielleicht die Tür geöffnet?»

«Wie denn? Sie war ohnmächtig, wenn Sie sich gütigst zu erinnern beliebten.»

Nun waren sie völlig auseinander. Die Strauß war offensichtlich darauf aus, sich mit ihm anzulegen. Trotzdem wiederholte er seine Frage:

«Wie sind Sie ins Abteil gekommen?»

«Das war nicht allzu schwer. – Ich werde es Ihnen zeigen, wenn Sie mir meine Fragen beantwortet haben.»

Er schwieg. Er hatte keine Lust, die Dramatikerin in seine weiteren Überlegungen mit einzubeziehen. Es war schon ärgerlich genug, dass ihr Einbruch und die anschließende Versammlung alle Spuren zerstört hatten. Einen Fingerabdruck, der einen möglichen Täter verriet, ließ sich mit Sicherheit nicht mehr finden.

Die Liegewagenschaffnerin meldete, dass für Frau Wolf ein neues Abteil bereitstehe. Er hob die Moderatorin hoch, und sie seufzte:

«Du bist lieb.»

Sie schlang ihre Arme um seinen Hals und ließ sich aus dem Abteil tragen.

Mettler folgte der Schaffnerin, die ihm durch den Flur voranging, und die Strauß raffte das Gepäck der Wolf zusammen und schob hinter ihnen die Türe zu.

Im Flur bedrängten die Reisenden den Zugführer. Sie wollten wissen, warum der Zug stehen geblieben war. Ob es etwas mit Dorin Wolf zu tun habe? Ob es ein Unfall gewesen sei und ob die Polizei eingeschaltet werde? Der Zugführer versicherte, dass der Nothalt nichts mit den Vorgängen im Abteil der Moderatorin zu tun habe. Die Notbremse sei im Korridor des nachfolgenden Liegewagens gezogen worden. Aber selbstverständlich werde man dem Vorfall mit der notwendigen Sorgfalt nachgehen, Untersuchungen seien bereits eingeleitet und die zuständigen Stellen informiert. Doch die Sensationslust der Leute konnte er nicht befriedigen, und als Mettler mit der Wolf auf dem Arm auftauchte, ging das Geraune erneut los. In einer der Treppennischen unterhielten sich Claudia und Laszlo mit dem Glatzkopf und dem Riesen. Der Rotschopf stand ebenfalls dabei, und alle versperrten ihnen den Weg.

«Da werde ich mein Messer wohl unbefleckt wieder nach Hause nehmen», witzelte Laszlo. «Das war ja gar kein Mord.»

«Vielleicht weil ein paar Leute allzu eifrig aus ihren Abteilen eilten», bemerkte der Glatzkopf bissig und mit einem Seitenblick auf Mettler, den er offensichtlich gern noch ein bisschen stehen und warten ließ. «Auf jeden Fall macht sie das Beste draus.»

«Des man i aa, wo's do gar ka Schauspülerin is.»

«Moderatorinnen sind alle Schauspieler», widersprach Claudia. «Mit tut einfach nur der Hund Leid.»

«Der Hund ist doch gar nicht wichtig», korrigierte Laszlo seine Freundin verärgert. «Wichtig ist doch nur, warum sie geschrien hat. – Ich bin auf jeden Fall gespannt, wie es weitergeht.»

«Und de Notbremsn?», fragte der österreichische Riese.

«Das hat doch gar nichts mit unserem Fall zu tun, das hat der Zugführer doch erklärt …»

«Oba der Zufall, i man, des is doch immerhin merkwürdig.»

Die Schaffnerin bat die Leute, Platz zu machen, und er, die Wolf im Arm, und die Strauß mit Taschen und Klamotten zwängten sich durch den Flur. Alle starrten neugierig auf die Wolf, nur der Rotschopf hielt den Anblick nicht aus und drehte sich zum Fenster.

Mettler hätte den Leuten gern noch ein paar Fragen gestellt. Immerhin gingen ihre Spekulationen von einem Mord aus. Wie kamen sie dazu? Aber wahrscheinlich war es nur das dumme Geschwätz von Wichtigtuern, die es genossen, den Vorfall zu dramatisieren. Schließlich war man auch dabei.

Der Schaffner erwartete sie im versprochenen Viererabteil. Mettler setzte Dorin Wolf auf dem Bett ab, die Strauß und die Schaffnerin verstauten ihr Gepäck, als Schwendimann die jüngere der beiden Frauen, die zusammen reisten, ins Abteil schob.

«Darf ich Ihnen unsere Ärztin vorstellen.»

«Ich bin Marianne Haller und reise zusammen mit meiner Mutter», nahm ihm die Frau das Wort aus dem Mund. «Da meine Mutter gesundheitlich nicht mehr in bester Verfassung ist, bin ich für Notfälle ausgerüstet.» Sie setzte sich auf die Bettkante und reichte Dorin Wolf die Hand. «Wie fühlen Sie sich?»

Die Patientin versuchte zu lächeln, sagte aber nichts, und die Ärztin bat darum, sie mit Dorin Wolf allein zu lassen. Die Liegewagenschaffnerin möge ihr ein Handtuch bringen und aus dem Speisewagen einen Beutel mit Eis.

Dorin griff nach Mettlers Hand und hielt ihn fest.

«Dableiben. Bitte», bettelte sie.

«Es geschieht Ihnen nichts. Ich bin gleich wieder da. Ich warte vor der Tür.» Er entzog ihr seine Hand, beugte sich zu ihr und flüsterte: «Du brauchst keine Angst zu haben. Es wird alles gut.»

Er nickte der Ärztin zu und schob alle, die nicht mehr gebraucht wurden, aus dem Abteil.

Vor der Türe flüsterte ihm die Schaffnerin zu, er möge sie kurz in den angrenzenden Vorraum begleiten. Er folgte ihr, und die Strauß schloss sich ihnen an, wozu er sie freilich nicht aufgefordert hatte. Aber die Dramatikerin ließ ihn nicht mehr aus den Augen. Ihr immer leicht überhebliches Lächeln ging ihm langsam auf die Nerven. Er hatte nichts mit der Wolf, aber mit ihr auch nicht.

«Gehört sie dazu?», fragte die Schaffnerin. Die Strauß nickte, und die Schaffnerin sagte: «Ich glaube eben doch, dass jemand ausgestiegen ist. Wir sind viel zu schnell wieder losgefahren. Ich muss immer denken, ich hätte ihn noch entdeckt. Ich habe da nämlich eine Ahnung. Ich meine, ich weiß ja nicht, ob es überhaupt einen Zusammenhang gibt, aber irgendwie hab ich das im Gefühl, dass da etwas nicht stimmt …»

«Das habe ich allerdings auch», murmelte Mettler, ohne die Frau zu unterbrechen.

«Kurz nach Zürich kam ein Mann in einer auffällig rot karierten Jacke in den Liegewagen und erkundigte sich, ob bei mir noch etwas frei sei. Ich war an sich gut belegt, bis auf ein Abteil, da waren noch Plätze frei. Der Mann bezahlte einen Aufpreis und ging, um sein Gepäck zu holen. Er hatte eine Platzkarte für den Ruhewagen, aber um sein Gepäck zu holen, ging er Richtung Schlafwagen. Ich habe ihn noch ein paar Mal gesehen. Er war immer unterwegs. Aber den Platz im Liegewagen hat er nie bezogen. – Ich meine, das ist doch merkwürdig.»

«Wie alt war der Mann? Was schätzen Sie?»

«Zwischen zwanzig und dreißig. – Ich hab es nur gesagt, weil, es lässt mir keine Ruhe. Man könnte doch einmal überprüfen, ob der Mann noch im Zug ist. Seine Platzkarte war für den Ruhewagen 308. Gleich hinter dem Speisewagen.» Sie zog die Schultern hoch, lächelte verkniffen und stieß die Doppeltüre auf: «Ich sollte mich jetzt wohl um das Eis kümmern.»

«Ja. – Und wo finde ich Sie?»

«In meinem Dienstabteil. Agnes Waser. Liegewagen 304.»

«Vielen Dank.»

Die Schaffnerin verschwand, und er war mit der Strauß allein.

«Und wir?», sagte er grimmig. «Ich glaube, Sie sind mir noch eine Antwort schuldig.»

«Sie mir auch.»

Der Zug bremste ab, und Masten, Anzeigen und Lampen zogen schnell langsamer, schließlich geradezu träge vor ihrem Abteil vorbei. Als der Waggon endlich stand, hing eine Anzeigetafel für den EN 467 «Wiener Walzer» im Fenster. Fahrplanmäßige Abfahrt 2 Uhr 35, Verspätung ca. 20 Minuten. Die Bahnhofsuhr zeigt eine Minute vor drei.

Sie lag warm eingepackt auf dem Bett und starrte in die schäbige Dachkonstruktion eines sanierungsbedürftigen Bahnsteigs. Schorschi hatte sich abgesetzt. Dieser Feigling. Er hatte sie allein gelassen. Mit einer Ärztin. Als ob ihr eine Ärztin helfen könnte. Was sie brauchte, wusste Schorschi ganz genau. Nach dem missglückten Einbruch gab es ja wohl keine Zweifel mehr, dass ihre Angst begründet war, und trotzdem ließ er sie allein.

Dass sie in Ohnmacht gefallen war und sich erbrochen hatte, war doch kein Grund, sie wie eine Kranke zu behandeln. Sie war weder pflegebedürftig noch sonst etwas, das die Hilfe eines Arztes gerechtfertig hätte. Der Kerl sollte es wagen, ihr noch einmal unter die Augen zu kommen.

Die Ärztin machte sie krank. Sie mochte keine Frauen, die sich um sie kümmerten. Dieses «von Frau zu Frau» ging ihr auf die Nerven. Vertrauen hatte sie nur zu einem Arzt. Wenn überhaupt. Überdies roch sie nicht gut, wie ein alter Schrank, gärendes Gras, irgendwie ungesund. Sie hatte ihr ins Gesicht gefasst, den Puls gemessen und sie in die Decke geschnürt. Das bekümmerte Gesicht, die harten Finger, die sich ihr in die Seite bohrten, der Busen, der sie niederdrückte, lauter Dinge, die ihr unangenehm waren.

«Sie müssen mir schon sagen, was Ihnen fehlt, wenn ich Ihnen helfen soll», versuchte die Ärztin sie zum x-ten Mal zum Sprechen zu bringen. «Sind Sie schon öfter in Ohnmacht gefallen?»

Nun versuchte man sie auch noch als hysterische Ziege abzustempeln. Die Fernsehtussi, die alle naslang kollabiert. Ein Schreikrampf und bums! Vorstellungen hatten die Leute. So jemand wäre keine zwei Tage im Geschäft.

«Sie spielen mir etwas vor, mir und allen andern. Ich weiß schließlich auch, um was es geht», sagte die Frau leise und besserwisserisch. «Ich muss es nur wissen, verstehen Sie. Ich kann Ihnen selbstverständlich etwas geben, das ist nicht das Problem, aber vielleicht brauchen Sie meine Hilfe ja gar nicht.» Sie schwieg, wartete auf eine Antwort, aber nicht lange und sie fing schon wieder an: «Meine Mutter, meine Mutter und ich, müssen Sie wissen, wir haben diese Reise zusammen gebucht. Also, meine Mutter ist restlos begeistert. Sie hält Sie für eine großartige Schauspielerin. – Ich weiß nicht, wie sie es geschafft hat, in Ihr Abteil zu kommen, aber sie war dort, hat Sie beobachtet. – Sie wissen, wovon ich rede?»

Musste sie sich das eigentlich gefallen lassen? Am liebsten hätte sie die Frau zum Teufel gejagt. Aber die Gefahr war keineswegs überstanden. Auch wenn sie nicht damit rechnete, dass jemand die Frechheit besaß, seinen missglückten Versuch zu wiederholen. So eiskalt waren die alle nicht. Wenigstens lag sie nicht mehr in ihrem Abteil.

«Ich glaube nicht, dass Sie mir etwas verraten, wenn Sie meine Fragen beantworten», sagte die Frau und seufzte, als wüsste sie schon, dass sie immer weniger bereit war, überhaupt noch irgendetwas zu sagen.

Ja, sie war verstockt, und wie sie glaubte, zu Recht. Die Frau Doktor sollte dies ruhig zu Kenntnis nehmen.

Sie stierte in die Metallträger des Perrons und zählte die Nieten, mit denen die Eisen zusammengehalten wurden. Ob unter dem Wellblech Tauben schliefen? Dann wunderte sie sich, wie lang der Aufenthalt in Innsbruck dauerte. Der Zug hatte doch über zwanzig Minuten Verspätung.

Sie beobachtete die Wanderung des Sekundenzeigers der Bahnhofsuhr und fragte sich, wie viele Runden der Zeiger wohl noch drehen würde, bis die Ärztin ihren Platz räumen würde. Die neugierige Tante sollte endlich abhauen. Schorschi hatte versprochen, vor der Tür zu warten. Er hatte versprochen, sich um sie zu kümmern. Aber dann kapitulierte er vor einer Frau Doktor. Wahrscheinlich war er froh, dass er sie los war.

Es klopfte und fast gleichzeitig wurde die Türe aufgeschoben. Dieser Zug war ein Taubenschlag.

«Ich bringe das Eis. Und ein Handtuch», flüsterte jemand. Eine Frau.

Sie konnte sie nicht sehen, aber ihre Stimme machte sie hellhörig. Eine Stimme, die sie an jemanden erinnerte.

«Wunderbar, geben Sie her, oder besser, kommen Sie rein, dann können Sie mir helfen …»

«Das geht leider nicht. Ich muss dringend in den Liegewagen zurück. Aber ich kann den Schlafwagenschaffner rufen, wenn Sie möchten.»

Die Stimme. Sie kannte sie.

«Nein, nein, es geht schon. – Frau Wolf sagt nichts, und ich möchte sicher sein, dass ich nichts falsch mache», murmelte die Ärztin. «Gehören Sie denn nicht dazu?»

«Wie, was meinen Sie? Wie soll ich das versteh'n?», sagte die Unbekannte leicht pikiert.

«Ja, ja, es ist gut. Ich danken Ihnen.»

Die Unsichtbare verabschiedete sich und schob die Türe zu.

Wer war das? Die Strauß? Nein. Jemand aus dem Liegewagen? Die Stimme klang unangenehm, eine Mischung aus Unsicherheit und Trotz, vorwurfsvoll und beleidigt. Aber es fiel ihr niemand ein, den sie mit dieser Stimme verband. Wenn sie herausfinden wollte, wer das Eis gebracht hatte, so musste sie ihre Taktik ändern und ihr hartnäckiges Schweigen aufgeben.

Sie tat, als versuche sie zu sprechen, bewegte die Lippen. Tonlos. Einfach so. Die Ärztin sollte sehen, wie sehr sie sich anstrengte. Schließlich fragte sie mit matter Stimme:

«Wer war denn das?»

«Die Schaffnerin des Liegewagens. – Sie hat uns einen Eisbeutel gebracht und ich werde Ihnen jetzt eine Kältepackung machen. Wir werden sie vier Mal eine Minute lang auflegen, dazwischen drei Minuten warten …»

«Aber ich … Ich meine, wenn ich das nicht möchte.»

«Dann lassen wir es. – Viel mehr kann ich für Sie allerdings nicht tun. Sie brauchen Ruhe. Wenn Sie lieber schlafen möchten …»

«Das wäre lieb», hauchte sie. Wenn schon alle glaubten, sie schauspielere, dann zog sie die Rolle jetzt auch durch. Der empfindliche TV-Star, das Opfer seiner Albträume. «Wenn Sie mir eine Schlaftablette hätten, wäre ich Ihnen dankbar.»

Die Auskunft der Ärztin befriedigte sie nicht. Sie kannte keine Liegewagenschaffnerinnen, aber die Stimme, die Stimme ließ sie nicht mehr los.

Die Ärztin schien sich nun, nachdem sie einmal den Mund aufgemacht hatte, keine weiteren Sorgen mehr zu machen. Es fehlte ihr nichts, was ja auch richtig war.

«Hier, meine Liebe, ein Glas Wasser und eine Tablette,

danach werden Sie für den Rest der Reise ruhig schlafen. Und mich sind Sie auch los. Das Handtuch lasse ich da, das Eis nehme ich wieder mit.»

«Vielen Dank. Ich weiß gar nicht, wie ich mich Ihnen erkenntlich zeigen kann ...»

«Darüber machen Sie sich jetzt mal keine Sorgen», sagte die Frau freundlich, aber energisch, klappte ihre Tasche zu und ging hinaus.

Sie warf die Tablette in den Ausguss. Das Wasser schüttete sie über das Handtuch und tupfte sich mit dem nassen Tuch Wangen und Schläfen ab. Dann legte sie sich hin und schloss die Augen. Vielleicht ließ sich so herausfinden, wem die Stimme gehörte. Nur für ein paar Minuten, bis Schorschi kam. Sie war so müde, und das Tuch auf der Stirne tat ihr gut.

## SPEISEWAGEN
## INNSBRUCK–WÖRGL

Die nächtliche Bahnhofsanlage wirkte trostlos und schmutzig. Auf dem Asphalt vor dem Stationsgebäude trieb der Wind eine leere Papiertüte vor sich her.

Mettler musste sich entscheiden. Entweder kümmerte er sich um Dorin, oder er klärte ein Verbrechen auf, entweder die Frau oder ihr Fall. – Er hatte sich längst entschieden, und wie früher, wenn er eine Spur entdeckt hatte, verschlüsselte er seine Vermutungen mit einem Code. «Madonna.» So blieb ihm zumindest die Hoffnung auf ein «Sowohl – Als auch».

Er und die Strauß wollten in den Speisewagen. Sie verdächtigte ihn und er sie, zumindest wollte er wissen, wie sie die Tür zu Dorins Abteil geöffnet hatte. Ein paar Schritte auf dem Bahnsteig taten ihnen gut.

Drei Reisende stiegen aus. Eine in einen schweren Pelzmantel gehüllte Frau zog ein schlotterndes Hündchen um eine Bank, und zwei Männer mit spitzen Hüten (oder waren es Gamsbärte, die wie die Schwanzfedern von Vögeln auf ihren Köpfen schaukelten?) verschwanden in der Unterführung zur Stadt. Vor dem Schlafwagen stand der Schaffner mit einem Kollegen und rauchte. Aus einem Dienstraum kam der Zugführer mit zwei Polizeibeamten.

Mettler nahm die Strauß beim Arm und steuerte auf die Beamten zu.

«Sie finden uns im Zugrestaurant», sagte er und dirigierte die Strauß die Waggons entlang. Der Zugführer nickte und ging mit den Männern zum Schlafwagen.

«Polizei? Die kommen wegen uns?», fragte die Strauß leicht verunsichert. «Halten Sie das nicht für übertrieben?»

«Ich glaube kaum, und ich bin froh, dass ich wenigstens so viel beim Zugführer durchsetzen konnte. Sehr kooperativ hatte er sich nicht gezeigt. – Nun hoffe ich, dass die beiden Herren dafür sorgen, dass im Schlafwagen niemand mehr zur Ruhe kommt. Außer Dorin Wolf.»

«Die Dame scheint ja mächtig Eindruck auf Sie gemacht zu haben», sagte sie spöttisch und schlug die Tür zum Speisewagen auf. «Ich bin freilich davon überzeugt, dass es sich um eine Verwechslung handelt.»

«Eine Verwechslung?», fragte er erstaunt.

«Erst habe ich Sie für den Mörder gehalten, doch inzwischen glaube ich das nicht mehr. Sonst wäre ich nicht hier. – Sie sind der Detektiv.»

«Wie bitte?»

Er hatte der Strauß nichts von seinem alten Beruf erzählt und sich auch später nicht als Detektiv ausgegeben. Dass sie verstanden haben könnte, was Dorin Wolf und er miteinander in deren Abteil gesprochen hatten, konnte er nicht glauben.

«Woher wissen Sie, dass ich Detektiv bin?»

«Es war nur so eine Idee. Aber jetzt habe ich offensichtlich ins Schwarze getroffen», sagte sie und zog die Brauen hoch. Einmal mehr verunsicherte ihn ihr Blick, diese Mischung aus Überheblichkeit und Ironie. Hatte sie ihn nun angelogen oder nahm sie ihn auf den Arm?

«Warum glauben Sie, dass Dorin Wolf ermordet werden sollte?»

«Ach was», sagte sie unwillig und verdrehte die Augen. «Ich bin das Opfer.»

«Das müssen Sie mir schon genauer erklären. Was wissen Sie? Warum sollte die Moderatorin ermordet werden und von wem?»

«Wenn Sie es nicht wissen, dann müssen wir wohl den Mörder fragen.»

Sie lachte kokett und stieg ein.

Die Frau machte sich lustig über ihn, und sie war besser informiert, als er angenommen hatte. Was schwafelte sie von einem Mörder, wo es doch gar keine Tote gab. Dass die Wolf bedroht wurde, wusste niemand außer ihm. Die Strauß war mehr als eine engagierte Stückeschreiberin und trat für sein Gefühl etwas allzu sicher auf.

Der Speisewagen war außerordentlich gut belegt. Offensichtlich gab es eine ganze Reihe von Reisenden, die in ihren Abteilen oder Ruhesitzen nicht schlafen konnten (oder die der Nothalt in Aufregung versetzt hatte) und die es vorzogen, die Zeit im Speisewagen totzuschlagen.

Einen Spaghettiesser entdeckte er, viele Suppen und ein paar Käseschnitten.

Gleich hinter der Eingangstür saßen der Glatzkopf und ihm gegenüber der Sikh und seine Frau. – Ein Schlafwagen schien Allianzen aller Art zu provozieren. Wozu zu sagen war, dass er selbst auch mit einer Frau auftauchte, die er vor ein paar Stunden noch nie gesehen hatte, und dies schon zum zweiten Mal.

Sie setzten sich an einen Zweiertisch in der Nähe der Küche, bestellten Kaffee ohne einen Grappa oder Cognac dazu, was ihn mit einer gewissen Befriedigung erfüllte. Er hätte sich gern zurückgelehnt, die Augen geschlossen und nachgedacht, aber er getraute sich nicht, die Strauß aus den Augen zu lassen. Er starrte auf seine Hände, die etwas ungeschickt übereinander gefaltet vor ihm auf dem Tisch lagen. Die Finger waren aufgequollen, und wulstige Venenstränge überzogen seine Handrücken. Und unter dem Tisch brannten seine Füße. Obwohl er sie im Moment weder bewegte noch belastete, schmerzten sie im Rhythmus seines Pulsschlags.

Die Strauß musterte ihn neugierig, und ihre Augen flackerten spottlustig.

«Sie machen vielleicht ein Gesicht. So schlimm ist das alles auch wieder nicht, es kommt doch nur darauf an, was wir aus der Geschichte machen.»

«Entschuldigen Sie, meine Schuhe, ich habe neue Schuhe gekauft und nun tun mir die Füße weh …»

Sie lachte.

«Ich habe schon befürchtet, Ihre Grimassen gelten mir. – Also, wie wollen Sie jetzt den Mörder finden?»

«Den Mörder?», sagte er. «Dorin Wolf ist nicht tot …»

«Nein, natürlich nicht», sagte sie, verdrehte die Augen und seufzte.

«Möchten Sie vielleicht, dass sie tot ist? Ich meine, wenn

Sie schon von einem Mörder reden. Wie wär's mit einer Mörderin», sagte er patzig und bekam endlich einen Fuß aus dem Schuh. «Dorin Wolf benutzt diesen Zug jede Woche. Sie reist immer im gleichen Abteil.»

Die Strauß lehnte gegen das Fenster und fixierte ihn.

«Die mordlustige Dame war bestens vorbereitet. Das Sicherheitsschloss war sabotiert, nicht einmal der Hund war ein Problem. Es gab nichts, was den Mordplan noch gefährden konnte, und trotzdem schlug er fehl. – Der Überfall scheiterte, weil die Wolf erwachte und schrie, und weil jemand den Schließmechanismus des Sicherheitsriegels wieder instand gesetzt hatte.»

«Der Jemand waren wohl Sie?»

Er schwieg und schloss die Augen. Sein Verdacht lag auf der Hand. Er konnte ihr Benehmen nicht einordnen. Im Schlafwagen hatte sie sich noch über ihn geärgert, jetzt schien sie seine Gegenwart zu amüsieren. Kam hinzu, dass er ihr einen Mord nicht zutraute. Ein Motiv sah er ebenfalls nicht. Die beiden Frauen mochten sich nicht, ihr Streit im Speisewagen. Aber deswegen versuchte man doch nicht, jemanden umzubringen. Eine Strauß bestimmt nicht. Doch um sicher zu sein, dass er diese Spur nicht weiterzuverfolgen brauchte, sagte er forsch:

«Sie haben versucht, Dorin Wolfs Abteil aufzubrechen. Wollten Sie sie umbringen?»

Die Strauß stutzte, zog die Brauen zusammen, und eine ganze Reihe senkrechter Falten schossen über ihre Nasenwurzel in die Stirn. Dann riss sie die Augen auf, warf den Kopf in den Nacken und lachte.

«Ach so, auf die Idee bin ich gar nicht gekommen. Aber natürlich, das müssen Sie ja glauben, Sie können es zumindest nicht ausschließen, aber, nein …», und sie lachte erneut.

«Sie sind ein richtiger Schweizer. Patsch geradeheraus und ins Gesicht. Total uncharmant. – Aber dann glaubt ihr, man muss euch um eurer Aufrichtigkeit willen lieben, und schaut so brav, dass man denkt, man hat sich verhört. – Aber bitte, wenn es Sie beruhigt, die gesuchte Mörderin bin ich nicht. Definitiv. – Hat Ihnen denn die Wolf nicht gesagt, wer sie bedroht?»

«Nein, natürlich nicht …»

«Das heißt, Sie wissen nicht, wer der Mörder ist?»

«Woher? Würde ich Sie sonst verdächtigen? Das ist kein Kriminalroman, wo Sie schnell mal die letzte Seite lesen können. – Dorin Wolf wird bedroht, man hat versucht, sie zu ermorden», sagte er gereizt. «Besonders lustig finde ich das nicht.»

«Ach, ich verstehe, der Herr Detektiv.»

Sie war unmöglich. Ihre frivole Selbstsicherheit nahm ihm jeden Schwung. Sie wiederum schien weder verletzt noch beunruhigt zu sein. Sie stützte den Kopf auf die ineinander verschränkten Hände und fragte neugierig:

«Lassen Sie doch einmal hören, was Sie bis jetzt herausgefunden haben.»

«Nichts. Herausgefunden habe ich nichts», antwortete er finster. «Im Speisewagen fiel mir ihre Nervosität auf, oder war es Unsicherheit, Aggression? Später, ich war in ihrem Abteil … Sie werden sich gefragt haben, was ich dort zu suchen hatte …»

«Ich dachte, dass es mich nichts angeht», sagte sie und zog die Schultern hoch.

«Sie zeigte mir einen Drohbrief. Eine Morddrohung, die sie so verstand, dass sie diese Nacht im Zug umgebracht werden sollte. Der Brief war echt, aber … ein Mord im Zug.»

«Warum nicht?»

«Um sie zu beruhigen, übernahm ich die Rolle eines Täters, das heißt, ich ging hinaus, bat sie, sich einzuschließen, um dann bei ihr einzubrechen. Ich rechnete damit, dass der Hund bellt, dass ich die Tür nicht aufkriege …» Er tippte sich an die Stirn und schüttelte den Kopf. «Ein Schlag ins Wasser. In null Komma nichts flog die Türe auf. Ich reparierte das Schloss, und die Wolf warf mich hinaus …»

«Das habe ich mitbekommen, und wahrscheinlich noch ein paar, die sich über die Blamage eines Casanovas gefreut haben», grinste die Strauß.

Er ging gar nicht darauf ein.

«Der Täter handelte wie geplant. Aber nun bekam er die Tür nicht auf. Er wurde wütend, vergaß seine Vorsicht und wurde laut. Die Wolf wachte auf und schrie. Das war eine Minute nach zwei. Zwei Minuten später stand ich vor ihrem Abteil, von einem Täter keine Spur. – Ich war erst einmal froh, dass die Türe noch verriegelt war. – Dann kamen Sie. Kurz darauf wurde die Notbremse gezogen …»

«Im Liegewagen, zwei Waggons weiter hinten.»

«Ich dachte: Da versucht jemand abzuhauen. Aber ob nun jemand den Zug verlassen hat oder nicht … Ich sah und hörte niemanden. Die Liegewagenschaffnerin will etwas gehört haben, ein junger Mann …»

«Sie glauben also, dass jemand wirklich versucht hat, die Moderatorin umzubringen?», fragte sie erstaunt, und zum ersten Mal erlosch ihr süffisantes Lächeln, das ihn so störte.

Aus den Waggons trudelten immer neue Paare ein, die zum Teil gar keinen Platz mehr fanden. Man setzte sich irgendwo dazu oder stand zwischen den Tischen herum. Überall plauderten Leute.

Die Spiegelung im Fenster wurde zum Kino. Honigfarbene Gesichter im Licht der schummrigen Beleuchtung, Gespräche, die er nicht verstand, Gelächter, das sich mit den Geräuschen des Zuges vermischte. Eine entspannte Gesellschaft traf sich zu einem mitternächtlichen Festakt, auf den man sich schon lange gefreut zu haben schien.

Plötzlich sehnte er sich nach Afrika. Nach einem Abend auf der Terrasse, Alice und er, und vor ihnen die unberührte Wildnis, seit Jahrhunderten unverändert, scheinbar immer gleich. Das war ihre Kulisse, vor die sie die Stühle rückten. Der Wechsel vom Tag zur Nacht, der am Äquator kaum eine halbe Stunde dauerte. Wenn der Himmel verblasste und die Landschaft ihre Konturen verlor. Sie schauten und schwiegen, versanken in ihren Stühlen, zwei graue Gestalten, die von der Dunkelheit aufgesogen wurden, bis jemand Licht machte und sie vor den Moskitos ins Haus flohen.

«Vielleicht haben die Schreie Dorin Wolfs und die Notbremse wirklich etwas miteinander zu tun», versuchte die Dramatikerin das unerwartete Grübeln ihres Gegenübers zu erhellen. «Und irgendwann müssen Sie ja auch Ihren Job machen.»

Er nickte zerstreut.

«Diese Farben. Die Spiegelung im Fenster. Wie der Vorspann zu einem Krimi.»

«Ja, eine stimmige Vorbereitung auf Ihren Auftritt.»

«Entschuldigen Sie, ich bin etwas unkonzentriert», sagte er und verscheuchte seine Erinnerung. «Solange die Polizei im Schlafwagen ist, besteht für die Wolf keine Gefahr. Ich glaube auch nicht, dass der Täter kaltblütig genug ist, seinen Versuch zu wiederholen. Andrerseits bin ich überzeugt, dass niemand ausgestiegen ist. Der Mörder sitzt im Zug.»

«Das muss er ja wohl, wenn Sie ihn überführen wollen.»

Sie lachte, doch ihr Spott verletzte ihn nicht mehr. Sie schien einfach nicht glauben zu können, dass jemand der Wolf nach dem Leben trachtete.

«Gut», sagte er, «wir haben zwei Möglichkeiten. Fall eins: Wir sagen, die Gleichzeitigkeit des Schreis und der Notbremse war ein Zufall, Dorin Wolf hatte einen bösen Traum. Wir trinken noch ein Glas Wein und gehen zur Tagesordnung über. – Oder Fall zwei: Wir sind davon überzeugt, dass in Zürich jemand in den Zug gestiegen ist, mit der Absicht die Moderatorin zu töten. Dann gibt es Arbeit.»

«Einverstanden, mit einem Unterschied, die Tagesordnung betrifft Fall zwei.»

«Da mögen Sie Recht haben», sagte er und war froh, dass sie ihn endlich auch einmal ernst nahm. Sie streckte ihm die Hand entgegen.

«Ich heiße Melitta und mache mit.»

Er ergriff ihre Hand, die überraschend kühl und muskulös war, und erwiderte ihren Druck.

«Jürg. – Und wenn ich Ihnen nun auf Grund meiner wunden Füße die Laufarbeit zuschanze, so wehrst du dich.»

Dann rief er den Kellner und verlangte zwei weitere Tassen Kaffee.

SCHLAFWAGEN / ABTEIL 22
WÜRGL–KUFSTEIN

Bum, bum, bum. Es klopfte wie im französischen Theater. – Schorschibär. Wenn der Mann nur nicht immer einen solchen Krach machen würde.

«Frau Wolf …»

«Ja, ja, ich bin ja da.»

Da schlägt er die Türe ein, aber bricht sich mit seinem

«Frau Wolf» die Zunge ab. Als ob sie nicht genug erlebt hätten, um einigermaßen unverkrampft miteinander umzugehen.

«Sie bekommen Besuch. Zwei Herren von der Polizei.»

«Was? Wie bitte? – Moment. Meine Schuhe.»

«Bleiben Sie, bleiben Sie liegen», flüsterte jemand beruhigend.

Das waren der Schaffner und irgendwelche andern. Was wollten sie von ihr? Warum ließ man sie nicht schlafen? Sie hatte sich hingelegt, und Schorschi hatte sie vergessen.

«Wir haben nur ein paar Fragen an Sie.»

«So warten Sie doch.»

Aber da wurde die Tür schon zurückgeschoben, und der Schaffner streckte den Kopf herein.

«Sie gestatten, gnäd'ge Frau …»

«Ich wüsste nicht, was Sie berechtigt, hier einzudringen», fauchte sie.

«Die Polizei will Sie sprechen.»

Der Kerl gehorchte ihr nicht. Er schob die Tür noch weiter auf und machte zwei Typen Platz, die sich ungeniert ins Abteil drängten. Ein kleiner Dicker hockte sich auf das Bett ihr gegenüber, ein ganzer Kranz Speckfalten quoll aus seinem Uniformkragen, der andere blieb unter der Türe stehen. Sie konnte ihn nicht sehen, aber er schien die ganze Türe auszufüllen. Direkt vor ihren Augen klammerte sich eine Hand am Türrahmen fest. Ungepflegte Fingernägel, nikotinverfärbte Finger und ein behaarter Handrücken.

Was für eine Frechheit. Da ließ der Schaffner einfach so zwei Polizisten herein, wildfremde Männer, die sich nicht einmal vorstellten. Das war ja schon fast ein Überfall. Sie hätte am liebsten geschrien, die Tür zugeschlagen, nach dem Fettsack getreten, aber … Ja, ja, sie riss sich zusammen. Sie drückte ihr Kinn in die Bettdecke und warf wütende Blicke um sich. Mehr lag ja wohl nicht drin.

Der Schaffner verzog sich wieder, die Sache war ihm peinlich, sie konnte es verstehen. Aber sie hätte ihn gerne gefragt, wem sie diese Aktion zu verdanken hatte. Sie konnte es sich vorstellen. Anstatt sich selber darum zu kümmern, war es immer einfacher, die Polizei zu rufen. Ein feiger Hund. Wahrscheinlich lag er längst im Bett und schlief.

Der Dicke räusperte sich und ließ seine Augen auf ihrer Decke spazieren. Wahrscheinlich hoffte er darauf, dass es doch mehr zu sehen gäbe als nur gerade ihre Nasenspitze. Wenn sie wussten, wer sie war, würden sie sowieso keine vernünftige Frage über die Lippen bringen. Sie kannte das. Entweder klapperten die Leute wie Mühlräder, oder sie brachten keinen Ton hervor. Sie musste beruhigen, aufpäppeln, Mut zusprechen, aber nachher, wenn die Sendung im Kasten war, hinter der Bühne war noch der größte Schlappschwanz ein toller Hecht, der es der Wolf gezeigt hatte.

Aber sie war nicht bei der Arbeit, sie musste in keine Sendung mit den beiden, und wenn sie schwiegen, dann schwiegen sie eben. Wie peinlich den beiden ihre Lage immer sein mochte, ihr Problem war es nicht.

Der Dicke räusperte sich schon zum dritten Mal. Sein Fettkranz lief rot an, die Stirne glänzte, aber ein Sätzchen stellte sich nicht ein, nicht einmal ein paar Worte. Dann stotterte der andere:

«Sie messad entschuldiga …»

Sie musste entschuldigen? Sie? Sie musste gar nichts. So jemandem konnte sie doch nicht länger als drei Worte zuhören. Der Fettkranz kratzte schließlich einen ganzen Satz zusammen.

«Sie werden bedroht. Man hat versucht, in Ihr Abteil einzubrechen. Können Sie uns dazu etwas genauere Angaben machen?»

«Wie bitte? Ich verstehe nicht. Was meinen Sie denn mit Angaben?» Mein Gott, war der Kerl blöd. Erwartete er vielleicht, dass sie ihren Mörder beschrieb? Oder ihre Mörderin? Wie sollte sie angeben, was sie selbst nicht wusste? «Wer hat Ihnen denn erzählt, dass man mich bedroht?»

«Ein Herr aus dem Schlafwagen.»

Ach so, ein Herr. Nicht einmal seinen Namen hatte er den Bullen verraten, aber ihr hetzte er dieses Polypenduo auf den Hals. Sie hatte Schorschi den Brief gezeigt, damit er sie nicht im Stich lässt, weil ... Ach was, sie wusste es doch selbst nicht so genau. Auf jeden Fall nicht, damit er die Polizei auf sie ansetzte.

Dass sie da waren, mochte ja als Vorsichtsmaßnahme gut sein, aber deswegen brauchte er doch niemandem zu sagen, was los war. Übermorgen würde es in allen Zeitungen stehen. Diskretion, das war wohl ein Fremdwort für einen, der sich in Afrika abhanden gekommen war. Gleich würden die beiden den Brief sehen wollen, und selbstverständlich müssten sie ihn mitnehmen und rumzeigen, sie kannte das doch. Wichser, wie der Dicke, bei denen seit Jahren nichts mehr lief, geilten sich doch schon an einem einzigen Wort auf. So etwas sah sie, dafür brauchte sie kein Psychologiestudium.

«Ja, was isch denn nu?», hakte der unter der Türe nach. «Sie hand doch nit eifach so gschroua und sind in Ohnmacht gfalln?»

Nett waren die Burschen und von einer Höflichkeit.

Sie zog die Decke hoch, setzte sich auf und umschlang ihr Beine. Ein bisschen Futter musste sie den beiden ja wohl geben. Dann sagte sie leise:

«Das kommt in letzter Zeit öfter vor, ich schlafe schlecht.

Ich träume so … Schrecklich, und immer denselben Traum und …»

Sie machte eine Pause, schniefte, aber nur ein bisschen, niemand sollte glauben, sie fange gleich zu weinen an. Pausen sind eine Kunst.

«Und?», quatschte der Türsteher dazwischen, kurz bevor sie weiterfahren wollte.

Und, und, und? Ein blöder Flegel. Sie hatte eine Pause gemacht, das musste einer doch spüren? Aber nein, man hörte nicht zu und laberte drauflos. «Und?» Sie vergeudete ihr Talent, Perlen vor die Säue.

Sie zog die Decke über die Füße, ließ den Kopf hängen und wartete. Wie im Kindergarten, warten, bis alle ruhig sind. Der Dicke rutschte schon ganz aufgeregt auf dem Bett herum, sie hörte die Liege knarren. So langsam schienen die beiden zu merken, dass sie mit ihrem Gepolter bei ihr nicht landeten. Dann sagte sie so tonlos wie möglich und ohne den Kopf zu heben:

«Ich liege da, wie in einem Grab. Ich kann mich nicht bewegen, mein Körper, meine Arme, meine Beine sind so schwer. Wie gelähmt. Nur den Kopf kann ich noch heben. Direkt vor meinen Augen beginnt eine endlose Ebene aus schwarzem Sand. Dann sehe ich die Steinfüße, riesige Füße, bei jedem Schritt spüre ich, wie der Boden zittert. Und sie kommen immer näher, kommen direkt auf mich zu. Ich werfe den Kopf hin und her, will mich aus der Erde stemmen, aber es geht nicht. Plötzlich wird alles schwarz. Ich weiß, jetzt ist der Fuß direkt über mir, über meinem Kopf und …»

«Und?»

«Und dann erwache ich, ich höre mein eigenes Schreien, ich kreische vor Angst, bevor ich in den Dreck getreten werde und alles in der Nacht versinkt. – Ich brülle, heule, tobe. Verstehen Sie. Solange ich schreie, bin ich nicht tot.»

Das war nicht schlecht. So aus dem Stegreif und ohne jede Vorbereitung. Improvisieren, das war ihre Stärke, schon auf der Schauspielschule.

Ihre Geschichte würde ihre Wirkung nicht verfehlen. Die Typen konnten sie nicht verstehen, sie würden sie bedauern, vielleicht für krank halten, aber sie mussten ihr glauben. Sie mussten einsehen, dass nichts geschehen war. Dass es keine Drohung und keinen versuchten Einbruch gab. Das war die Hauptsache. Sie konnte sich keine negative Presse erlauben, nicht im Moment, nicht jetzt, da ihre Sendung in die Schusslinie von Neidern geriet. Die Drohbriefe. Der fingierte Mordversuch. Man wollte ihr Angst machen, sie verunsichern, man wollte, dass sie Scheiße baut. Mehr war da nicht. Wenn sie Nerven bewies, würde alles wieder aufhören. Ganz von alleine. Irgendwann würde auch der Dümmste checken, dass sie sich nicht schrecken ließ.

«Kennt es sein, dass Sie epis überarbeitet warad?», fragte der Haarige.

Sie nickte und wusste, dass sie gewonnen hatte.

«Und die Drohbriefe?»

«Ich erhalte zwar jede Woche ein Menge Post, die ich hier im Zug beantworte, das ist wahr, und es sind auch immer ein paar Heiratsanträge dabei, aber Drohbriefe sind das ja nicht. Nicht unbedingt.»

Die Männer lachten. Ha, ha! Das hörten sie gern. Dass keiner rankam. Damit wurde sie ihnen gleich sympathischer. Sie selbst hatten keine Chancen, aber es gab auch keinen andern, dem es besser ging. – Sie sollten verschwinden, abhauen, und zwar ein bisschen dalli. Sie wollte endlich ihre Ruhe haben.

Der Dicke lüpfte seinen Hintern und verschob sich Richtung Ausgang. Gleich würde er sich verabschieden und für die Störung entschuldigen. Doch anstatt sich zu verdrücken, drehte er sich noch einmal um und grinste ihr ins Gesicht. – Schrecklich, diese Zähne, als ob er ein halbes Dutzend zu viel im Maul hätte.

«Wie kommt man denn in Ihre Sendung?»

Ein so hässlicher Mensch wie du überhaupt nicht. Aber sie lächelte nur und sagte nichts, was ganz bestimmt vernünftiger war. Uniformierte reagierten immer so empfindlich. Trotzdem. Wie konnte so jemand darauf hoffen, in ihre Sendung zu kommen? Mit diesen Zähnen, dem aufgedunsenen Hals, dem fetten Gesicht? Doch der Kerl ließ nicht locker.

«Ich verpasse keine Ihrer Sendungen, und ich glaube, ich meine, als älterer Mensch …»

«Ach komm! – Das isch sa Masch», unterbrach ihn sein Kollege. «Älterer Mensch! Dabei isch er grad mal vierzig gworn.»

«Mit meiner Erfahrung …»

«Ich wähle meine Kandidaten nicht selber aus», log sie, drehte sich nach den Männern um und sagte freundlich: «Sie müssen sich auf eine Ausschreibung melden, wenn Sie glauben, dass eines der Themen auf Sie zutrifft.»

«I doch nit», sagte der im Türrahmen, den sie jetzt erst sah und der groß und schlank war und gar nicht so schlecht ausschaute, von den schwarzen Haaren auf seinem Handrücken und wohl auf seinem ganzen Körper einmal abgesehen. «Komm jetzt. Der Fall hat sich erledigt, und die Dame mecht ja noch a weng schlafe kenna.»

Er zog den Dicken am Ärmel und schob ihn in den Gang hinaus. Bevor er die Türe schloss, streckte er noch einmal den Kopf herein.

«Und nichts für ungut. Entschuldigen S' die Störung.»

Na endlich.

«Vergessen S' nit, si einz'schliaßa. Guat Nacht.»

Gute Nacht. Die war sowieso vorüber. In ein paar Minuten war es vier Uhr, und in zwei Stunden würde der Schaffner mit dem Servieren des Frühstücks beginnen. Nicht bei ihr, aber er würde durch den Flur marschieren, da klopfen, dort wecken und seine Tabletts verteilen. Tee, Kaffee, Schinken, Marmelade, er würde Auskunft geben und den Leuten die Pässe zurückgeben. Ein ständiges Hin und Her. Die Reisenden würden sich vor den Toiletten stauen und in ihren Verschlägen rumoren. Um sechs war die Nacht zu Ende.

Sie erschrak.

Natürlich hatte sie an die Möglichkeit gedacht. Und wieder verworfen. Sie hatte einen Fehler gemacht. Ihre Mörderin allerdings auch.

## SPEISEWAGEN
## KUFSTEIN–ROSENHEIM

An allen Tischen wurde über nichts anderes gesprochen als über den Mordversuch an Dorin Wolf.

Der Glatzkopf musste es sein, der das Gerücht in Umlauf gebracht hatte. Er hatte seit Innsbruck mehrmals den Platz gewechselt, sich bestimmt in jede Tischrunde gedrängt. Auch an ihrem Tisch war er aufgetaucht, hatte sich dann aber nicht getraut, sich in ihr Gespräch zu mischen und war wieder abgezogen. Warum jemand dem aufdringlichen Schmieranten überhaupt Gehör schenkte, verstand Mettler ebenso wenig wie die überkandidelte Fröhlichkeit, die das gemeine Geschwätz auslöste. War das die Spaßgesellschaft, über die er so viel gelesen hatte?

Der Zug fuhr jetzt sehr schnell, er raste durch stockdicken Nebel, wo sie sich befanden, wusste er nicht. Ihr nächster Halt war Salzburg, und bis Salzburg hatten er und die Dramatikerin Zeit, einen Mord zu knacken, der gar nicht stattgefunden hatte.

Die Theaterfrau war gut gelaunt und aufmerksamer als vor einer halben Stunde.

Melitta.

Allzu jung konnte sie mit diesem Namen nicht sein, vierzig vielleicht. Sie war nicht leicht einzuschätzen, ihre dunkle Stimme machte sie älter, die flinken Augen jünger. Ihre Bewegungen hatten etwas Ungestümes, dann wieder schien sie die Ruhe selbst, bekam ihren Kuhblick und kaute stoisch auf einem Keks herum.

«Wie geht es jetzt weiter? Das interessiert mich. Als Dramatikerin. Wie kommt ein Detektiv zur Lösung?»

«Indem er Fragen sammelt. Fragen und alle möglichen Antworten», sagte er und hätte ihr gern die ganze Technik Poirots verraten. «Wie plant man einen Mord. Warum? Warum im Zug? Wie bereitet man sich vor? Was muss ein Mörder über sein Opfer wissen? Wer kommt als Täter in Frage, was sind seine Motive? Was ist geschehen? Was wissen wir?»

«Gar nichts», platzte sie heraus und warf ihm einen ihrer wilden Blicke zu.

«Das sehe ich nicht so. Wir wissen nichts über den Täter und seine Motive, das ist richtig, aber wir wissen einiges, was uns vielleicht auf seine Spur bringt. Zum Beispiel, dass der Einbruch von langer Hand vorbereitet wurde. Dass sich der Täter die entsprechenden Schlüssel besorgt und die Schließstange sabotiert hat …»

«Er könnte im selben Zug, in Dorin Wolfs Abteil eine Nacht vorher nach Zürich gereist sein und das Schloss präpariert haben.»

«Ja, das wäre möglich», stimmte er ihr zu, freilich mehr, um ihren Eifer nicht zu bremsen. «Aber wie kann er sicher sein, dass seine Sabotage nicht bemerkt wird?»

«Vielleicht arbeitet der Täter bei der Bahn?»

«Das würde den Täterkreis allerdings bedeutend verkleinern.»

«Ja, auf genau zwei Personen. Unseren Schlafwagenschaffner und die Liegewagenschaffnerin Agnes Waser», pfiff Melitta durch die Zähne, schickte einen triumphierenden Blick zur Decke, um sich gleich die Hand vor den Mund zu schlagen.

«Richtig, vielleicht ist es aber auch der Kellner aus dem Speisewagen.» Er lachte und sie nickte, und beide schienen so vergnügt wie alle andern, die sich mit dem Fall beschäftigten.

«Der Täter», versuchte Mettler ihr Gespräch wieder auf den Fall zu konzentrieren, «muss ein Mann sein. Er ist schnell und kräftig. Er hat alle Griffe geübt, er beherrscht sie blind, und er kennt die Strecke.»

«Es gibt auch ein paar Frauen, die schnell und kräftig sind», korrigierte sie ihn und streckte ihm die Zunge raus.

«Vielen Dank. Auf weitere Beweise wird verzichtet», sagte er und schüttelte den Kopf. «Der Zeitpunkt für einen Mord war geschickt gewählt. Zwei Stunden nach Mitternacht, wenn wohl die meisten schlafen. Innerhalb des einspurigen Streckenabschnitts im Gebirge, wo das Gelände für eine Flucht geradezu ideal ist. – Aber der Anschlag missglückte. Trotzdem zieht der Täter die Notbremse.»

«Das ist tatsächlich merkwürdig …»

«Der Täter führte seinen Plan zu Ende, obwohl er nicht

erfolgreich war. Er zog die Notbremse und flüchtete in die Nacht hinaus?»

«Du hast gesagt, er sitzt im Zug.»

«Das möchte ich gern glauben. – Die Waser hat jemanden gehört. Wie er sich durch die Büsche geschlagen hat. Oder glaubst du der Schaffnerin die Geschichte mit dem Mann in der roten Jacke nicht?»

Fast gleichzeitig drehten sie sich nach ihren Mitreisenden um und begannen, sich nach einer rot karierten Jacke umzusehen. Nach wie vor waren alle Tische besetzt. Der Sikh und seine Frau, der Handyriese, die Ringerin, Familie Schwendimann, Claudia und Laszlo, das Rentnerpaar; aus dem Schlafwagen waren fast alle da. Sogar die Ärztin (sie hatte ihm mindestens schon drei Mal beruhigend zugenickt) und ihre Mutter.

Der Glatzkopf saß wieder am anderen Ende des Wagens gleich hinter dem Eingang und hielt Hof. Ein blasierter Wichtsack. Was faszinierte die Leute an ihm, was hatte er ihnen erzählt, dass sie ihn wie eine Autorität behandelten?

Im Moment saß der Rotschopf bei ihm. Wenigstens der Junge schien dem Dickwanst Paroli zu bieten. Mettler konnte zwar nicht hören, worüber die beiden sich unterhielten, aber dass sie zusehends aneinander gerieten, war klar. Der Dicke kam ins Schwitzen. Dass der Rote überhaupt im Speisewagen war, erstaunte ihn. Er war der Einzige gewesen, der gegenüber Dorin Wolf ein gewisses Mitgefühl gezeigt hatte, aber offenbar hatte der Vorfall alle Mitreisenden zu einer Art Gruppe zusammengeschweißt, zu der er sich nun – gern oder ungern – ebenfalls dazuzählte.

Einen Mann in einer rot karierten Jacke entdeckte er nicht.

Erinnern konnte er sich. Zwischen Sargans und Buchs war er gleich zwei Mal im Speisewagen aufgetaucht. Er stieß mit der Strauß zusammen, und später saß er der Wolf gegenüber und wartete auf einen «Bündnerteller».

«Ich kann ihn nicht entdecken, und du?», flüsterte Melitta aufgeregt, als hätten sie damit schon einen Beweis.

«Ich sehe ihn auch nicht. Doch das heißt nichts. Deswegen kann er noch lange irgendwo im Zug sitzen und schlafen.»

«Das wird sich feststellen lassen. Aber wenn er fehlt, ist er der Täter», sagte sie rasch und abschließend, wobei die Falten auf ihrer Stirn nur allzu deutlich signalisierten, dass sie sich ihrer Sache nicht sehr sicher war.

«Du glaubst also, er ist ausgestiegen.»

«Ja. Die Schaffnerin hat ihn doch gehört.»

«Aber ich nicht», sagte er trotzig. Sie drehten sich im Kreis. «Warum sollte er aussteigen? Der Anschlag ist missglückt. Warum setzt er sich nicht wieder in sein Abteil und verhält sich ruhig? Man kann ihm nichts nachweisen. Er hat keine Spuren hinterlassen, und er wurde nicht gesehen, also warum? Warum hat er die Notbremse gezogen?»

«Warum, warum?», stöhnte sie. «So kommst du auch nicht weiter.»

«Wenn ich etwas gesehen oder gehört hätte», wiederholte er zum x-ten Mal, «und wenn mir die Waser nicht diese blödsinnige Geschichte erzählt hätte, würde ich das ja gerne glauben.»

«Was soll denn mit dieser Geschichte nicht in Ordnung sein? – Sie hat etwas gehört und ihre Beobachtung mit einer Vermutung verbunden. Wie wir hat sie nach einer Erklärung gesucht, was geschehen sein könnte. Was soll daran nicht gut sein?»

«Sie ist mir zu aufdringlich. Sie will, dass wir glauben, jemand sei ausgestiegen. Ein Mann in einer rot karierten Jacke», beharrte er auf seinem Standpunkt.

Nun kam auch noch der Rotschopf an ihren Tisch und stellte sich neben sie, als wolle er etwas fragen. Wenigstens war er so höflich, sich nicht in ihr Gespräch zu mischen. Er versuchte den Jungen zu verscheuchen, eine Handbewegung, die Melitta erst auf den Mann aufmerksam machte.

«Vielleicht will sie sich wichtig machen», sagte sie und drehte sich gereizt nach dem Mann um. «Was ist denn, was wollen Sie?»

«Sie müssen entschuldigen, aber … Ich muss mit Ihnen reden», sagte der Bursche leise.

«Mit mir? Jetzt? Ich kenne Sie ja gar nicht.»

«Bevor die Leute wieder in den Schlafwagen zurückkehren, muss ich Ihnen etwas sagen.»

«Und uns beiden können Sie das nicht?»

«Lieber nicht.» Er sah sich um, beugte sich zu ihrem Tisch nieder und schob Melitta ein klein zusammengefaltetes Papier zu.

«Sie dürfen mich nicht falsch verstehen», entschuldigte er sich bei Mettler. «Ich warte beim Ausgang.»

Er verneigte sich ungeschickt und ging davon. Melitta las den Zettel, fuhr zusammen und schwieg.

«Was will der Kerl? Wer ist das?», fragte er missmutig. «Was hat er dir mitzuteilen, oder geht mich das nichts an?»

«Doch», sagte sie und schob ihm den Zettel hin.

«ICH BIN DER MÖRDER»

Ein unbeholfenes Gekritzel, Druckbuchstaben, als handle es sich um einen Code.

Was zum Teufel ging hier vor? Wollte man ihn auf den Arm nehmen?

«Eine Verwechslung, es muss eine Verwechslung sein. Doch das klär ich ab, das übernehme ich», sagte sie nachdenklich. «Wir müssen ohnehin bald aufbrechen, und du musst deinem Job nachgehen. – Kommen wir noch einmal auf die Schaffnerin zurück. Warum glaubst du, dass ihre Geschichte nicht stimmt?», fragte sie, als ob sie nie unterbrochen worden wären, zerriss das Papier und wischte die Fetzen vom Tisch.

Diese Wechselbäder machten ihm zu schaffen.

Er ist keine Maschine, die mühelos von einem Programm zum anderen springt, und niemand fügt ein Puzzle zusammen, indem er ein zweites anfängt.

«Nun komm, sei nicht beleidigt. Er weiß nicht, dass du der Detektiv bist, aber vielleicht weiß er etwas, was uns weiterhilft.»

«Ja, ja, mach dich nur lustig», sagte er müde, um dann doch über seinen Schatten zu springen und den verlorenen Faden wieder aufzunehmen.

«Die Schaffnerin Agnes Waser will, dass wir glauben, ein Mann in einer roten Jacke, der eine Platzkarte in einem Ruhewagen hatte, habe die Notbremse gezogen und sei ausgestiegen. Sie will, dass wir den Ruhewagen durchsuchen und einen leeren Platz finden.»

«Ja. Und?»

«Ein Täter, der nach seiner Tat die Notbremse ziehen und fliehen will, wird vor der Tat so unauffällig wie möglich bleiben wollen. Ganz bestimmt wird er nicht in einer roten Jacke durch den Zug laufen, damit ihn alle sehen, und ebenso wenig teilt er jemandem mit, wo er zu suchen ist. – Wer mir eine solche Geschichte erzählt, von einer Platzkarte schwafelt, der will doch, dass wir glauben, der Täter sei ausgestiegen. – In Tat und Wahrheit ist er aber noch im Zug.»

«Dann ist es eben doch die Schaffnerin?»

«Warum sollte sie die Notbremse ziehen, nachdem der Anschlag missglückt ist. Warum sollte sie sich verdächtig machen?»

«Aber jemand hat die Notbremse gezogen.»

«Sie handelte nicht allein», platzte er heraus. Natürlich, er hätte längst darauf kommen können. «Es sind zwei, verstehst du? Zwei, weil ein Einzelner nach einem missglückten Anschlag den Plan aufgegeben hätte ...»

«Und die Täter sind die Schaffnerin und jemand aus dem Schlafwagen», flüsterte Melitta.

«So ist es. – Wahrscheinlich haben die beiden für den Mord einen ganz bestimmten Streckenabschnitt, eine Zeit ausgemacht. Aber der Mord fand nicht statt, was die Schaffnerin nicht wissen konnte, und darum zog sie, wie vereinbart, die Notbremse. – Sie erfüllte ihren Teil des Plans.»

Er seufzte erlöst, lehnte sich zurück und schloss die Augen. Sie hatten keinen Mord, kein Motiv und keine Fakten, aber die Täter.

Als Komplize für den Mörder kam entweder die Liegewagenschaffnerin Waser in Frage, oder der junge Mann, der als Erster die offene Tür entdeckt haben wollte. Seine Behauptung, ein Selbstmörder habe sich aus dem Zug gestürzt, wäre dann allerdings ein ziemlich dummer Versuch gewesen, um vom Mörder abzulenken. Trotzdem hielt er es für verfrüht, die Schaffnerin als einzig mögliche Komplizin zu verdächtigen. Der eigentliche Täter kam aus dem Schlafwagen. Jemand, der in einem Abteil zwischen Dorin Wolf und den Toiletten untergebracht war. Wahrscheinlich ein Mann. Wahrscheinlich jemand, der allein unterwegs war. Sehr viele Möglichkeiten gab es nicht.

Er massierte mit dem Daumen seine Nasenwurzel und ging die einzelnen Abteile durch. Der Rotschopf, der Glatzkopf, der Handyriese. Sein Argwohn richtete sich allerdings gegen jemand anderen. Es gab für seinen Verdacht keine Anhaltspunkte, er war schrecklich und hatte etwas Gemeines, trotzdem sprach er ihn aus:

«Der Blinde.»

Er schlug die Augen auf, aber Melitta war nicht mehr da.

## SCHLAFWAGEN / ABTEIL 22
## ROSENHEIM–FREILASSING

«Klemmfutz! Willkommen zur letzten Fahrt.» Dorin Wolf hatte den auseinander gefalteten Brief auf das freie Bett gelegt und studierte die Buchstabenbastelei. Sie hatte immer einen Mann vermutet. Die hässlichen Zoten. Der überflüssige Aufwand einer Klebearbeit. Und nun war es eine Frau.

Sie schob die Jalousie hoch und schaute in die Nacht hinaus. Der Zug raste durch eine grauschwarze Masse, als gäbe es da draußen keine Welt. Eine Nebelwand reflektierte das wenige Licht, das aus den Wagenfenstern ins Freie fiel.

Sie wusste, wem die Stimme gehörte. Dina Richter. Mein Gott, wie sie ihr auf die Nerven gegangen war. Diese klebrige Freundlichkeit, die Wut und Entrüstung übertünchen sollte. Aber nachdem ihr Gedächtnis die Stimme einmal aus dem Wust der Erinnerungen herausgefiltert hatte, gab es keinen Zweifel mehr. Die Liegewagenschaffnerin Dina Richter, ihre ehemalige Assistentin, hatte versucht, sie umzulegen.

Die Richter hatte zum Redaktionsteam gehört, und «Blick ins Herz» war ihr Projekt. Ihr Herzblut. Der Redakteur hatte ihr die Moderation versprochen, und sie sah sich schon als zukünftigen Fernsehstar.

Nur: Was hatte das mit ihr, Dorin Wolf, zu tun? Die Stelle wurde ausgeschrieben, und sie bewarb sich darum. Sie war nicht schuld, dass die Richter nach den «auditions» nicht mehr im Rennen lag. Ihre Takes waren saumäßig, das war jedem klar. Nur die Richter sprach von Schiebung und warf Dorin ihre Jugend und ihr gutes Aussehen vor.

Dabei war sie selbst gar nicht unansehnlich, so konnte man das nicht sagen, aber ohne Ausstrahlung. Vor der Kamera eine Katastrophe.

Es gibt solche Leute, sie hatte einen Blick dafür. Die sind ganz nett, sehen passabel aus, aber wenn man sie vor eine Kamera setzt, dann bekommen sie einen Dackelblick, haben eine rote Triefnase und einen viereckigen Mund. Da scheitert jeder Maskenbildner.

Die Richter hatte sich im Studio regelmäßig in ein verhutzeltes Mütterchen verwandelt. Sie bekam kummervolle Augen und lächelte schief. Ihr ganzes Gesicht kam aus dem Gleichgewicht. Wirklich hässlich wurde sie, wenn sie sprach. Ihre Oberlippe rutschte über die Zähne. Sie hatte ein Pferdegebiss, was einem im direkten Gespräch, in der Kantine oder der Redaktion, gar nicht aufgefallen war.

Trotz der verpatzten Kameratests blieb die Richter im Team. Als ihre Assistentin, und eine Zeit lang ging das auch ganz gut. Bis die Talkshow ihr gehörte, bis «Blick ins Herz» und Dorin Wolf für Medien und Publikum ein und dasselbe wurden.

Zum Bruch kam es nach einer Sendung, in der ein Bursche versucht hatte, sich mit ihr anzulegen. Ein Simon Kocher oder Kohler, Koller, etwas mit K. Ein Typ mit Rastalocken. Er war unmöglich. Frech, was er wohl für witzig hielt, und ordinär. Es ging um erogene Zonen und ihre Unterschiede zwischen den Geschlechtern. Um die Empfindlichkeit der Haut, und warum sie einmal so und einmal anders reagierte. Ein weites Feld.

Kocher wollte einfach auffallen. Um jeden Preis. Er wollte dem Publikum seinen Schwanz zeigen. Das sei die einzige erogene Zone des Mannes. Sie ließ ihn auflaufen, mehrmals, hatte die Lacher auf ihrer Seite, bis er behauptete, sie habe ihm Geld angeboten, wenn er in der Sendung seinen Schwanz auspacke. Sie warf das Handtuch, und der Junge wurde rausgeschmissen.

Es kam zu einem Riesenskandal und stand in allen Zeitungen. Aber nicht eine einzige Stimme, die für den jungen Mann Partei ergriff. – Später stellte sich dann heraus, dass seine Biografie und die Geschichte, mit der er sich wichtig gemacht hatte, gar nicht stimmten. Alles war erstunken und erlogen. Er kam aus so genannt besseren Kreisen. Sein Vater war ein bekannter Politiker, ein Moralist aus dem rechten Lager. So genau wusste sie das nicht. Der Junge wollte sich wichtig machen, mit seinem rüpelhaften Benehmen seine Familie schockieren. Das fand sie schon wieder gut. Nur die Folgen waren schrecklich.

Kocher hatte sich das Leben genommen oder es versucht, oder er musste in eine psychiatrische Klinik eingeliefert werden. Vielleicht war er auch nur von der Schule geflogen. Sie konnte sich nicht mehr erinnern. Es war ja auch schon eine ganze Ewigkeit her. Auf jeden Fall gab es Leute, die ihr daraus einen Strick drehen wollten. Allen voran ihre Assistentin Dina Richter. – Die Frau inszenierte ein wahres Kesseltreiben. Gott sei Dank nur intern, in der Kantine, in den Redaktionsstuben, die Öffentlichkeit erfuhr nichts davon. Sie verlangte, dass die Sendung nicht mehr produziert werden dürfe. Sie wiegelte Kollegen auf, sammelte Unterschriften. Alles in allem eine einfallslose Kampagne mit dem Slogan: «So nicht, Dorin!»

Als ob eine Moderatorin für das weitere Lebensglück ihrer Interviewpartner verantwortlich gemacht werden könnte. – Gut, es kam vor, dass sie das Schicksal einzelner Leute weiterverfolgte. In Ausnahmefällen. Weil sie – und ihre Redaktion, bitte schön – ‚weil sie planten, jemanden nach einer geglückten Operation oder etwas Vergleichbarem noch einmal einzuladen. Die Regel war das nicht und würde es auch nie werden. Nicht solange sie die Sendung präsentierte.

Überhaupt, verdammt noch mal, wer stellte sich denn vor die Kamera? Wer sprach mit den Leuten, wer fand den richtigen Ton, entlockte den Menschen ihre Geschichten? Warum meldeten sich die Leute und wollten bei «Blick ins Herz» mitmachen? Doch wohl ihretwegen. Sie, Dorin Wolf, sie war das Markenzeichen der Sendung, sie hielt die Quote und niemand sonst. Auf keinen Fall war sie die Klagemauer für Frustrierte, noch hatte sie je beabsichtigt, eine Art Ratgeberin zu werden. Ihre Show war kein Briefkasten und sie keine Briefkastentante.

Aber genau das wollte die Richter. Weniger Unterhaltung, mehr Infos. Mehr Herz, weniger Spaß. Es war Geschwätz, unausgegorenes Zeug ohne Sinn und Pfiff, mit einem Unterhaltungswert gleich null. Ständig schwafelte sie von Verantwortung, von einer moralischen Pflicht, die das Fernsehen heute zu übernehmen hätte, weil die Schulen, die Kirchen, die Eltern überfordert wären. – Wie diese Strauß mit ihrem Drama. Die beiden hätten prima zusammengepasst.

Ihr Berufsethos hinderte sie freilich nicht, am Stuhl ihrer Chefin zu sägen. Alle ihre moralinsauren Vorschläge zielten darauf ab, dass sie wieder mehr Gewicht bekam. Sie wollte ihre Gäste besser vorbereiten, ausgewogenere, das heißt längere Filmporträts erstellen. Filmporträts, die sie, wer denn sonst, drehen wollte. Dann verlangte sie die Studioregie, und der Gipfel war, dass sie zusammen mit Dorin moderieren wollte. Fast täglich schmierte sie dem Redakteur ihr Psychologiestudium unter die Nase und beschimpfte sie als quotengeile Karrierefrau, die über Leichen gehe.

Der ultimative Hammer aber war, als sie bei einer Diskussionsveranstaltung «schreibender Frauen» auf dem Podium hockte und «Blick ins Herz» als unmoralisch zerfetzte. Sie zitierte Beispiele aus ihren Sendungen, in denen Leuten falsche Hoffnungen gemacht worden seien. Immer wieder sei es nur darum gegangen, einen Gast bis aufs Hemd auszuziehen und dem Gelächter eines Millionenpublikums preiszugeben. Ganz allgemein sprach sie von der «seelischen Verkrüppelung» der Verantwortlichen und meinte sie. Bingo. Und die Schwestern im Saal applaudierten.

Sie oder die Richter. Das hatte sie ihrem Redakteur schnell einmal klar gemacht. Zum Glück gab es einen Mitschnitt des Podiumsgesprächs, und zwei Tage später war die Richter nicht mehr da. Dies und alles Vorangegangene reichten für ein Hausverbot und die fristlose Kündigung.

Sie atmete auf und durfte ihre Kontrahentin vergessen.

Und jetzt arbeitete sie bei der Bahn. Als Liegewagenschaffnerin.

Ein Zufall war das nicht. Eine Frau Doktor der Psychologie mochte es ja schwer haben, eine gute Anstellung zu finden, es gab ihrer zu viele, und man brauchte sie nicht, aber dass sie deswegen als Hilfskraft zur Bahn musste, konnte ihr niemand weismachen.

Dina Richter, der Ränkeschmied. Nur jemand wie ihre Assistentin kannte ihre Abläufe so genau. Sie entwickelte Mordpläne und verwarf sie wieder. Sie ließ sich Zeit, vertraute der Wirkung ihrer perfiden Briefe. Wie lange hatte sie wohl dafür gekämpft, diesen Job als Schaffnerin zu bekommen, hier, in diesem Zug, den sie jede Woche einmal benutzte. Mein Gott, es war so simpel. Und schlau. Als Schaffnerin besaß sie die notwendigen Schlüssel, wusste, wie der Wagen belegt war. Sie konnte in aller Ruhe ihr Schloss manipulieren, sie umbringen, abstechen, erdrosseln. – Was hatte sie sich wohl ausgedacht? Anschließend zog sie die Notbremse und behauptete, es habe jemand den Zug verlassen.

Selbst Busoni schreckte sie nicht. Einzig mit Schorschi hatte sie nicht gerechnet. Mit einem wie Schorschi, denn als besonders hilfreich hatte sich dieser ja nicht erwiesen. Trotzdem, das war die berühmte Schwachstelle in ihrem ach so perfekten Plan. Sie hielt sie, Dorin Wolf, für prüde. Ausgerechnet. Weil sie ihre Männerbekanntschaften nicht wie Trophäen vorzeigte, hatte sie geglaubt, es gebe keine.

«Fatal, meine Liebe, und schlecht recherchiert. Schon stolpert man ins eigene Messer.»

Vor dem Fenster flogen ein paar Lichter vorbei, trübe Funzeln eines verlassenen Bahnhofareals. Freilassing. Dann schnitten die Leuchten einiger Lichtmaste ein paar Nebelpyramiden aus der Nacht, und es wurde wieder dunkel.

Sie würde die Sache selbst in die Hand nehmen. Jetzt, da sie ihre Gegnerin kannte, hatte sie keine Angst mehr. Mit einer Dina Richter wurde sie alleine fertig. Einen Schorschi brauchte sie dafür nicht.

## SCHLAFWAGEN 302
## FREILASSING–SALZBURG

Vier Uhr vierzig. Laut Fahrplan müsste der Zug bereits in Salzburg sein.

Ziemlich bald nachdem Melitta zusammen mit dem Rotschopf verschwunden war, schienen die Leute zurück in den Schlafwagen und ins Bett zu wollen. Als einer der Ersten hatte der Glatzkopf seine Rechnung bezahlt und seinen Platz geräumt. Der Kellner hetzte von Tisch zu Tisch und erlöste die Leute von ihrer Ungeduld. Die Gespräche verstummten, man hatte sich ausgequatscht, das Zusammengehörigkeitsgefühl, das die Reisenden auf Grund der ungewöhnlichen Vorfälle verbunden hatte, zerbröselte, und etwas geniert saß man mit Leuten an einem Tisch, denen man eigentlich nichts zu sagen hatte. Vor allem Einzelreisende glichen plötzlich stummen Monolithen, während Paare wie Claudia und Laszlo oder der Sikh und seine Frau sich in ihr privates Halbgeflüster flüchteten. Auch Mettler wartete ungeduldig darauf, dass der Kellner bei ihm einkassierte.

Dass Melitta nicht noch einmal an seinen Tisch zurückgekehrt war, beunruhigte ihn. Er hätte gerne gewusst, wie der Junge sein merkwürdiges Geständnis erklären konnte. Was bedeutete «ICH BIN DER MÖRDER», und was war daran derart aufregend, dass Melitta ihn sitzen ließ? Was wollte er von ihr, und warum glaubte sie, es handle sich um eine Verwechslung?

Die Wolf, die Strauß, zwei grundverschiedene Frauen, und er verstand sie beide nicht. Sie schienen geradezu begeistert, als sie hörten, dass er Detektiv ist. Die Wolf wollte ihn engagieren, die Strauß bot sich als Kollegin an. Aber beide nahmen ihn nicht ernst. Gehörten sie zusammen, war er Teil eines Spiels, dessen Regeln er nicht kannte? Die Wolf und die Strauß in einem Boot, nur dass jede in eine andere Richtung ruderte? Was für ein Blödsinn.

Aber warum ließ ihn die Strauß allein? Ohne ein Wort zu sagen, einfach so. Erzählte sie dem Rotschopf, was sie über den Fall Wolf dachten? Glaubte sie vielleicht, in dem jüngeren Mann einen tatkräftigeren Partner zu finden? Wusste sie mehr, als sie ihm sagte? Hatte sie sich entschlossen, selbständig zu handeln?

Alles in allem eine sehr unangenehme Vorstellung. Nicht nur, weil er sich den Fall mittlerweile zu Eigen gemacht hatte, sondern vor allem, weil sie mit seinen vagen Vermutungen nicht weit kommen dürfte und durch ein unüberlegtes Vorgehen eine wirkliche Aufklärung verhindern würde.

Ganz abgesehen davon, dass sie sich in Gefahr brachte, denn ob und wie der Täter bewaffnet war, wie gefährlich die beiden wirklich waren, konnten weder er noch sie abschätzen. Endlich kam der Kellner auch an seinen Tisch, und er benützte die Gelegenheit zu fragen, wie viele Würste denn seit Zürich verkauft worden seien.

«Wir sind ein Speisewagen und servieren keine Würstchen.»

«Nur Koteletts?»

«Nein, auch keine Koteletts.»

Er grinste unverbindlich. Der Kellner war beleidigt und strich sein Geld ein, und er stand auf und humpelte aus dem Speisewagen.

Im Ruhewagen trugen ein paar Reisende ihr Gepäck zum Ausgang. Koffer, Taschen und riesige Rucksäcke versperrten den Weg. Auch im Flur des Liegewagens warteten ein paar Leute auf das Ende ihrer Fahrt. Einen Mann in einer rot karierten Jacke oder den jungen Mann, den die Waser am Aussteigen gehindert hatte, entdeckte er nicht.

Unter der Türe zum Dienstabteil der Waser kanzelte der Zugführer eine junge Frau ab. Ihr Gesicht verriet Ärger und Wut, sie presste die Lippen aufeinander und kniff die Augen zusammen. Entweder kam sie nicht dazu, etwas zu erwidern, oder sie biss sich lieber die Zunge ab. Die Schaffnerin stand mit dem Rücken zu ihm vor ihrem Dienstpult und arbeitete.

Im zweiten Liegewagen standen gleich hinter dem Durchgang mehrere Türen offen. Jemand schimpfte lauthals, sprach von einer unerhörten Belästigung, andere verlangten Ruhe. Hier, zwischen den beiden Wagen war die Notbremse gezogen worden, und er ahnte, wozu der Zugführer die Frau befragte.

Mettler wollte mit den beiden Polizisten sprechen. Er hatte erwartet, dass sie ihn und Melitta im Speisewagen besuchen würden. Sie hielten es offensichtlich nicht für notwendig. Wahrscheinlich begnügten sie sich damit, bei der Wolf auf der Bettkante zu sitzen und sie anzustarren, dachte er eifersüchtig.

Die Beamten standen vor den Toiletten des Schlafwagens, lehnten lässig gegen die Wände und rauchten. Erst jetzt fiel ihm auf, was für ein seltsames Duo die beiden abgaben – der grobknochige Riese und der Fettwanst mit seiner Bürste – und für den Bruchteil einer Sekunde schoss ihm die Frage durch den Kopf, ob wohl Tetu und er für einen Dritten ebenfalls wie die Zerrbilder aus einer Polizeiklamotte gewirkt haben mochten. Ein Gedanke, den er sofort wieder verwarf. Sein afrikanischer Freund war zwar ebenfalls ein dicker Mann, aber ein viel zu guter Polizist, um eine derartige Karikatur abzugeben.

Immerhin brauchte er sich nicht vorzustellen. Die beiden erinnerten sich an ihn und nahmen, ohne dass sie dies merkten oder gar beabsichtigten, so etwas wie Haltung an. Sie rutschten die Wand hoch und versuchten, ihre Zigaretten zu verstecken.

«Ich habe eigentlich erwartet, dass einer von Ihnen in den Speisewagen kommt.»

«Ah so! Haben Sie», maulte der Große, nun doch überraschend selbstsicher. «Und warum, bittschian? Weil Sie uns a Suppn einbrockt hab'n, die sowas von fad isch, dass mas im Kopf nit dapackt. Wos di Wolf isch, wissemer und des nix isch no derzue. So a Schmarrn und kost a Gelt! Wenn nit di Brems warad, na servus …»

«Ich versteh kein Wort.»

«Das wüll i Enck sagn, das, di Wolf, ma Liaba, isch schwar in Ordnung, ja, da las i nix kemme, aber was z' viel isch, geht z' weit, von wegen Tötungsversuch, so a Schwachsinn …

«Können Sie nicht deutsch sprechen?»

«Ja sakra, was isch denn des? I glaub, i schpinn, ja! – I schpinn!», schrie der Große und rutschte noch einmal ein Stück die Wand hoch.

«Komm, sei ruhig», beruhigte ihn der Dicke und strich nervös über seine fettigen Haarstacheln. «Der Herr kommt aus der Schwiz, da haben sie das Deutsch erfunden. – Entschuldigen Sie, aber Spaß muss sein.»

«Den haben Sie ja nun gehabt», sagte Mettler bissig. «Und jetzt bitte ich Sie, mir zu berichten, was Sie unternommen haben.»

«Ja, des können wir kurz machen. – Frau Wolf weiß absolut nichts von Drohbriefen, ebenso nichts von einem Einbruch, und schon gar nichts von einem Mordversuch. – Sie hat schlecht geträumt, und mehr war da nicht.»

«Frog ahn halt, ob er a Gspusi mit da Wolferl hat.»

«Is ja gut, Herbi. – Das braucht uns doch nicht zu interessieren.»

«Und die Notbremse?», fragte Mettler irritiert. Was hatte Dorin denn diesen Typen erzählt? «Wie erklären Sie sich das zeitliche Zusammentreffen des Nothalts mit dem Schrei von Frau Wolf?»

«Das wird gerade abgeklärt.»

«Warum nicht von Ihnen? Warum sind Sie nicht dabei?»

«Ja wos denn, wo mia fiar den Schutz da sein.»

«Eine Anordnung des Zugführers. Ein erfahrener Mann, der weiß, wie man in so einem Fall vorgeht. – Ein dummer Streich von Jugendlichen. Das kommt öfter vor. Eine Art Mutprobe. Nachher decken sie sich gegenseitig, keiner hat etwas gesehen und wir können niemandem etwas nachweisen. Die Bahn trägt den Schaden, den Spott versucht sie sich zu ersparen. – In Nachtzügen eher selten, aber das erste Mal ist es auch nicht.»

«Geben Sie sich da nicht ein bisschen schnell zufrieden? – Was ist mit der Geschichte, welche die Liegewagenschaffnerin erzählt hat?»

«Der Mann in der roten Jacke? – Ach, ich weiß ja nicht, was sie Ihnen aufgebunden hat, aber … Wir haben mit ihr gesprochen, vor einer halben Stunde. Sie hat die Geschichte heruntergespielt. Es hat sie zwar jemand nach einem freien Liegeplatz gefragt, aber ob der Mann eine rote Jacke getragen hat, weiß sie nicht mehr.»

«Sie will jemanden gehört haben, der den Zug verlassen hat und davon gelaufen ist.»

«Auch das haben wir sie gefragt. – Sie gibt zu, sich getäuscht zu haben. Es ist das erste Mal, dass sie eine Notbremsung erlebt. Sie war wohl selbst erschrocken …»

«Fehlmeldung, auf da ganzn Linie. Wenn S' des verstehn», mischte sich der Große noch einmal ein. «Nix is gwesn, aber scho lei gor nix, abgsehn von di Fantaschtereien von oarn gwissen Herrn.»

Der Große grinste hämisch, zog an seiner Zigarette und

paffte. Mettler hatte große Lust, ihm eine zu scheuern. Keine gute Idee. Aber auf das Rauchverbot zu zeigen, das wohl für den gesamten Schlafwagen galt, konnte er sich dann doch nicht verkneifen.

Zu seinem Glück, und bevor er sich in einen unsinnigen Streit verstrickte, kam der Schaffner und meldete, dass sie in ein paar Minuten Salzburg erreichen würden und die Beamten ihm doch bitte folgen möchten.

«Wir steigen sowieso aus», verabschiedete sich der Dicke. «Dann sind wir um achte wieder z' Haus.»

Ohne noch ein weiteres Wort zu verlieren, stapften sie hinter dem Schaffner durch den Flur zum Ausgang des Waggons.

Der Zug fuhr immer noch ziemlich schnell. Nichts deutete daraufhin, dass er demnächst in einen Bahnhof einfahren würde. Von einer nahen Stadt sah Mettler nichts. Quer durchs Fenster trieben ein paar Wassertropfen. Dann veränderte sich das Fahrgeräusch. Der Zug rauschte über eine Brücke. Stahlträger fegten vorbei. Mit einem schwachen Zischen setzten die Bremsen ein. Graue, kasernenartige Häuserblocks tauchten aus dem Dunkeln auf, und der Zug rollte ins Bahnhofsareal.

Mettler stand immer noch im Vorraum zu den Toiletten und schaute den Polizisten nach.

Seine gute Laune ließ er sich nicht verderben, weder durch die tumbe Überheblichkeit der beiden Beamten noch durch das Verhalten der Moderatorin. Er genoss das lange vermisste Gefühl, einem Fall auf die Spur zu kommen, und freute sich darüber, dass sich zumindest in seinem Kopf die Puzzleteile einer scheinbar wirren Geschichte zu einem Ganzen zusammensetzten. Und alles ohne Alkohol.

Dass sich die Wolf diesem Duo nicht anvertrauen wollte,

konnte er verstehen, dass sie versuchte, den Vorfall herunterzuspielen, ebenfalls. Sie baute auf seine Hilfe. Trotzdem wollte er sich jetzt erst einmal um den Hund kümmern.

Vielleicht fand er einen Hinweis darauf, wie der Täter das Tier außer Gefecht gesetzt hatte. Busoni hatte den Täter wahrgenommen, gerochen, er hatte ihm entweder aus der Hand gefressen, oder der Täter hatte ihm eins vor die Nase gegeben. Er hatte sich unters Bett verkrochen. Warum? Aus schlechtem Gewissen, aus Angst? Oder weil die Wolf so durchdringend geschrien, sich plötzlich so viele Leute ins Abteil gedrängt hatten? – Hoffentlich war der Hund nicht tot.

Außer den Polizisten verließ niemand den Schlafwagen. Der Flur war menschenleer, in den Abteilen war es ruhig, offensichtlich waren alle wild entschlossen, ihren Schlaf nachzuholen. Auch von Melitta und dem Rotschopf sah und hörte er nichts.

Vor dem Waggon auf dem Bahnsteig wippte der Lockenkopf des Schaffners auf und ab. Hinter ihm folgten die Polizisten. Der Große marschierte stumm mit vorgeschobenem Kinn und grimmigem Gesicht durch die Reihe der Scheiben, der Stachelkopf des Dicken hüpfte plappernd und atemlos hinterher. Die drei Männer würden sich mit dem Zugführer treffen, anschließend dürften die beiden Bahnbeamten einiges zu besprechen haben. Er gewann eine Nasenlänge Zeit.

Die Tür zum Dienstabteil des Schaffners war unverschlossen, und er brauchte sich nicht lange umzusehen. In den Fächern über der Lade des Pultes standen nebeneinander aufgereiht die Dokumente der Reisenden. Pässe, Fahrkarten und die Wünsche fürs Frühstück.

Er nahm den ganzen Packen und ging damit in sein Abteil.

Der Zug stand im Salzburger Hauptbahnhof. Die schäbige Perronüberdachung, die schmutzigen Pfützen und die defekte Beleuchtung der Bahnhofsanlage erinnerten sie an «Mad Max». Vergammelnde Überreste einer untergegangenen Zivilisation. – Das war brutalstes Niemandsland.

Dass sie demnächst in Salzburg ankommen würden, hatte ihr der Schaffner schon vor einer Viertelstunde mitgeteilt. Ein netter Mann, irgendwie rührend. Er hatte an ihre Türe geklopft und sich umständlich dafür entschuldigt, dass man sie nicht schlafen lasse, aber er halte es für seine Pflicht, ihr mitzuteilen, dass die beiden Polizeibeamten, die ihr Bekannter angefordert habe, den Zug in Salzburg wieder verlassen möchten. Er wollte wissen, ob sie damit einverstanden sei.

Sie war froh, dass die Polizisten Leine zogen, und sagte, dass sie den Wunsch der beiden nur zu gut verstehe. Im Übrigen sei der Herr Detektiv keineswegs ihr Bekannter und habe wohl ein bisschen überreagiert. Sie strich sich eine Haarsträhne aus dem Gesicht und strahlte. Darauf konnte sie sich verlassen und beiläufig erkundigte sie sich, wie viele Leute eigentlich zum Team eines Schlafwagens gehören würden. Er war ehrlich erstaunt und sagte:

«Ich bin allein.»

«Aber vorhin, als Sie mir dieses Abteil zuwiesen, da war doch noch eine Frau dabei.»

«Ach so. Das war die Liegewagenschaffnerin von 304. Sie und der Zugführer haben Ihren Bekannten, pardon, den Herrn begleitet, der sich um Ihren Fall kümmert.»

Sie nickte müde und gähnte freundlich. Mehr wollte und

brauchte sie nicht zu wissen. Sie bat darum, sie nun bis Wien in Ruhe zu lassen, damit sie noch ein wenig schlafen könne. Der Schaffner nickte schuldbewusst und zog die Türe zu.

Ruhiger wurde es freilich erst einmal nicht. Eine solche Fahrt hatte sie noch nie erlebt. Ständig rüttelten Leute an der verschlossenen Toilettentür oder verabschiedeten sich lauthals, als kämen sie von einer Party. Rücksichtnahme war wohl ein Fremdwort. Vor ihrem Abteil wurde dauernd gekichert und getuschelt, einmal flog sogar jemand gegen ihre Tür. Man hätte meinen können, da draußen versammle sich eine Schulklasse.

Es brauchte den Schaffner, der für Ruhe sorgte. Sie war ihm dankbar, nicht weil sie schlafen wollte, obwohl sie genau dies immer nötiger gebraucht hätte. Sie befand sich nicht auf einer Ferienreise, und schon heute Nachmittag würde sie wieder auf Sendung sein.

Clever wäre natürlich, die Richter in einer der nächsten Folgen von «Blick ins Herz» fertig zu machen. Eine Sendung zum Thema «Hassliebe»? Das war ausgelutscht und würde nicht einmal mehr von ihrem Redakteur gutgeheißen.

«Die Konfrontation mit deinem Mörder.» Schon besser. Allzu direkt durfte sie freilich nicht werden. Echte Fälle blockten die Juristen vom Sender gleich ab.

«Versöhnung mit deinem Todfeind». Das war gut, das klang positiv und versprach Spannung.

Natürlich müsste sie Schauspieler engagieren. Das waren immer die besseren Gäste. Die Geschichten ließen sich ausreizen, und Schauspieler machten alles. Obwohl sich ja bald zu jedem Thema ein paar Verrückte fanden. Wenn sie nur ins Fernsehen kamen, ob als Mörder oder Vergewaltiger, Hauptsache, man war dabei. Ein echtes Paar müsste natürlich schon auch gefunden werden. Zwei, von denen bekannt war, dass der eine den anderen beseitigen möchte. Sie brauchten ja nicht aufzutreten, aber vielleicht fände man jemanden, der im Knast saß und es immerhin schon einmal versucht hatte.

Als Stargast könnte sie Melitta Strauß einladen. Der neue Komet am Bühnenhimmel. Ihr letzter Gast allerdings wäre die Richter. Zug um Zug würde sie ihrer ehemaligen Assistentin beweisen, wie sie versucht hatte, sie umzubringen. Von den Briefen bis zum Mordversuch. Und das Theaterstück der Strauß würde sie in der Luft zerfetzen. Alles live im Studio und vor Publikum. Mit einer Sendung könnte sie gleich zwei ihrer Feindinnen erledigen.

Ob sich die beiden kannten?

Aber bestimmt. Hatte sie Tomaten auf den Augen?

Es war doch kein Zufall, dass die Strauß mit diesem Zug nach Wien fuhr. Die beiden waren ein Team. Vielleicht gehörten noch weitere dazu, Leute, die hier im Schlafwagen hockten und ihren Abgang erwarteten.

Die gehörten alle zusammen. Vom ersten Augenblick an, als sie in den Wagen kam, hatte sie dieses Gefühl. Das war eine verschworene Bande. – Die Feindseligkeit gegenüber ihrem Hund. Die Sensationsgier, wie sie sich in ihr Abteil drängten. Die dummen Sprüche. Die Richter hatte sie zusammengetrommelt. Die Richter und die Strauß.

Die Richter dürfte vom Projekt des Theaters gehört und sich an die Strauß gewandt haben. Der Mordplan ging mit Sicherheit von der Richter aus. Sie suchte Partner, Komplizen, Publikum.

Wahrscheinlich hatte sie sich ein paar von denen rausgepickt, die sich über ihre Sendungen beschwert hatten. Weil sie sich schlecht behandelt fühlten, weil sie glaubten, ihre Sendungen seien frivol, frauenfeindlich, sexistisch, für Kinder ungeeignet, eine Gotteslästerung. Irgendwelche Meckerer gab es immer.

Sie hatte ihnen weisgemacht, man wolle ihr einen Denkzettel verpassen. Sie hatte ihnen eingeredet, dass jeder sein Scherflein beizutragen habe. Schon übernahm jemand die Manipulation des Schlosses, ein anderer stand Schmiere und so weiter. Bis alle unter einer Decke steckten und keiner mehr wusste, wie sie einander in die Hände arbeiteten und wozu. Zuletzt gab jeder jedem ein Alibi, sie war tot, und niemand hatte was gesehen.

Ein Komplott.

Und nun wollte sie diese Leute auch noch für eine Sendung? Was für ein Unsinn. Diese ganze Verschwörungstheorie. Das konnte ihr doch vollkommen egal sein. Erst einmal musste sie die Richter stellen. Alles andere würde sich dann von alleine klären. Eine Sendung «Versöhnung mit deinem Todfeind»? War sie blöd geworden?

Wenn die Bande einmal hinter Schloss und Riegel saß, ließe sich allenfalls darüber nachdenken, aber bestimmt nicht jetzt. Im Moment ging es doch nur darum, die Richter auszuschalten. Die Richter hatte ihr das Leben zur Hölle gemacht, und sie sollte als Erste erfahren, dass sie durchschaut war. Sie hatte keine Chance. Es gab nichts, was sie noch retten konnte. Die Beweise waren erdrückend.

Ohne Schorschi hätte sie die Zugfahrt wohl nicht überlebt. Das war klar. Dann läge sie jetzt in einem Zinksarg in der Pathologie von Innsbruck. Baloo war ein Schlappschwanz, aber zur Richter und ihrer Bande gehörte er nicht. Er war der Einzige, der sich um sie gekümmert hatte, er war nicht wie alle andern, die nur an sich dachten.

Oh Gott, nun wurde sie auch noch sentimental, gleich würde sie heulen. Hoffte sie vielleicht immer noch, dass ihr Dschungelbär noch einmal bei ihr auftauchte? Ein Typ mit Ladehemmung, ein zögerlicher Fünfziger. Er möchte schon, aber getraute sich nicht.

Seine betuliche Fürsorge, seine steifen Angebote. Er nahm sie so furchtbar ernst und war ganz bekümmert, dass er nicht helfen konnte. Wie er das Schloss untersuchte und dann bleiben wollte. Als Wachhund oder Bodyguard. Als wäre er ein Stück Holz. Aber dann, als sie in seinen Armen hing, wollte er sie nicht mehr loslassen, hielt sie fester und länger als nötig.

Unsichere ältere Männer waren wohl die mühsamste Spezies, generell und in jeder Beziehung.

Nein, Schorschi konnte ihr nicht helfen. Nicht bei dem, was sie plante. Als Zorro taugte er nichts.


Sie hockte auf dem Bett und studierte den «Zugbegleiter». Auf Grund des Fahrplans brauchte der Zug für die Strecke Salzburg–Wels neunundfünfzig Minuten. Danach wurden die Abstände zwischen den Stationen immer kürzer. In Linz stiegen bestimmt die ersten Leute aus. Das Frühstück wurde serviert, und alle glaubten, sie müssten auf Toilette. Hinter Wels wurde es unmöglich, durch die Waggons zu gehen, ohne gesehen zu werden.

Ihre Uhr zeigte vier Uhr fünfundvierzig. Der Zug hatte seine Verspätung noch nicht ganz aufgeholt, dennoch blieb ihr mit Sicherheit eine Dreiviertelstunde.

Natürlich wäre sie froh gewesen, wenn sie eine Waffe gehabt hätte. Zum Beispiel das Messer, das ihr die Richter geschickt hatte. In Filmen sah das immer so praktisch aus. Da kramte die Hauptdarstellerin das entsprechende Werkzeug aus Requisiten und Kulisse. Sie zog einen Dolch unter der Matratze hervor oder durchwühlte ihre Handtasche nach einem Revolver.

Doch sie war auch ohne Waffe gefährlich. Sie beherrschte die Grundtechnik der Selbstverteidigung, sie war stark und schnell. Ihr Tai Chi Lehrer war mit ihr zufrieden.

Sie angelte nach ihren Schuhen, die unter das Bett gerutscht waren. Ein Engel hatte ihr ganzes Gepäck aus dem ehemaligen Abteil hierher geschafft, nur den Hund hatte er gelassen, wo er war. Ein kluger Engel. Sogar ihre Jacke hing im Schrank.

## SCHLAFWAGEN 302 / ABTEILE 17 und 13
## SALZBURG–WELS

Der Zug schlich über einen Bahndamm, etwas tiefer glitten die Gleisanlagen des Salzburger Rangierbahnhofs vorbei. Vor einem hell erleuchteten Lokschuppen rund um eine Drehscheibe standen mehrere Lokomotiven und erinnerten Mettler an eine Modelleisenbahn.

Die Dokumente der Mitreisenden waren schnell erfasst. Der Schaffner hatte ihm die Arbeit erleichtert, weil er die Papiere in der Reihenfolge der Abteile aufgereiht hatte. Mettler hatte sich eine Skizze des Schlafwagens angefertigt und übertrug nun die Namen in die entsprechenden Kästchen. Interessant waren vor allem die Abteile im hinteren Teil des Wagens, die Nummern zwischen 13 und 22.

Die meisten Papiere waren Schweizer Dokumente. Auch der Sikh und seine Frau (Abteil 6) waren Schweizer. Melitta Strauß (Abteil 11) und der Handyriese (Abteil 19) waren Österreicher, drei Pässe gehörten einem Ehepaar mit Tochter aus Kanada (Abteile 10 und 12). Familien und Paare glaubte er als Täter ausschließen zu können, Frauen ebenfalls, es musste jemand sein, der allein reiste.

Und wenn Schwendimann (Abteil 4) im Namen seiner Familie handelte? Was war mit der Ärztin Marianne Haller und ihrer Mutter (Abteil 7)? Der molligen Ringerin Frau Sennhauser (Abteil 9)? – Die Wolf war nicht das Opfer einer groß angelegten Vergeltung, auch wenn er sich nicht erklären konnte, warum die Leute immer und überall dabei waren. Warum hatten sie sich eine Fahrkarte für den Schlafwagen gekauft, wenn sie nicht schlafen wollten? – Aber darüber zu grübeln, hatte er jetzt keine Zeit. Er musste sich entscheiden. Familien, Paare, Frauen kamen nicht in Frage. Weg damit!

Auch den Pass von Melitta legte er beiseite. Ihren Jahrgang schaute er nach. 1955. Damit war sie älter, als er geschätzt hatte.

Die Entscheidungen für die acht Abteile im hinteren Teil das Wagens waren schwieriger.

An das Paar Thomas und Erika Brückner aus Sargans (Abteil 16) konnte er sich nicht erinnern. Sie mussten zugestiegen sein, als er mit Dorin Wolf im Speisewagen saß. Später, während des Nothalts oder im Speisewagen, waren sie ihm nicht weiter aufgefallen, obwohl sie das Abteil direkt unter ihm belegten. Doch er hatte sich kaum mehr hier aufgehalten und seine unmittelbaren Nachbarn längst aus den Augen verloren.

Das Abteil neben ihm war nicht besetzt (15 und 17 konnte er streichen), und im zweiten Abteil unter ihm hatten sich Claudia und Laszlo einquartiert (Abteil 14).

Die beiden hatten sich zwar in mancherlei Hinsicht auffällig benommen. Vor allem die Vermutung, es sei ja gar nicht zu einem Mord gekommen, machte sie verdächtig. Sie waren nicht verheiratet und unterwegs nach Budapest. Wahrscheinlich wollte Laszlo Szendy seiner Freundin Claudia Heim die Heimat seiner Eltern zeigen.

Im Übrigen galt für die beiden Paare dasselbe wie für alle anderen, die nicht allein reisten. Zögernd wog er die Papiere in seinen Händen, um sie dann achselzuckend auf den Stapel der bereits als unverdächtig ausgeschiedenen zu werfen.

Der Rotschopf hieß Lukas Moser (Abteil 18), wurde demnächst vierundzwanzig und kam aus Luzern, ausgestellt wurde sein Identitätsausweis in Zürich. Ein Luzerner, der in Zürich lebte, zugestiegen in Sargans, Platzreservationen für ein Singleabteil im Schlafwagen und einen Frühstücksplatz im Speisewagen. Die Reservationen überraschten ihn. Normalerweise verfügten Leute in Mosers Alter nicht über die entsprechende Reisekasse, ganz abgesehen davon, dass ihnen ein reservierter Frühstücksplatz nicht wichtig war. – Was wollte er von Melitta? Warum wollte er sich mit ihr treffen, und warum war diese dem seltsamen Wunsch nachgekommen? Wo steckten die beiden? Den Rotschopf und die Dramatikerin verband ein Geheimnis, das er sich nicht erklären konnte, und darum übertrug er alle Angaben über Moser in seine Skizze.

Auch der Handyriese reiste allein. Er hatte das Abteil über Moser, Wand an Wand neben ihm. Ein Magister Martin Hofer aus Wien, Jahrgang 54 (Abteil 19). – Mettler wunderte sich, dass jemand einen derart bescheidenen Titel in seinem Pass vermerkt haben wollte. Einen konkreten Beruf verband er damit nicht. Der Wiener hatte sich an allen Gesprächen über die Wolf beteiligt. Wenn es um Frau Wolf ging, war er dabei. Der große, dürre Mann, der sich immer leicht verbiegen musste, um nicht irgendwo anzustoßen, war ihm zwar sympathisch, seine Witze bewertete er als Kommentare eines

Zuschauers – ganz im Gegensatz zu den Bemerkungen, mit denen sich vor allem die Frauen über die Moderatorin lustig machten – ‚trotzdem gehörte er zum Kreis der Verdächtigen.

Im Abteil neben dem Wiener reiste der Glatzkopf. Edwin Gerber, vierundvierzig Jahre alt, aus Zürich. Entertainer und Schauspieler (Abteil 21). Immerhin gleich zwei Berufsbezeichnungen, die Mettler den Wichtigtuer bestätigten. Er hatte nichts gegen Schauspieler. Auf einer Bühne, im Kino. Aber wenn jemand glaubte, er müsse sich auch privat und bei jeder Gelegenheit in Szene setzen, so erfüllte ihn dies mit Misstrauen und stieß ihn ab.

Als Täter kam der Dicke ebenfalls in Frage. Seine Dummdreistigkeit schien ihm zwar für ein Verbrechen nicht raffiniert genug, aber bei einem Schauspieler konnte ja gerade dies Teil einer Tarnung sein, die jeden Verdacht von ihm ablenken sollte. Was er den Leuten im Speisewagen erzählt hatte, hätte er gern gewusst, und warum diese dem Schmieranten überhaupt zugehört hatten?

Der Blinde im Abteil unter dem Glatzkopf hieß Simon Koller, war einundzwanzig Jahre alt und kam aus Winterthur (Abteil 20). Auf dem Foto seiner Identitätskarte war er kaum wieder zu erkennen. Er trug lange Haare, Rastalocken, keine Brille. Das Foto eines Schülers mit dem trotzigen Bemühen anders als alle Erwachsenen und doch erwachsen auszusehen.

Er drehte den Ausweis um und schaute sich die Eintragungen zur Person an. Größe: 184, Augen: blau. Kein Vermerk zu seiner Behinderung. Kein Blindenzeichen oder das Wort: sehbehindert. Nichts. Vielleicht wurde heutzutage auf einen derartigen Eintrag verzichtet, was er sich eigentlich nicht vorstellen konnte, vielleicht erblindete der junge Mann erst vor kurzem.

Mettler wusste, was er wissen wollte, und wenn er die Papiere auch gern noch Melitta gezeigt hätte, hielt er es doch für klüger, sie so schnell wie möglich zurückzubringen. Er schob die Dokumente zusammen und schlich (ohne die verdammten Schuhe anzuziehen) zum anderen Ende des Schlafwagens, um die Ausweise, Zollformulare und Frühstückswünsche wieder ins Fach des Dienstpultes einzureihen.

Dann hörte er, wie jemand durch den Flur kam. Schnell, und als ob er nur gerade mal den Kopf ins Abteil gestreckt hätte, zog Mettler sich zurück und drehte sich um. Es war der Schaffner.

«Womit kann ich denn behilflich sein?», sagte der Mann freundlich und musterte seine blutigen Socken. «Haben Sie sich wehgetan, oder gehört das zum Job?» Er grinste und witzelte: «Fragen dürfen sie mich nicht, ich verrate nichts. – Aber wahrscheinlich sind Sie ja auch gar nicht auf meine Hilfe angewiesen», und übermütig fügte er hinzu: «Bin ich denn als Schaffner nicht ebenfalls verdächtig? Zumindest ein bisschen?»

«Richtig, eine weitere Möglichkeit», antwortete Mettler, zog die rechte Augenbraue hoch und durchbohrte den Mann mit seinem Blick. «Sie werden mir Red und Antwort stehen, wenn ich mit den anderen fertig bin. – Haben Sie eine Taschenlampe?»

«Mir brauchen Sie nichts vorzumachen», sagte der Schaffner ungerührt, drängte sich an ihm vorbei und reichte ihm eine Stablampe aus dem Abteil. «Helfen kann ich Ihnen allerdings nicht.»

«Das wird kaum nötig sein.»

Der Schaffner schnippte mit den Fingern (wohl das Zeichen dafür, dass er die Lampe gelegentlich wieder zurückhaben möchte) und zog die Türe zu.

Als Nächstes wollte er den Hund erlösen und sich in Dorin Wolfs altem Abteil umsehen. Die Tür war versiegelt.

Die beiden Polizisten hatten den Fall mit dem Dementi der Wolf zwar abgeschlossen und den Zug verlassen, trotzdem musste es einen Moment gegeben haben, da sie tatsächlich von einem Verbrechen ausgegangen waren. In stumpfer Routine hatten sie alles zugeklebt. Eine Wurstigkeit, die er unverzeihlich fand. Man versiegelt doch keinen Raum, in dem sich noch ein Tier aufhält.

Er riss die Kleber weg und schob die Türe auf, den Hund sah er nicht. Entweder hatten ihn die Beamten eben doch nicht einfach eingeschlossen und der Wolf gebracht, oder er versteckte sich unter dem Bett.

Er kniete auf den Boden und rief seinen Namen, leise, aber eindringlich, und dann hörte er ihn. Wie er mit dem Schwanz gegen die Wand klopfte.

«Busoni? Was ist denn los? Komm jetzt, komm hervor!»

Er hörte, wie der Hund sich anstrengte, wie seine Krallen über den Boden scharrten, schließlich tauchte seine Schnauze aus dem Dunkeln, und er robbte auf dem Bauch unter dem Bett hervor. Dann sprang er hoch, jaulte und winselte, tobte hinter seinem Schwanz im Kreis herum oder schnellte ihm ins Gesicht.

«Nun lass gut sein, verrückter Kerl», wehrte er seine Küsse ab. «Ich werd dir ja sagen, was ich weiß.» Er setzte sich auf den Boden und zog den Hund zu sich. «Es waren zwei, die euch ans Leder wollten. Die eine ist wahrscheinlich die Schaffnerin aus dem Liegewagen, den anderen kennen wir nicht.»

Er drückte den Hund zwischen seine Beine und kraulte ihn hinter den Ohren.

«Warum bist du eigentlich auf den Blinden losgegangen?

Nur weil er einen Stock hatte, oder geht es dir wie mir. Mit dem Typen stimmt etwas nicht. – Was hast du denn da? Ach herrjemine! Eine Zecke, wo hast du die denn her?»

Er drehte Busonis Kopf zur Seite, fasste ihn im Nacken und strich mit dem Daumen gegen das Fell, damit er seine Haut sah.

«Ich hab mir seinen Ausweis angeschaut. Ein Schüler mit langen Haaren. Er sah damals ganz anders aus, aber was mich am meisten überrascht hat, es gibt keinen Eintrag, dass er blind ist. Er muss einen Unfall gehabt haben, irgendetwas Schreckliches. – Da, da haben wir sie ja. – Nach deinem dummen Gekläff, als ihr euch in eurem Abteil versteckt habt, da hättest du einmal hören sollen, wie man über euch hergefallen ist. In den Gepäckwagen wollte man dich sperren, dir einen Maulkorb umbinden. Dabei war der Blinde noch einer der Vernünftigsten. Er klammerte sich an seinen Rucksack und wollte, dass der Schaffner ihn in sein Abteil bringt. Man solle sich nicht so aufregen, ein junger Labrador sei doch nicht gefährlich. – Ein Labrador. Woher wusste er, dass du ein junger Labrador bist? Niemand hatte von einem Labrador gesprochen. Niemand … Er hat dich gesehen. Er ist nicht blind. – Er spielt einen Blinden, damit er ein Alibi hat.»

Er ließ den Hund los und schwieg. Der Gedanke war so simpel und einleuchtend. Das Puzzleteilchen, das den Mordplan an Dorin Wolf schlagartig zu einem Ganzen fügte.

Der Blinde lässt sich vom Schaffner in sein Abteil bringen und versichert diesem, dass er müde sei und gleich schlafen wolle. Er zieht sich um und geistert als Mann in einer rot karierten Jacke im Zug herum, wobei er sich alle Mühe gibt, möglichst vielen Leuten aufzufallen. Dann entsorgt er seine Tarnung und schlüpft wieder in sein Schlafwagenabteil. Irgendwo zwischen Arlbergtunnel und Ötztal, so zumindest musste der Plan ausgesehen haben, tötet er die Wolf. Die Schaffnerin zieht die Notbremse, behauptet, gehört zu haben, wie jemand geflohen sei und macht auf den Mann in der roten Jacke aufmerksam. Bahnbeamte, engagierte Mitreisende, die Polizei beginnen mit ihren Untersuchungen, man findet seinen Platz im Ruhewagen und alles deutet darauf hin, dass der Täter, ein Mann in einer roten Jacke, den Zug verlassen hat. In Wien steigen alle aus, weil niemand festgehalten werden kann, nur weil er das Pech hatte, zufällig in einem Waggon zu schlafen, in dem jemand umgebracht wurde. Die Polizei fahndet nach dem Täter, ohne Erfolg, der Fall bleibt ein Rätsel. – Vielleicht hätte irgendjemand einmal eine zerfetzte rote Jacke gefunden, doch die würde nun auch nicht mehr weiterhelfen. DNS-Analyse und wie die modernen Methoden der Polizei auch immer heißen mochten, griffen nicht mehr, die Tat und ihre Motive würden für immer im Dunkeln bleiben.

«Eine scheußliche Theorie», murmelte er und nahm seine Suche nach der Zecke wieder auf. «Der perfekte Mord, auch wenn ich dafür keine Beweise hab. – Aber so war die Tat geplant. Dieser Koller ist nicht blind.»

Er fand den Schmarotzer ein zweites Mal, schob den Daumenagel unter den grau glänzenden Beutel und hob ihn leicht an. Dann klemmte er den Kopf der Zecke zwischen die Nägel von Daumen und Zeigefinger, drehte sie leicht und riss sie aus.

«So, die haben wir, mit Kopf und Kragen und allem, was dazu gehört.»

Der Hund beschnupperte neugierig, was er ihm vor die Nase hielt. Dann zerrieb Mettler die Zecke auf dem Fußboden.

«Mit uns haben die beiden freilich nicht gerechnet. Sie sind nicht auf die Idee gekommen, dass sich Dorin Wolf Hilfe holen könnte, und dass sie sich zu ihrem Schutz einen Hund gekauft hat. Und schon sind sie mit ihrem ausgeklügelten Plan am Ende. – Nun, schlaf mir nicht ein.»

Busoni bettete seinen Kopf auf sein Bein und schloss die Augen.

«Ich wüsste gern, womit dich der junge Mann geködert hat? Er war im Speisewagen, ich habe gehört, wie er einen «Bündnerteller» bestellte. Da wird er wohl ein paar Speckstreifen beiseite geschafft haben. Speck und ein bisschen Brot … Aber damit lässt du dich doch nicht übertölpeln? – Du schnappst danach und wartest auf mehr. Du fängst zu kläffen an. Hast du aber nicht, weil ich dich gehört hätte. – Also. Was hat er dir vor die Nase gehalten?»

Er lehnte sich zurück und rief sich seine Erfahrungen mit Hunden in Erinnerung. In Afrika besaßen Alice und er zwei Bastarde. Sie fraßen jedem aus der Hand. Erst wenn sie etwas zu fassen bekamen, das sich nicht verschlingen ließ, sausten sie in ihre Hundehütten. Sie brachten ihre Beute in Sicherheit.

Aber im Speisewagen servierten sie nur Menüs, die möglichst keine Abfälle verursachten. Keine Koteletts mit Knochen. Koller musste sich folglich mit Speck und Brot einen Köder basteln. Einen Köder, den der Hund so interessant fand, dass er seine Beute unter dem Bett in Sicherheit bringen wollte.

«Mach einmal Platz, ich muss noch einmal unters Bett!»

Er griff nach der Stablampe des Schaffners und legte sich auf den Boden, um die Fläche unter dem Bett auszuleuchten. Besonders stark war der Lichtstrahl nicht, trotzdem entdeckte er schnell, wonach er suchte. Er zwängte sich unters Bett. Den Kopf zur Seite gedrückt und mit ausgestrecktem Arm tastete er in der Ecke nach dem Beutestück und wusste gleich, was er da in die Finger bekam. Das zerbissene Ende eines Lederriemens.

Der Blinde ließ sich vom Schaffner einen Lederbeutel ins Abteil tragen. Ein Rucksack, dem nun ein Riemen fehlt.

Mettler hielt dem Hund den Riemen vor die Nase und sagte: «Ich glaube, wir haben ihn. Wenn das der Köder war.»

Der Zug schlängelte sich durch hell beleuchtete Gleisfelder, ganze Kolonnen von Lichtmasten glitten vorbei, und die Anlage der Industriegleise weitete sich zu einer riesigen, nahezu leeren Fläche, die sich im Frühnebel eines grauen Morgens bis zum Horizont ausdehnte. Immerhin schien es nicht mehr zu regnen, wenn ihn die blanken Spiegel der Pfützen nicht täuschten.

## LIEGEWAGEN 304
## HB WELS

Umgeben von Gummiwülsten, im Lärm der Räder und einem überraschend kalten Luftzug ausgesetzt, stand Dorin Wolf auf den Blechen über der Wagenkupplung und starrte durch die schmalen Scheiben der Stirnwandtüre. Sie rauchte, und es tat ihr gut. Hier, zwischen den Waggons, schaukelte sich das ruhige Pendeln der einzelnen Liegewagen zu einem wilden Tanz auf, und das Schild mit der Wagenanzeige 304 hüpfte im verschmutzten Glas in alle Richtungen. Es wanderte aus ihrem Blickfeld, kehrte wieder zurück und schlug Kapriolen, wie auf einer Achterbahn.

Ihr Timing war perfekt. Nicht zu früh, um unnötig lange warten zu müssen, und nicht zu spät, um sich einen Überblick zu verschaffen. Aber nun in diesem verdreckten Bereich zwischen Gummiwülsten und Schiebetüren steigerte sich ihre Erbitterung erneut zu einem nur schwer zu zügelnden Wutausbruch.

Wenigstens hatte sie ihre Zigaretten dabei. Wenn sie jemand sehen würde, wenn sie erkannt würde. Sie könnte platzen vor Wut, den Zug in die Luft sprengen oder Bomben schmeißen. Mehr als einmal war sie kurz davor, einfach loszustürmen und ihrer Wut freien Lauf zu lassen. Aber sie musste warten. Sich gedulden. Sie steckte sich eine neue Zigarette an und spähte in den Liegewagen.

Nachdem sie sich an das diffuse Licht gewöhnt hatte, ließ sich der Flur recht gut überblicken. Die Tür zum Dienstabteil stand offen. Die Schaffnerin arbeitete an ihrem Dienstpult. Ihr Schattenriss vibrierte im Spiegel des Waggonfensters.

Der helle Schein in der offenen Tür verdunkelte sich, sie kam heraus und spähte in den Gang. Sie entfernte sich, kam wieder zurück.

Hoffentlich inspizierte sie nicht den gesamten Waggon. Sie war unruhig, wie jemand, der auf der Hut ist. Dann stand sie eine halbe Ewigkeit unter der Schiebetüre des Dienstabteils, unbeweglich wie eine Statue.

Als ob sie noch einen Beweis gebraucht hätte.

Auf jeden Fall erkannte sie in den Umrissen der Schaffnerin eindeutig die Richter. Ja, das war sie. Die Bohnenstange mit den schmalen Schultern und dem breiten Becken.

Im Sender hatte es Leute gegeben, die sie Giraffe nannten. Dorin hatte die Anspielung nie kapiert. Sie hatte keine Zeit, sich um die Spitznamen ihrer Mitarbeiterinnen zu kümmern. Jetzt verstand sie, was die Männer meinten. Ihre Silhouette glich tatsächlich einer Giraffe. Der in die Länge gezogene Oberkörper mit dem kleinen Kopf, der dicke Hintern auf zwei dürren Stelzen.

Mit einem Zischen griffen die Bremsen und fast gleichzeitig verbreitete sich ein stechender Geruch, eine Mischung aus verbranntem Staub und Rost, oder waren es die Bremsklötze, die so stanken? Der Lärm im Durchgang war ohrenbetäubend. Das Zischeln wurde immer greller, verwandelte sich in ein schmerzendes Quietschen, bis der Wagen schließlich mit einem durchdringenden Fiepen, fast einem Pfiff, zum Stehen kam. Sie waren in Wels.

Die Richter verließ ihr Abteil, zog die Türe zu und marschierte zum Ausgang. Zum hinteren, was Dorin nur recht sein konnte. Sie hatte sich nicht getäuscht. Schaffnerinnen gehörten in Bahnhöfen auf den Bahnsteig, hatten neben den geöffneten Türen ihres Waggons zu stehen und den Reisenden beim Ein- und Aussteigen zu helfen. Schließlich wurden sie nicht dafür bezahlt, dass sie in ihrem Dienstabteil eine ruhige Kugel schoben.

Das war ihre Chance.

Sie schlich an den Toiletten vorbei zum Dienstabteil, öffnete die Tür und schlüpfte hinein.

Das Abteil war kleiner, als sie erwartet hatte. Es gab eine behelfsmäßige Liege, kürzer und schmaler als ihre Betten im Schlafwagen, dem Bett gegenüber eine Schrankwand mit mehreren Türen. Der Durchgang zum Fenster war nur gerade fußbreit, und wenn der Schrank und das Schreibpult geöffnet waren, dürfte man sich in der Zelle kaum noch bewegen können.

Es blieben ihr nur ein paar Minuten, um die Waffe der Richter zu finden. Aber irgendwo hier musste sie ihre Mordutensilien ja versteckt haben. Eine Pistole, ein Messer, eine Drahtschlinge? Vielleicht einen Spray oder sonst etwas, womit die Richter sie betäuben wollte? Sie wusste nicht, wo und wonach sie suchen sollte. Unter dem Pultdeckel zwischen Formularen und Papieren waren sie bestimmt nicht. Oder vielleicht doch? Vielleicht waren sie an einem Ort versteckt, an dem man sie am wenigsten vermutete?

Doch so schlau war die Richter nicht. Sie versteckte kein scharfes Skalpell unauffällig zwischen Scheren und Pinzetten im Erste-Hilfe-Kasten, sie wickelte kein Messer in Mullbinden. Auch hinter Rollen von Toilettenpapier, einem Stapel Papiertücher und zwischen frischen Bettbezügen fand sie nichts.

Im Schrank beim Fenster hingen ein paar Kleider. Eine wattierte Jacke, eine blaue Bluse und eine Hose, nichts Besonderes. – Die Jacke glaubte sie noch vom Fernsehen zu kennen. Die Richter legte keinen Wert auf Garderobe, robust mussten ihre Kleider sein, praktisch und vielseitig verwendbar. Ein weiteres Detail, das sie an ihrer Assistentin gestört hatte: diese Verweigerung von Mode. – Sie tastete die Taschen der Jacke ab, ohne auf irgendetwas Ungewöhnliches zu stoßen. Ein Schlüsselbund, ein Portemonnaie.

In einem Regal lagen eine zur Hälfte aufgegessene Butterbrezel mit Schinken, ein Apfel und eine Tüte mit Bioriegeln. In einer Schublade des Pultes entdeckte sie ein paar Ohrringe. Feine Ringe mit einem Rubin, die nicht zur Richter passten. Trug sie überhaupt Schmuck? Vielleicht hatte eine Reisende des Liegewagens die Schaffnerin gebeten, die Ringe für sie zu hüten, weil sie Angst hatte, sie könnten ihr gestohlen werden.

Unter dem Bett schauten die Henkel einer Reisetasche hervor. Die Handgriffe eines einfachen Beutels aus plastikbeschichtetem Segeltuch. Vielleicht wurde sie ja doch noch fündig. Warum hatte sie die Tasche unter die Liege gestopft?

Lederlaschen sicherten den Reißverschluss, wobei eines

der Riemchen fehlte. An einem Nippel hing ein Etikett mit einem Namen. Agnes Waser.

Waser? Die Tasche gehörte ihr nicht einmal. Die Richter begnügte sich mit ausrangierten Sachen fremder Leute. Oder hatte sie sich den Sack nur ausgeborgt?

Sie riss die Tasche auf. Viel war nicht darin. Weiberkram. Wäsche, ein leichter Pullover, eine Schachtel Tampons, eine Dose Haarspray, eine «Brigitte» und ein Adressbuch. In einem Beutel ein Paar Hausschuhe. Getigerte Pantöffelchen. Aber kein Messer und kein Betäubungsspray.

Sie wollte sich gerade das Adressbuch etwas genauer anschauen, als der Zug anfuhr, und weil sie annahm, dass die Richter unverzüglich in ihr Abteil zurückkehren würde, musste sie auf eine genauere Überprüfung verzichten. Mit einem kräftigen Tritt beförderte sie den Sack wieder unters Bett und schaute sich nach einem Versteck um.

Nein. Verstecken konnte sie sich hier nirgendwo. Brauchte sie auch nicht. Oder sollte sie sich vielleicht in den Schrank quetschen?

Es ging lediglich darum, dass die Richter sie nicht gleich sah, wenn sie die Tür aufschob. Mehr als einen winzigen Augenblick der Überraschung brauchte sie nicht. Dieser kleine Moment der Schutzlosigkeit, den ihr die Überrumpelung bescherte, würde ihr genügen.

Zum Glück hatte die Schaffnerin die Jalousie heruntergezogen, sodass sie sich nicht im Fenster spiegelte. Sie stellte sich möglichst nah hinter die Tür und hielt den Atem an.

Dann hörte sie die Richter kommen. Sie erkannte ihren Schritt. Dieses schneidige Marschieren. Wie sie die Fersen in den Boden schlug. Hacke auf Hacke. Ihre Wirbelsäule musste aus Stahl sein. Das war schon im Fernsehen so. Immer wenn die Frau durch die Büros angestampft kam, schepperten auf den Schreibtischen die Kaffeetassen.

Die Tür rollte auf, und die Schaffnerin, den Kopf noch halb im Flur, trat seitwärts durch den Türspalt. Blitzschnell packte sie die Ahnungslose beim Schopf, griff ihr ins Haar und riss ihr den Kopf nach hinten. Die Frau taumelte ins Abteil. Sie warf die Türe zu, zog die Richter an den Haaren zu sich und drehte sie um ihre Achse. Mit dem Unterarm schlug sie ihr unters Kinn, hoch die Puppe, die Schaffnerin glotzte nur, dann rammte sie ihr das rechte Knie in den Bauch, spitz und so tief wie möglich. Solarplexus. Die Richter kam nicht einmal dazu zu schreien, gluckste bloß und wollte sich übergeben. Doch bevor die Schlampe zu Boden ging, drückte sie ihr den Kopf gegen die Brust und stieß sie Richtung Liege. Die Bettkante knickte ihr die Beine ein. Ja, jetzt meine Liebe, jetzt sack zusammen, und den Schwung ausnützend, warf sie die Frau gegen die Wand.

Dann schlug sie ihr mit der flachen Hand ins Gesicht, immer noch einmal, bis ihr die Hand wie Feuer brannte. Anschließend kniete sie sich in den Schoss der Wehrlosen, legte ihr die Finger um den Hals und drückte ihr die Kehle zu

«Nun hör mir einmal gut zu, du verdammtes Miststück. Das war schon mal ein kleiner Vorgeschmack. Wenn wir in Wien sind, geht der Tanz erst richtig los. Polizei, Kreuzverhör, Gegenüberstellung, die ganze Palette. Und dann ab mit dir. Auch wenn es dir nicht gelungen ist, mich umzulegen. So schnell kommst du nicht wieder raus. Ich weiß alles, verstehst du, alles! Mir machst du nichts mehr vor.»

Die Richter machte den Mund auf, wollte etwas sagen, aber sie war nicht scharf darauf, sich deren Ausreden anzuhören. Wie ein Fisch auf dem Trockenen ging ihr Maul auf und zu, schnappten die hässlichen Zähne ins Leere.

«Ruhe, jetzt rede ich. – Ich bring dich nicht um, nur keine Angst, ich bin nicht du. Wie hättest du es denn gemacht? Mit einer Schlinge, einem Messer? – Es war alles so schön vorbereitet. Der Trick mit der Notbremse. Süß! – Woher wusstest du eigentlich, dass ich einen Hund habe? Du wirst doch keine Komplizen haben, irgendeinen Arsch vom Sender? Einer von deinen Kabelträgern, die du mal rangelassen hast. Oder diese Strauß? Ein sauberes Duo. – Da staunst du, was? Und den Rest kriegen wir auch noch raus, verlass dich drauf. – Wir kriegen alles raus.»

Sie musste loslassen, sonst verreckte sie ihr noch, demnächst verdrehte sie die Augen und tauchte weg. Sie lockerte den Griff, stemmte sich von ihr ab und stand auf. Die Richter gurgelte und spuckte wie ein verstopfter Wasserhahn. Auch ihre Augen spielten verrückt. Glotzaugen waren es schon immer, aber nun schielte sie auch noch.

«Komm, komm Alte, mach bloß kein Theater. Du sollst atmen, verdammt noch mal.»

Die Schaffnerin öffnet den Mund und würgte einen Schleimklumpen hervor, dann fiel ihr die Zunge aus dem Maul.

Das war immerhin ein Anfang. Dorin stand unter der Tür und beobachtete sie. Okay, sie hatte die Dame platt gemacht. Ja und? – Das eine Auge hatte wohl etwas abgekriegt. Sie wusste, was sie getan hatte. Tai Chi Chuan, die schnellen Formen der Energie-Entladung. Aber deswegen biss niemand ins Gras. Mitleid hatte sie keines, sie bedauerte nichts. Wer hatte wem monatelang Drohbriefe geschrieben, wer hatte versucht, wen umzubringen? Na bitte. Da waren ja wohl ein paar Ohrfeigen nichts als angebracht.

Sie zog die Türe auf, warf einen letzten Blick auf die Schaffnerin, die schlaff und mit verdrehten Augen auf der Pritsche lag.

«Also dann, bis Wien meine Liebe», sagte sie und schob sich rückwärts aus dem Abteil. «Wie man sich bettet, so liegt man.»

## SCHLAFWAGEN 302
## WELS–LINZ

Busoni hockte vor dem Abteil des Blinden, jammerte und kratzte an der Schiebetür.

Mettler hatte sich vorgenommen, mit Dorin Wolf zu reden, sie über seinen Verdacht aufzuklären. Er hoffte, dass die Moderatorin Simon Koller kannte, Simon Koller und Agnes Waser, und dass sie ihm ein Motiv nennen konnte, warum die beiden planten, sie umzubringen. Die Rückgabe des Hundes war ein Vorwand, und nun war der Köter ausgerissen und schnurstracks im Abgang zu Kollers Abteil verschwunden.

Ein großartiger Erfolg. Die Hoffnung, Koller mit seinem Verdacht zu überrumpeln, konnte er begraben. Koller würde eins und eins zusammenzählen können. Der junge Mann, von dem Mettler nichts wusste und dessen Motive er nicht kannte, wurde unberechenbar. Er war kein Profi, und niemand konnte sagen, wozu ihn Angst und Verzweiflung anstachelten.

Mettler musste den Hund von der Treppe weglocken, und zwar so schnell wie möglich. Er wühlte das Lederriemchen aus seine Tasche und streckte dem Kläffer den Köder in die Grube. Und richtig, Busoni ließ sich ablenken, schnappte nach dem Leder und biss zu. Mit allen vieren stemmte er sich gegen den Boden, sein Schwanz peitschte begeistert, als wisse er, was gespielt werde: zerren und nicht loslassen.

Er zog den Hund die Treppe hoch, hob ihn auf und klemmte ihn sich unter den Arm. Dann trug er ihn in den Vorraum und nahm ihm den Riemen wieder weg.

«Vielen Dank und jetzt halt einmal die Klappe. Das ist ein Beweisstück und kein Spielzeug.»

Der Flur schlingerte leicht im Rhythmus des Zuges, ein leerer Gang, klinisch und kalt, nur am anderen Ende des Waggons, in der Ecke vor dem Dienstabteil, standen ein paar leere Bierdosen. Die Zeichen einer langen Nacht.

Er klopfte an die Abteiltüre Dorin Wolfs und rief ihren Namen.

Nach dem Zwischenfall vor Kollers Tür würde es wohl das Einfachste sein, unter irgendeinem Vorwand möglichst lange in ihrem Abteil zu bleiben. Vielleicht ließ sie sich überzeugen, die Zeit bis zur Überführung Kollers gemeinsam abzuwarten. Immerhin hatte er ihren Fall gelöst.

Die Wolf gab keine Antwort. Er presste sein Ohr an die Tür und klopfte erneut. Er hörte nichts. Entweder schlief sie tief und fest, weil ihr die Ärztin ein Schlafmittel gegeben hatte, oder sie wollte nichts mehr von ihm wissen. Er klopfte stärker und wartete, er flüsterte ihren Namen und, dass er ihr den Hund zurückbringe. Keine Antwort. Dann, bevor sein Klopfen alle andern aufweckte, gab er auf. Ratlos, immer noch in Socken und den Hund unter dem Arm ging er zu seinem Abteil zurück.

Dorin Wolf meldete sich nicht, Melitta Strauß kehrte nicht von ihrem Gespräch mit dem Rotschopf zurück, und beides beunruhigte ihn mehr, als er sich eingestand.

Er war schon auf der Treppe zu seinem Abteil, als er hörte, wie die Tür zum Vorraum aufgerissen wurde. Melitta. Doch er täuschte sich.

«Schorschi! – Gott sei Dank.»

Die Wolf. Sie stand unter der Treppe, atemlos und in verrutschten Kleidern, die roten Haare aufgelöst und zerzaust, dann stürzte sie zu ihm hoch, klammerte sich an seinen Arm und stammelte:

«Baloo. Das ist gut. Du bist da, du bist da.»

Sie zitterte und war schwach auf den Beinen. Als ob sie betrunken wäre. Aber dann stieß sie ihn so plötzlich und mit einer Kraft, die er ihr nicht zugetraut hätte, ins Abteil, drängte hinterher und zog die Türe zu.

«Oh Gott, oh Gott, ich hab so was von Scheiße gebaut. Wenn du mir nicht hilfst, ist alles aus.»

Mit einem erstickten Aufschrei warf sie sich bäuchlings übers Bett und vergrub den Kopf im Kissen. Sie schüttelte die Schuhe von den Füßen und zuckte, als ob sie von Krämpfen geschüttelt würde, bog ihren Po in die Höhe und wühlte sich in die Decke.

Theater. Am liebsten hätte er sie übers Knie genommen.

Vorsichtig setzte er den Hund auf den Boden und blieb misstrauisch unter der Türe stehen.

Obwohl er sich nicht ganz sicher war, ob sie nicht doch heulte, glaubte er, dass sie ihm etwas vorspielte. Aber er war nicht ihr Narr, den sie nach Belieben hinter sich herziehen oder in die Wüste schicken konnte. Auch wenn er eine gewisse Genugtuung darüber empfand, dass sie sich erneut an ihn wandte und darauf zu hoffen schien, dass er ihr helfen konnte. Er hatte keine Lust, den braven Opa zu markieren, der sich zu ihr setzte, ihr den Nacken massierte und beruhigende Worte murmelte, bis sich ihre Laune änderte und

sie ihn anschrie, er solle gefälligst seine Pfoten von ihr nehmen.

Warum konnte sie nicht einfach sagen, was sie wollte.
Dass sie die Polizei angelogen hatte, konnte er verstehen. Er
hätte den beiden den Drohbrief auch nicht gezeigt, und dass
sie ihn verleugnete, nahm er ihr nicht übel. Aber diese
Schmiere.

Sie brauchte ihn als Detektiv. Warum fragte sie nicht einfach, was er bis jetzt herausgefunden hatte? Er hätte ihr gerne
gesagt, welche Spur Melitta Strauß und er verfolgten und wie
ihre Beweise aussahen. Sie hätten gemeinsam einen Plan ent-
wickeln können, wie sie dem Täterduo eine Falle stellen und
die beiden überführen wollten. Aber so. Ein aufreizender
Hintern und ein verheultes Kissen, eine Mischung, die wohl
Begierde und Beschützerinstinkt wecken sollte, Schmuddel-
kino und schlecht gemacht. Es wurde Zeit, dass er die Dame
ein bisschen härter anfasste.

«Warum haben Sie die beiden Polizisten weggeschickt?»

«Ich hab doch dich.»

«Das glauben Sie.»

«Ja.»

«Dann hören Sie auf zu schauspielern», schrie er sie an,
seufzte und schüttelte den Kopf. Sein Zorn war wahrscheinlich noch ungeeigneter, die Sache voranzubringen, als ihr
Theater. Das Abteil war keine Zelle, die Wolf keine Delin-
quentin im Kreuzverhör, der er befehlen konnte, sich anstän-
dig hinzusetzen und seine Fragen mit einem ganzen Satz zu
beantworten. Sie war das Opfer und seine Mandantin, sie bestimmte ihr Verhältnis. Sie duzte ihn, was ihm schmeichelte,
er blieb beim Sie, was er für korrekt hielt, und dennoch fragte
er sich, wer denn nun hier das Arschloch war.

Auf die Bettkante setzte er sich trotzdem nicht.

Er ging zum Fenster und scheuchte den Hund auf. Immer stolperte man über etwas oder stieß gegen die Wand, und die Frau besetzte das Bett in einer Weise, dass jeder Schritt, jede Bewegung zweideutig und schlüpfrig wurde. So ließ sich doch nicht denken.

«Kennen Sie eine Agnes Waser?», fragte er, um einen freundlichen Ton bemüht.

«Nein! Wer soll denn das sein?»

«Das will ich Ihnen ja gerade erklären», sagte er schon wieder eine Spur gereizter. «Es geht noch um einen zweiten Namen. Simon Koller. Sagt Ihnen das vielleicht etwas? – Ein junger Mann. Athletische Statur, einen Meter achtzig, mit einer Rastafrisur.»

«Simon Kohler?», zerdehnte sie den Namen und richtete sich auf.

Ihr Makeup war verschmiert. Die Lidschatten hatten sich zu schwarzen Flecken ausgeweitet, und das Lippenrot – vom Kinn bis unter die Nase zerrieben – entstellte ihren Mund. Sie hatte doch geweint.

«Kohler? Was weißt du über Kohler?», sagte sie misstrauisch. «Er war einmal in einer Sendung. Es gab einen Skandal, die Zeitungen waren voll davon. – Was ist mit dem Mann?»

«War der Junge blind?»

«Der! Ein unmöglicher Kerl», brauste sie auf. «Frech und geschmacklos. Nach der Sendung ging es ihm weniger gut. Aber blind war er nicht. – Warum willst du das wissen, was weißt du, kennst du ihn?»

«Er sitzt im Zug, ein paar Abteile weiter hinten. Sie würden ihn allerdings nicht mehr erkennen. Er hat sich die Haare geschnitten und spielt einen Blinden.»

«Der Mann, den Busoni angegriffen hat?», flüsterte sie und hielt sich die Hand vor den Mund.

«Ja, und er dürfte es auch gewesen sein, der versucht hat, in Ihr Abteil einzubrechen, wahrscheinlich in der Absicht, Sie zu töten. – Aber er handelte nicht allein, er hatte eine Komplizin …»

«Ich weiß, ich weiß», schluchzte sie und fing wieder mit ihrem Theater an.

«Was, was wissen Sie?», sagte er scharf und packte sie bei den Schultern, bevor sie sich erneut auf den Bauch drehte und ihr Gesicht im Kissen vergrub.

Seine Berührung ließ sie herumschnellen, ein blitzartiger Reflex, den sie offenbar nicht unterdrücken konnte, nun aber sofort bedauerte. Sie knickte zusammen und sagte düster:

«Du darfst mich nicht anfassen, hörst du, nicht jetzt, sonst schlag ich dir den Schädel ein.»

«Schon besser. Also: Was weißt du?»

«Alles. Ich war bei ihr. Ich …»

Sie schwieg, und er getraute sich nicht, sie noch einmal anzufassen. Hoch aufgerichtet, mit zusammengebissenen Zähnen und die Hände zu Fäusten geballt, saß sie vor ihm, als wolle sie explodieren. Wenn sie ihm erneut ein Theater vorführte, so wirkte ihr Wut zumindest überzeugender als ihre Mitleidstour.

«Ich habe sie an der Stimme erkannt», sagte sie leise und kalt. «Mein Gott, wie mir die Frau auf die Nerven ging und was sie alles unternommen hat, um mir zu schaden. Aber dann hat sie den Bogen überspannt. Die hässlichen Briefe. Ich hätte geschworen, dass sie von einem Mann sind. – Nun weiß ich es besser. – Als ihr mich in ein größeres Abteil gebracht habt, war sie dabei. Ihre Stimme, ich habe sie gleich erkannt, es dauerte allerdings eine Weile, bis ich wusste, zu wem sie gehört.»

«Und? Weiter? Was hast du getan, warum bist du hier und was willst du von mir?»

«Du musst mir ein Alibi geben, du warst bei mir, die ganze Zeit. Wir müssen in mein Abteil zurück ...»

«Ich war bis Salzburg im Speisewagen. Danach habe ich mich um den Hund gekümmert.»

«Nur für die letzten dreißig Minuten. Du hast doch versprochen, dich um mich zu kümmern», bettelte sie. Ihre Kraft zerbröselte, sie sackte erneut zusammen und schlug die Hände vors Gesicht. «Ich wollte ihr nichts tun, einen Schrecken einjagen, ja, aber dann ... Es ging alles so schnell. Es war so leicht, sie wehrte sich überhaupt nicht. – Mein Gott, wenn ich sie umgebracht habe. Sie war ganz blau. – Aber so schnell stirbt man doch nicht, so schnell nicht. Ich wollte ihr doch nur eins auswischen. Ich habe sie geschlagen, ihr die Kehle zugedrückt.»

Mettler verstand längst nicht alles von dem, was sie in ihre Hände nuschelte, aber das wenige sprach für sich. Melitta musste der Moderatorin in die Arme gelaufen sein. Die Wolf wollte doch schon auf diese los, kaum dass sie aus ihrer Ohnmacht zu sich gekommen war. Er hatte sie zurückgehalten, und nun hatte sie nachgeholt, was ihr auf Anhieb nicht gelungen war.

«Wann? Wo, wo war das?», stieß er aufgebracht hervor, und hätte der Wolf gern die Hände aus dem Gesicht gezerrt.

«Vorhin. In ihrem Abteil. Ich habe mich in ihr Abteil geschlichen und auf sie gewartet. – Ich hatte doch auch ein Recht dazu. Sie hat mir die Briefe geschrieben, sie wollte mich umbringen ...»

«Halt den Mund!», brüllte er. «Sie bleiben hier. Ich werde nachschauen, was Sie angerichtet haben und ... Danach sehen wir weiter.»

Mettler riss die Türe auf und stürmte zu Melittas Abteil. Die Tür stand einen Spalt offen, im Abteil brannte Licht. Bevor er Busoni aus seinem Gefängnis erlöst hatte, war das noch nicht so. Seither dürfte höchstens eine gute halbe Stunde vergangen sein, vielleicht vierzig Minuten. Er klopfte an die Tür und schob sie auf.

Melitta Strauß lag angezogen auf dem Bett, den Kopf zur Seite gedreht, ein Arm und ein halbes Bein hingen zu Boden, in der Brust steckte ein Messer, und auf dem Boden breitete sich eine riesige Blutlache aus. Er stand unter der Tür, in seinen blutigen Socken und kam sich so ungeheuerlich und lächerlich vor, er fand gar keine Worte dafür.

## SCHLAFWAGEN 302 / ABTEIL 22
## LINZ HB—AMSTETTEN

Sechs Uhr. Der Zug stand im Bahnhof von Linz. Er hatte seine Verspätung aufgeholt. Aus dem gegenüberliegenden Bahnsteig mummelten sich die Leute in ihre Mäntel, ihre Jacken bauschten über Pullovern und Halstüchern. Ihr Atem dampfte vor ihren Gesichtern. Von Frühling keine Spur.

Sie ließ sich ablenken. Was gingen sie diese Leute an. Der Frühling? Sie wünschte, sie wäre nie in diesen Zug gestiegen. Gereizt und verdrossen riss Dorin Wolf die Jalousie herunter. Dieser Zug war ein rollendes Irrenhaus, ihr Schlafwagen ganz bestimmt.

Als Schorschi sie verlassen hatte, hatte er noch gar nicht begriffen, was sie von ihm wollte. Nun gut, vielleicht war das auch besser so. Ihr Versuch, ihn auf ihre Seite zu ziehen, war ein Reinfall, die Idee mit dem Alibi überflüssig. Natürlich war es ein Fehler gewesen, die Richter zusammenzuschlagen.

Aber ändern konnte sie daran auch nichts mehr, und Leid tat es ihr schon gar nicht. Sie bedauerte nichts.

Auf dem Rückweg, als sie sah, wie Schorschi mit ihrem Hund davonschlich, stach sie der Hafer, schließlich hatten sie beide noch eine Rechnung offen. Sie konnte auch nicht sagen, was sie an dem Typen faszinierte. Seine Art sich zu bewegen. Sein Hintern. Er reizte sie.

Dass sie ihm etwas vorspielte, hatte er schnell durchschaut. Seine Fragen verwirrten sie. Was wusste er? Woher kannte er diesen Kohler? Meinte er mit der Waser die Richter? Sie ließ sich aus der Rolle bringen und wusste nicht, wie sie ohne Gesichtsverlust ihr Spiel erklären sollte. Dass er dann vor ihr Reißaus nahm, fand sie prima.

Nur, wieso kamen plötzlich all diese Leute aus ihren Abteilen geschossen? Sie hatte ein bisschen rumgeschrien. Er auch. Vielleicht hatten sie auch gehört, wie er durch den Flur stürmte. Aber das war doch kein Grund, dass nun alle Leute auf den Gang drängten.

Wie auch immer, sie nutzte das Gewusel, packte Busoni, und schaute, dass sie unbehelligt in ihr Abteil kam.

Erst unter der Türe begriff sie, dass Schorschi sie missverstanden haben musste. Er war nicht in Richtung Liegewagenschaffnerin gerannt, sondern zu Melitta Strauß.

Ganz so falsch war das ja nicht. Die Dramatikerin und die Richter steckten unter einer Decke. – Oder fürchtete er einfach um seinen Liebling aus dem Speisewagen? Die beiden hatten etwas miteinander, das dürfte ja nun wohl klar geworden sein.

Auf jeden Fall schien er dort einen Aufstand veranstaltet zu haben, bei dem man ihn dann überraschte. Und nun steckte er in der Klemme, ihr braver Held.

Warum allerdings alle Leute mit ihren Fotoapparaten

umherrannten und sich wie eine Horde Paparazzis vor dem Abteil der Strauß knäuelten, konnte sie sich auch nicht erklären. Sie war erst einmal froh, entkommen zu sein.

Der Zug setzte sich in Bewegung und die Türen fielen ins Schloss. Sie kramte in ihrer Tasche nach dem Handy, sie musste ihren Redakteur aus dem Bett klingeln. Ungeduldig schob sie die Jalousie ein Stückchen hoch und schaute aus dem Fenster.

Der alte Bahnhof wurde durch ungeschickte Anbauten entstellt. Klötze aus Sichtbeton, kupferfarben verspiegelte Glasfassaden, dazwischen hässliche Plakate. Endlose Lärmschutzwände nahmen ihr die Sicht, schließlich tauchten ein paar Lichter auf. Traute Stubenfenster, helle Küchen, Straßen mit Autoverkehr, ein Stau vor den Ampeln einer Kreuzung, leere Quartierstrassen, letzte Häuser, und schon rollte der Zug erneut in eine lichterlose Nacht. Wie verschlafen doch diese Landschaft war.

Dann, endlich, nahm der faule Sack den Hörer ab.

«Hallo? Richard? Ich bin's, Dorin. – Natürlich weiß ich, wie spät es ist. Glaubst du, ich weck dich zu meinem Vergnügen? Ich weiß, wer mir die Briefe schreibt. Dina Richter, Zweifel ausgeschlossen. Heute Nacht hat sie sogar versucht, mich umzubringen. Du musst die Polizei informieren, damit ihr sie in Wien aus dem Zug holen und verhaften könnt. – Wie, ich versteh dich so schlecht. – Die Richter, hab ich doch gesagt, sie hat sich einen Job als Liegewagenschaffnerin verschafft und … Was? – Nein, ich übertreibe nicht, hör doch auf. Sie ist bewaffnet, und arbeitet wahrscheinlich mit Kohler zusammen. – Bitte? – Ja, Koller. – Kohler, Koller. Das ist doch jetzt egal. Sie haben versucht, mich umzubringen, und nur einem Zufall verdanke ich, dass ich noch lebe. – Ich? Wieso ich? Du bist der Chef. Abgesehen davon sitze ich hier mit einem Handy, dem demnächst die Puste ausgeht. – Also. Wien, Westbahnhof, acht Uhr null neun. Die Richter betreut den Liegewagen 304. Zehn Mann. Der Zug muss umstellt werden, sonst haut sie ab. Sie weiß, dass ich es weiß. Hast du das jetzt verstanden? – Nun hör auf zu jammern. Ich verlass mich auf dich. – Servus.»

Ein fauler Wicht. Einzig an Ausreden fehlte es ihm nie. Sie konnte nur hoffen, dass er sie besser verstanden hatte als sie ihn. Ihr Redakteur und Produktionsleiter, der sich damit brüstete, dass er anderen eine Chance gab. Ein verfressener Wanst und immer hinter Frauen her. Keine war vor ihm sicher.

Ihr Handy taugte ebenfalls nichts. Die Ladeanzeige stand noch nicht einmal auf halb. Halb voll. Aber so war das immer, wenn man die Dinger brauchte, brachen sie ein, Spielzeug, das nicht funktionierte. Dabei war es keines von denen, die einem an jeder Ecke nachgeschmissen wurden. Sie war so blöd und hatte dafür Geld bezahlt.

Sie tätschelte den Hund, der sich vor ihr auf dem Boden zusammengerollt hatte.

«Du hast es gut. Niemand, der etwas von dir verlangt, niemand, der dir nachsteigt, und schon gar niemand, der dir ans Leder will. Deine erste Zugfahrt war allerdings auch kein Hit. Armer Kerl. – Aber dich hat er wenigstens aus deinem Gefängnis befreit, mich hat er vergessen.»

Ein richtiger Judas, dachte sie und wollte wissen, wo und wann er die Dramatikerin angebaggert hatte. Wahrscheinlich schon im Speisewagen, so vertraut wie die beiden waren. Als sie dazukam, waren die Karten längst verteilt. Sein Getue, die besorgte Miene, alles pure Heuchelei.

So toll war er nun auch wieder nicht. Originell schon gar nicht. Die plumpen Komplimente, die er ihr gemacht hatte. Ihre Sendung habe einen Damm gebrochen. Das war doch überhaupt nicht angesagt. Seine Afrikageschichten, er als Detektiv. Das war ja noch witzig, bis sie merkte, dass seine Beichte stimmte. Ein klarer Verstoß gegen die Spielregeln.

Die Wahrheit. So eine Kacke! Sie wollte keine Wahrheit, wenn sie sich amüsierte.

Gott sei Dank hatte sie der Polizei gegenüber alles abgestritten. Die Komödie von vorhin war natürlich ein Fehler, doch Schorschi würde ihr daraus keinen Strick drehen, so gemein war er nicht. Abgesehen davon würde sie ihre Aussagen gegenüber der Polizei ohnehin nur noch in Anwesenheit ihres Anwalts machen.

Sie rutschte unruhig auf ihrer Liege herum. Vielleicht war es ein Fehler, nur den Redakteur zu informieren. Vielleicht schlief er ja nach ihrem Anruf wieder ein, verpennte die entscheidenden Minuten. Für die Organisation eines Großeinsatzes wurde es knapp. Wenn sie den Typen allerdings jetzt noch einmal anrief, könnte ihr Misstrauen seinen Elan stoppen.

Der Studioregisseur! Ein netter Mann, verheiratet, nicht unbedingt glücklich, aber zuverlässig. Zwar wusste er nicht, dass die Sache mit den Drohbriefen noch lief. Das hatte sie nur noch dem Redakteur anvertraut. Aber vielleicht hatte er die Geschichte ohnehin vergessen, er war bekannt dafür, dass er sich für Klatsch nicht interessierte, und überreden musste sie ihn so oder so. Sie suchte in ihrem Adressbuch nach der Nummer und rief an.

Der Mann schien schon um halb sieben neben dem Telefon zu sitzen. Es hatte bestimmt nur ein einziges Mal geklingelt, und er hob ab. Es dauerte eine Weile, bis er begriff, wen er am Apparat hatte. Zum Glück war die Leitung besser. Er wurde immer freundlicher und hörte ihr zu. Auf jeden Fall konnte sie ihm ihre Geschichte erzählen, Punkt für Punkt, und ihn bitten, die Polizei zu informieren. Er hielt ihren Vorschlag allerdings für keine gute Idee, weil er nicht in Wien wohne, sondern außerhalb.

Sie verstand das Problem nicht. Es gab doch Telefon, und in die Stadt musste er ja sowieso. Er schlug vor, dass sie sich mit dem Redakteur in Verbindung setzen solle, und dann wollte er wissen, warum sie denn an ihn gedacht habe.

Sie waren alle gleich.

Sie sagte ihm, dass sie den Chef bereits informiert habe. Aber, und schließlich wüssten sie das beide, ihr Chef gehöre nun mal nicht zur schnellen Truppe, sie traue Schwarz nicht und habe Angst, dass er die Sache verschlafe.

Dann bekam sie ihn immerhin so weit, dass er versprach, ihren Chef anzurufen, damit sie ihre Aktionen koordinieren konnten. Sie diktierte ihm ihre Handynummer und legte auf.

Wie der Typ zu seinem guten Ruf gekommen war, hätte sie auch gerne gewusst. Wahrscheinlich weil er auf dem Land lebte. Was ließ sich über Landbewohner schon sagen? Seine Frau hatte vor kurzem ein Kind bekommen. Vielleicht stand er deswegen so früh auf. Vielleicht versorgte er die beiden, musste Frühstück machen, bevor er dann nach Wien ins Studio durfte.

Sie blätterte ihr Notizbuch durch. Jemanden aus dem Sekretariat mochte sie nicht anrufen. Das waren keine Leute, die sich bei der Polizei durchsetzten. Auch der Chef der Maske nicht. Kameraleute, Tonmänner. Vom Set kam ebenfalls niemand in Frage.

Ihr Anwalt. Schließlich hatte sie ihn in dieser Angelegenheit schon einmal aufgesucht. Ein unangenehmer Mensch, Porschefahrer, mit Yacht in Grado, aber kompetent. Er hatte ihr seine Karte gegeben. Mit Privatadresse. «Ihr Diener, und es würde mich freuen, wenn Sie einmal bei mir vorbeischauen würden. Privatim.» Dass sie ihn eines Morgens aus dem Bett klingeln würde, dürfte er damit kaum gemeint haben.

Der Anwalt war auf und klang erstaunlich munter.

«Sie haben Glück, ich komme gerade vom Joggen.»

Das interessierte sie doch nicht. Immerhin konnte er sich an ihren Fall erinnern. Besonders begeistert war er nicht, aber er blieb freundlich und versprach, sich augenblicklich bei der Polizei zu melden und die Verhaftung von Dina Richter und ihrem Komplizen anzuordnen. Wenigstens einmal jemand, der nicht nach Ausreden suchte. Sie sagte ihm, dass sich auch ihr Redakteur, Magister Schwarz, um die Festnahme der Richter kümmere und bat ihn, sich mit ihrem Chef in Verbindung zu setzen. Sie gab ihm die Nummer und legte auf.

Innerhalb einer knappen halben Stunde hatte sie drei Männer aus dem Bett gescheucht. Keine schlechte Leistung.

Vor dem Fenster wurde es ein bisschen heller. Oder täuschte sie sich. Auf jeden Fall war die Dämmerung so schwach, dass der Himmel bedeckt sein musste. Aber es regnete nicht mehr und war nebelfrei. Wenn sie sich anstrengte, konnte sie die schwarzen Flächen der Felder vom helleren Gewirr der Hecken unterscheiden.

Vielleicht sollte sie den Redakteur noch einmal anrufen. Sie musste wissen, was er unternommen hatte.

Ihr Anruf wurde auf den Telefonbeantworter umgeleitet,

seine Leitung war besetzt. Er war also zumindest beschäftigt. Sie sprach ihm aufs Band, nannte noch einmal die genaue Ankunftszeit des Zuges und die Waggonnummer der Richter und teilte ihm mit, dass ihr Anwalt versprochen habe, für einen Haftbefehl zu sorgen.

«Und informier doch bitte die Redaktion der ‹Kronen-Zeitung›. Sie sollen ein Reporterteam schicken. Zur Festnahme meiner Mörderin. – Küsschen und vielen Dank.»

Das Handy gab den Geist auf, sie löschte das Licht und legte sich hin.

Im Flur schien immer noch der Teufel los zu sein. Noch nie hatte sie eine solche Nacht erlebt. Dieser Krach. Das war ein ständiges Kommen und Gehen, Gelächter und Geschrei, und wenn sie nicht zu faul gewesen wäre, hätte sie sich die Krakeeler einmal vorgeknöpft und zum Schweigen gebracht.

## SPEISEWAGEN
## AMSTETTEN–ST. POELTEN

Mettler saß im Speisewagen und starrte auf die vorbeiziehende Landschaft. Gewaltige, frisch umgebrochene Felder dehnten sich bis zum Horizont. Noch vor einer Stunde hatte er hier, an diesem Tisch, mit Melitta Strauß gesessen, und jetzt war sie tot.

Wie gelähmt hatte er unter der Türe zu Melittas Abteil gestanden und auf die Leiche gestarrt. Das war nicht die Tat Dorin Wolfs. Sie hatte niemanden erstochen. Die Moderatorin war krank, aber keine Mörderin.

«ICH BIN DER MÖRDER». Damit hatte der Rotschopf Melitta aus dem Speisewagen gelockt. Und nun hatte Moser sie erstochen? Warum? Melitta sprach von einer Verwechslung. Was meinte sie damit? Wohl kaum, dass sie an Stelle der Wolf umgebracht werden sollte. Wahrscheinlich wurden die beiden von Koller überrascht. Koller, der sich in einen Amokläufer verwandelt hatte und alle niederstach, die sich ihm in den Weg stellten? Aber das Messer steckte noch in Melittas Brust. Koller war kein Killer.

Es musste geschehen sein, während er mit dem Hund quatschte. Aber warum hatte er von alledem nichts wahrgenommen? Melitta hätte doch geschrien. Oder Moser. Die Abteile der beiden Frauen waren unmittelbar benachbart. Er hätte hören müssen, dass in Melittas Abteil Leute waren, dass ein Kampf stattfand. – Er verstand überhaupt nichts mehr. Sein Gehirn blockierte, seine Gedanken drehten sich im Kreis, und alle seine Sinne sträubten sich wahrzunehmen, was er sah.

Kam hinzu, dass ihn die Leute irritierten. Wie gerufen kamen sie aus ihren Abteilen und stauten sich hinter ihm auf der Treppe. Sie glotzten auf die Leiche und murrten, weil er ihnen im Weg stand und die Sicht versperrte. Er traute seinen Ohren nicht. Ihre Sensationslust war stärker als das Entsetzen über den Mord. Waren sie toll geworden? Hatten sie sich in eine mordlüsterne Horde blutrünstiger Ungeheuer verwandelt?

Als sich der Sikh an ihm vorbeidrängte und ein Foto der Leiche machen wollte, packte er den Mann am Kragen und schleuderte ihn die Treppe runter. Er flog nicht weit. Der gesamte Aufgang war voller Leute, alle waren da, die Ringerin, Claudia und Laszlo, der Handyriese, einfach alle.

Er ballte die Fäuste und biss die Zähne aufeinander. Er kämpfte um seine Fassung, während sich die Meute an ihm vorbeidrängte, um ins Abteil zu gaffen. Mehr allerdings nicht. Niemand wagte sich hinein, niemand schrie um Hilfe, oder verlangte, dass man den Schaffner holen und die Polizei alarmieren müsse.

Er versuchte, die Leute zurückzudrängen und die Türe zu schließen, wodurch er eine Reihe wütender Proteste auslöste. Man bugsierte ihn unsanft die Treppe hinunter. Entgeistert stand er im Flur und schaute zu, wie die Leute Schlange standen, um einen Blick auf die Tote zu werfen oder ein Foto zu machen, als handle es sich um die Besichtigung einer Sehenswürdigkeit.

Völlig durcheinander wollte er zurück in sein Abteil, um sich wenigstens Schuhe anzuziehen, als der Glatzkopf und der Rotschopf durch den Flur kamen. Er streckte den beiden die Hand entgegen, auch um sie aufzuhalten, worauf ihm der Junge einen derart eisigen und bösen Blick zuwarf, dass er sie verstört, ja geradezu eingeschüchtert, passieren ließ. Der Junge degradierte ihn zum Zuschauer und machte ihm klar, dass er die Klappe zu halten hatte.

Was ging hier vor? Warum glaubte ein Rotzlümmel wie dieser Rotschopf, ihn wie einen lästigen Hund auf seinen Platz weisen zu müssen? Und er, Mettler, zog den Schwanz ein und schwieg.

Der Glatzkopf übernahm nun die Führung. Er besichtigte die Leiche und befahl dem Schaffner, der ebenfalls unter den Schaulustigen stand, die Türe zu verschließen. Alles in einem Ton, als sei er der Einzige, der hier noch etwas zu sagen habe. Er stand auf der Treppe und lud alle Anwesenden zu einer gemeinsamen Aussprache in den Speisewagen. Er zwirbelte seinen Schnauz und glänzte vor Eitelkeit. Ein ekelhafter Widerling.

Aber die Leute gehorchten ihm. Er konnte es kaum glauben. Sie tauschten verschwörerische Blicke und verzogen sich.

Auch er ging in sein Abteil zurück. Dorin Wolf war selbstverständlich nicht mehr da. Sein «Fall» hatte sich in Luft aufgelöst. Er hatte ein Problem entschlüsselt, das vielleicht gar nie bestanden hatte. Eine unsinnige Geschichte, viel Geschrei und wenig Wolle. Sein erster Fall – nach zehn Jahren und wieder in Europa – war ein Reinfall.

Der halbe Speisewagen war für die Reisenden aus dem Schlafwagen reserviert. Mit Tischkärtchen. Peinlich war vor allem der Fehler, der dabei gemacht worden war. Gleich beim ersten Tisch stellte Mettler fest, dass ein Platz für Melitta Strauß reserviert worden war. Eine Gedankenlosigkeit, die ihm einen Stich versetzte. Die Ermordung Melittas war ein Schlag, der ihn noch gar nicht erreicht hatte.

Er wollte die Karte entfernen, unterließ es aber wieder. Er hatte keine Lust mehr, noch länger als Schnüffler aufzufallen. Er machte den Kellner diskret auf den Fehler aufmerksam und setzte er sich an das Tischchen in der Ecke, an dem er schon mit Melitta gesessen hatte.

Mittlerweile hatten sich fast alle eingefunden. Der Blinde Simon Koller und Dorin Wolf fehlten, der Rotschopf Lukas Moser und die Familie aus Kanada. Die Leute nahmen ihre Plätze ein, und die Kellner servierten den Herrschaften das Frühstück.

Niemand schien um die Dramatikerin zu trauern oder wirkte verstört, niemand saß stumm vor seinem Teller und zerkrümelte ein Brötchen. Entweder hatten die Leute nicht begriffen, was geschehen war, oder sie taten, als gehöre ein Mord zu ihrem Alltag. Mit zusammengekniffenen Augen stierte Mettler auf seine Hände. Er schwitzte und stank.

Der Glatzkopf setzte sich erneut in Szene. Er tänzelte von

Tisch zu Tisch, als müsste er sich nach dem Wohl der Gäste erkundigen. Dann stellte er sich unter die Tür, blähte sich auf und klopfte mit einem Löffel an ein Glas.

«Mesdames et Messieurs, ich habe Sie hierher gebeten, um mit Ihnen gemeinsam alle Beobachtungen, auch die Hinweise, die Sie mir bereits mitgeteilt haben, zusammenzufassen und die tragischen Ereignisse aufzuklären. Die Tatsachen der vergangenen Nacht sind Ihnen bekannt und haben nun durch den Tod der Dramatikerin eine Wendung genommen, die wir zutiefst bedauern. Bevor wir zu den Einzelheiten kommen, erlauben Sie mir, dass ich kurz rekapituliere.»

Die Leute nickten, schauten mit glänzenden Augen auf den Redner, und die Kellner verteilten frische Brötchen.

«Wenige Minuten nach zwei Uhr weckte uns alle ein durchdringender Schrei. Kurz darauf wurde die Notbremse gezogen. Die beliebte Fernsehmoderatorin Dorin Wolf … – Sie lässt sich entschuldigen, was wir verstehen, steht sie doch bereits heute wieder in einer neuen Folge ihrer Sendung ‹Blick ins Herz› vor der Kamera.»

«Das ist aber schade», sagte die Mutter der Ärztin und alle nickten, als würden sie tatsächlich bedauern, dass die Wolf nicht anwesend war. Der Glatzkopf hüstelte und bat erneut um Aufmerksamkeit.

«Wie Sie wissen, fiel Frau Wolf nach einem Schreikrampf in eine Ohnmacht. Dank der tatkräftigen Hilfe einiger von Ihnen, unter anderen auch des Opfers Melitta Strauß, kam sie aber rasch wieder zu sich. Später gab sie zwei Polizeibeamten zu Protokoll, dass sie einen Schwächeanfall erlitten habe. Eine Aussage, die uns vielleicht länger als notwendig beschäftigte, vor allem weil sie uns erst einmal nicht zu überzeugen vermochte. Vielmehr glaubten wir, dass Frau Wolf etwas zu vertuschen versuchte. Alle hatten wir gehört, wie sie kurz davor, um genauer zu sein, exakt 12 Minuten nach ein Uhr, einen Mitreisenden aus ihrem Abteil geworfen hatte. Wahrscheinlich den Sportsfreund, mit dem sie bis nach Mitternacht im Speisewagen gesessen hatte. – Interessant dürfte in diesem Zusammenhang sein, dass sich auch die ermordete Melitta Strauß an ihrem Tisch aufgehalten hatte. Dafür gibt es mehrere Zeugen, die ich aber im Moment nicht alle erwähnen will. Wichtig allerdings scheint mir die Tatsache, dass unser Sportler erst mit Frau Strauß, dann mit beiden, schließlich nur noch mit Frau Wolf gesehen wurde. Derselbe Mann bemühte sich auch später um die Moderatorin, und zwar derart auffällig, dass viele von Ihnen glaubten, er sei ihr Bodyguard. Auf Grund meiner Ermittlungen hat sich allerdings herausgestellt, dass er dies nicht ist. Ich bitte Sie, dies in Erinnerung zu behalten.»

Der Dicke zwirbelte seinen Schnurrbart, schaute auf die Uhr, suchte mit den Augen nach der Ärztin, die neben ihrer Mutter am Fenster saß, nickte dieser kurz zu, um dann mit lauter Stimme fortzufahren:

«Während Frau Wolf von Frau Doktor Haller betreut wurde, setzte sich unser Sportsfreund zusammen mit dem Opfer Melitta Strauß in den Speisewagen. Ich habe die beiden beobachtet und mich über das ungleiche Paar gewundert. Der Mann hat uns alle mehrmals zum Narren gehalten, und, meine Damen und Herren, er versucht es auch jetzt wieder. Oder warum, glauben Sie, hat er sich an genau den Tisch gesetzt, an dem er schon mit dem Opfer saß?»

Der Glatzkopf zeigte auf Mettler, und alle drehten den Kopf nach ihm um. Er war so verdutzt, dass er gar nicht reagieren konnte. Aber der Glatzkopf hätte ihm sowieso keine Chance gegeben. Mit erhobener Stimme zog er die Leute erneut in seinen Bann.

«Fällen Sie kein vorschnelles Urteil, ich bitte Sie, hören Sie zu. – Bevor wir zur Aufklärung des Mordes kommen, möchte ich eine weitere Sache klären, die uns ebenfalls sehr beschäftigt hat. Die Notbremsung. Wer hat sie ausgelöst? Frau Wolf war es nicht. – Da wir mit der Zeit leider ein wenig in Verzug geraten sind, fasse ich mich kurz. Der Nothalt wurde im Liegewagen 303 ausgelöst. Verdächtigt wird eine Gruppe Jugendlicher, von denen einer seinen Kumpanen seinen Mut beweisen wollte. Die Ermittlungen sind noch im Gange. Um uns alle an der Nase herumzuführen, wurde zusätzlich die Tür des Liegewagens geöffnet, damit wir glauben sollten, es sei jemand ausgestiegen. – Der Nothalt hat aber mit unserem Fall nichts zu tun, und das zeitliche Zusammentreffen mit der Ohnmacht von Frau Wolf gehört zu jenen seltenen Spielarten des Zufalls, die uns allen ja hinlänglich bekannt sind …»

«So kann man sich die Sache leicht machen», rief Mettler aufgebracht dazwischen.

«Halten Sie den Mund», zischte der Dickwanst. «Sie haben schon genug Unheil angerichtet, ich war schon dabei, die Sache platzen zu lassen», und wütend schrie er: «Unser Sportsfreund gefällt sich in der Rolle des großen Unbekannten. Bis zur Stunde hat er es nicht für notwendig erachtet, sich vorzustellen. Ein blinder Passagier! – Aber!», brüllte er noch lauter und gestikulierte, als müsste er nicht nur Mettler niederschreien, sondern auch seine Zuschauer zähmen: «Ich kann Ihnen versichern: Seifenblasen, nichts als Seifenblasen. Die Wichtigtuerei eines Spielverderbers. – Ich werde Ihnen nun unseren Fall aufklären. Mesdames et Messieurs: Wir haben ein Geständnis!»

Die Mutter der Ärztin fing an zu klatschen, ein paar schlossen sich ihrem blödsinnigen Applaus an, einige lachten, und Laszlo drehte sich nach Claudia um und sagte so laut, dass auch Mettler ihn verstehen konnte:

«Ich habe dir doch gesagt, dass er nichts damit zu tun hat. Ein Querulant und weiter nichts.»

«Ruhe! Meine Herrschaften, wenn ich bitten darf. – Ich gebe zu, dass auch ich mich gewundert habe. Ich konnte mir weder das Verhalten Frau Wolfs noch die Rolle dieses Herrn erklären. Unser Sportler, nennen wir ihn unter Berücksichtigung der Umstände unseren Gast, stellte mich vor ein Rätsel. – Aber dann brachte mich einer von Ihnen auf die Idee, dass der Mörder sich sehr wohl an Frau Wolfs Tür zu schaffen gemacht haben könnte. Frau Wolf erschrak und schrie, der Mörder merkte seinen Fehler und floh. Warum? Ganz einfach. Sein Opfer war nicht die Moderatorin Dorin Wolf, sondern die Dramatikerin Melitta Strauß. Der Mann hatte sich in der Tür geirrt.»

Ein Raunen ging durch die Menge, einige lachten, zwinkerten einander zu, viele hielten die Erklärung wohl für eine faule Ausrede. Dann winkte man dem Kellner und ließ sich Kaffee nachgießen, schnappte sich ein weiteres Brötchen oder bosselte sein Ei auf.

«Der Mörder stand vor einem Problem. Er brauchte eine zweite Gelegenheit. Aber sein Opfer saß mit unserem Gast im Speisewagen. Sie erinnern sich, Sie alle waren ebenfalls hier. – Aber nun besaß der Mörder die unglaubliche Kühnheit, Sie haben mich richtig verstanden, ich sagte: Kühnheit, sein Opfer vor unseren Augen zu entführen. Und dies, ohne Gewalt anzuwenden, und ohne dass unser Gast – der sich nun, nachdem Frau Wolf ihn an die Luft gesetzt hatte, für Frau Strauß interessierte – auch nur den geringsten Verdacht schöpfte. – Ich habe selbst gesehen, wie Frau Strauß zusammen mit ihrem Mörder den Speisewagen verließ, wie sie unserem Mann am Fenster ein letztes Adieu zuwinkte. – Doch, Mesdames et Messieurs, wie der Mörder sein Opfer in die Falle gelockt und erstochen hat, das können Sie die beiden gleich selbst fragen. Unseren Stargast, die Dramatikerin Melitta Strauß und ihren Mörder, Lukas Moser, den Rotschopf!»

Der Glatzkopf riss die Türe auf, und Moser führte Melitta herein, die Leute klatschten und die beiden verbeugten sich. Einige standen auf und schossen ein Foto.

Mettler versteinerte. «Ich bin das Opfer», «ICH BIN DER MÖRDER», und er war der Detektiv, sie hatte es ihm gesagt und ihn verwechselt. Vor dem Fenster glitten mehrere «Entwerter» vorbei, ein Bahnsteig voller Menschen, St. Pölten. Mit glasigen Augen und wie eine Maschine begann er aufzuzählen, was er sah. Männer mit Ledermappen, schlotternde Jugendliche, Lehrlinge, Blondinen, leere Postwagen, Masten, Gleise, Vorstadthäuser, eine Allee, nackte Bäume ...

Die Tatsachen einer banalen Wirklichkeit.

## SCHLAFWAGEN 302 / ABTEIL 22
## ST. PÖLTEN–PRESSBAUM

Der Zug schlich durch die Landschaft. Dorin mochte gar nicht mehr hinausschauen. Ein Nachtexpress, der sich mit zunehmendem Tageslicht in einen Bummelzug verwandelte.

Sie würde in Zukunft im Flugzeug hin- und herpendeln, obwohl sie Flughäfen hasste. Das viele Warten, die Kontrollen, die gesamte Abfertigung. Aber auf weitere Nächte wie die vergangene konnte sie verzichten, und den Hund würde sie ebenfalls wieder los.

Es wurde Zeit, dass sie sich schminkte. Schlafen konnte sie ohnehin nicht mehr. Auf die Toilette müsste sie. Doch immer wieder verschob sie den Gang von einer Minute zur nächsten. Warum konnte sie sich auch nicht erklären.

Ein letzter Rest ihrer Angst hatte sich in ein geradezu absurdes Szenario geflüchtet.

«Dorin Wolf tot in der Toilette gefunden».

Sie sah sich, wie sie merkwürdig verkrümmt von der Kloschüssel rutschte. Wie ihr Blut auf den Boden rann. Für einen Augenblick glaubte sie, das Messer zu spüren, das ihr in der Brust steckte. Als ob in der Toilette ihre «letzte Fahrt» noch nicht zu Ende wäre.

Als Teenager hatten sie solche Bilder oft über Wochen gemartert.

Ein kleiner Hügel in der Landschaft wurde ihr Totenhügel. Sie glaubte, auf dem Schulweg in einen Hauseingang gezerrt und vergewaltigt zu werden, und machte tagelang blödsinnige Umwege. Sie sah sich als Unfallopfer auf der Kreuzung unter einem Auto liegen. Über Jahre war der zweite Freitag im Mai ein gefürchteter Todestag.

Sie bezwang ihre Ängste – wenn sie nicht ohnehin an ein bestimmtes Datum gebunden waren –, indem sie eine Art Probe bestand: Wenn mir bis zur Kreuzung zwanzig rote Autos entgegenkommen, dann werde ich nicht überfahren.

In ihrer Familie gab es Leute, die sie für verrückt hielten, und manchmal wusste sie es selbst nicht so genau. Später erklärte sie, ihre Ängste seien der Beweis für Fantasie. Sie sah sich als Dichterin und wollte Schauspielerin werden. Was sie ja dann auch wurde.

Busoni schoss zur Tür und wedelte mit dem Schwanz. Immer dieser Hund. Sie hatte niemanden gehört, aber er, er schnüffelte aufgeregt und streckte seine Schnauze in den Türspalt, dann kratzten seine Krallen über das Türblatt. Ein hässliches Geräusch.

Schorschiboy. Wahrscheinlich schlich er im Flur herum und überwachte sie. Ein Typ, der wohl nie die Segel strich. Weil sie der Polizei nicht erzählt hatte, was er für ein Tausendsassa war und wie er ihre Türsperre repariert hatte. Oder hatte er mittlerweile herausgefunden, wen sie verprügelt hatte?

Auch egal, ihr Dschungelbär sollte sie in Ruhe lassen. Sie waren fertig miteinander.

Nicht sein Fehler. Nicht nur. Das wusste sie auch, aber ändern ließ sich nun auch nichts mehr. Er war gar nicht ihr Typ. Sie hatte sich getäuscht. Ein moralinsaurer Biedermann mit einem Ehrenkodex aus dem letzten Jahrtausend. Dass der Kerl aber auch keine Ruhe gab.

Sie nahm den Hund beim Halsband und zog ihn von der Türe weg. Er sollte sich hinsetzen und die Schnauze halten. Sie versuchte dem Hund den Hintern auf den Boden zu drücken. Aber entweder wich er aus oder stand gleich wieder auf.

Schorschiboy rumorte immer noch vor ihrem Abteil herum. Bestimmt stand er mit dem Ohr an der Tür und horchte. Sie nahm ein Kissen und pfefferte es gegen die Tür. Der Schleimer sollte wenigstens wissen, dass sie ihn bemerkt hatte.

Der Türknauf bewegte sich. Sie schnellte auf und flüchtete sich in die Ecke vor dem Fenster. Dieser Scheißkerl. Er hatte sich einen Schlüssel besorgt. Oder war es die Richter? Einen Augenblick lang glaubte sie, ihr Herz wolle stillstehen, aber dann durchflutete sie eine Welle unglaublicher Wut. Es sollte einer wagen, die Tür aufzumachen und an der Schließstange zu fummeln. Sie angelte ihre Schuhe unter dem Bett hervor, ziemlich harte Hacken, und wartete. Sie würde jedem ein paar auf die Finger klopfen, sobald diese auch nur in die Nähe der Schließstange kämen. Sie hatte keine Angst, die Nacht war vorbei.

Aber sie musste sich getäuscht haben und der Hund wohl auch. Sie schlich zur Tür und lauschte, der Hund stand erwartungsvoll neben ihr, aber sie hörte nichts. Nur das gleichmäßige Rauschen des Zuges

Heute Morgen musste sie nach etwas aussehen, frisch und strahlend, wie man sie vom Bildschirm kannte. Die Bilder würden noch vor Mittag über den Sender gehen, morgen würde ihr Foto in allen Zeitungen sein. Das war wichtiger als jedes Interview. Ein gutes Bild entschied, ob die Zeitung aus einer Sache eine Story machte. Ein Bild, eine Schlagzeile, vielleicht noch ein Fettblock, aber bestimmt keine schlauen Antworten auf schlaue Fragen.

«Dorin Wolf: Noch einmal Glück gehabt.» So oder ähnlich würde die Schlagzeile lauten. Darunter: «Nur knapp entging die beliebte Fernsehmoderatorin von ‹Blick ins Herz› einem Mordanschlag. Einzig dank ihres mutigen Einsatzes vereitelte sie die Tat und lieferte ihre Gegnerin gleich eigenhändig der Polizei aus.»

Mehr wollten die Leute gar nicht wissen. Ein paar Schnappschüsse der Verhaftung. Eine Nahaufnahme von ihr. Sieger und Verlierer. Das war die Machart, nach der die Boulevardzeitung ihre Storys strickte.

Ihre Haare waren unmöglich, alles platt und strähnig, steif wie Stroh. Ohne Volumen, ohne Locken, ganz abgesehen von ihrem flachen Hinterkopf. Privat kaschierte sie den Makel, indem sie die Haare zu einem Pferdeschwanz zusammenband, aber so möchte sie sich nicht in der Zeitung sehen. Eine anständige Haarbürste hatte sie auch nicht, und keinen Fön. Sie würde sich ein Tuch um den Kopf wickeln und den Mantelkragen hochschlagen. Der Soraya-Effekt der Fünfzigerjahre. Für weitere Experimente fehlte ihr die Zeit.

Ihre Blase brachte sie noch um den Verstand. Sie musste auf die Toilette, und zwar jetzt, sonst würde sie in die Hose pinkeln.

Sie schmetterte ihr Schminkzeug in die Handtasche und schlich erneut zur Tür. Sie presste ein Ohr gegen den kalten Plastik und horchte. Die Luft war rein. Vorsichtig schob sie die Türe einen Spalt auf und spähte in den Flur. Sie konnte niemanden sehen. Sie löste die Schließstange, stieß Busoni zurück und schlüpfte hinaus.

Der Korridor war leer, kein Mensch weit und breit. Das war merkwürdig, schließlich kamen sie demnächst in Wien an. Vor den Fenstern zogen bereits die Hügel des Wienerwalds vorbei.

Sie lief durch den Gang in den anderen Waggon, da die Örtlichkeiten gleich neben ihrem Abteil vom Schaffner abgeschlossen worden waren, und verschwand in der Toilette.

Eine wahre Erlösung, und selbstverständlich geschah ihr nichts. Ihre Ängste hatten ein Ausmaß angenommen … Es war einfach lächerlich. Trotzdem war sie beunruhigt.

Warum war noch niemand auf? Warum war der Schaffner nicht mit dem Frühstück unterwegs? Der Schlafwagen war doch gut besetzt? Nach St. Pölten wurden die Leute normalerweise aus den Betten gescheucht und der Flur verwandelte sich in einen Rummelplatz. Ließ der Schaffner die Leute ein bisschen länger schlafen, jetzt, da sie endlich einmal Ruhe gaben?

Die Stille hatte etwas Unheimliches. Aber bald, bald

würde diese schreckliche Fahrt zu Ende sein, und nicht nur die Fahrt, die Verhaftung der Richter würde ihre Ängste auslöschen, diesen Druck von ihr nehmen und aus ihr wieder einen freien Menschen machen. «Blick ins Herz» würde wieder, was es einmal war. Die beste Talkshow mit der schärfsten Moderatorin. Sie und ihr Witz wären wieder unter den Top Ten. – Mehr wollte sie ja gar nicht.

Sie brachte ihre Kleider in Ordnung und ging in den Schlafwagen zurück. Der Flur war immer noch menschenleer. Sie atmete tief durch und senkte den Kopf.

Plötzlich waren die zwanzig roten Autos da. Die Prüfung. Sie wusste, nur wenn es ihr gelänge, schnurstracks und mit angehaltenem Atem ans andere Ende des Waggons zu laufen, würde sie sich noch retten können.

Sie war bereits auf der Höhe ihres ehemaligen Abteils, als aus der Nische eines Treppenaufgangs der Blinde trat. So unerwartet und schnell, dass sie erschrak. Sie schnappte nach Luft, stockte und blieb stehen. Mit ausgestreckten Armen tastete sich der Mann die Wände entlang. Seinen Stock hatte er nicht bei sich, aber seine Gestalt versperrte die gesamte Breite des Korridors, ein Athlet, der wie eine Walze langsam und lautlos auf sie zusteuerte.

Simon Kohler, der den Blinden spielte. Schorschi hatte es ihr gesagt. Der Rastamann, den sie aus der Sendung schmeißen ließ. Er habe sich verkleidet, hatte er gesagt, und die Haare geschnitten. Sie würde ihn kaum wieder erkennen. Aber dass er im Zug sei, und ihr Mörder.

Sie hatte ihn nicht ernst genommen, war auf die Richter fixiert. Aber jetzt stand er vor ihr, kam direkt auf sie zu. – Die Richter agierte nicht allein.

Vor den Fenstern des Speisewagens flogen die ersten Häuserzeilen Wiens vorbei. Eine Straße stürzte in eine Unterführung, eine Brandmauer bäumte sich auf, Gärten, ein Kinderspielplatz, und durch vorbeifetzendes Geäst sah man in die Hänge des Wienerwaldes. Eine öde Monokultur mit riesigen Löchern leer geholzter Flächen.

Im Waggon begannen die Kellner mit dem Abräumen des Frühstücks, und das freudig erregte Geplauder der Gäste über den Erfolg ihres Abenteuers verebbte. Vor allem die Notbremsung fand große Anerkennung, während sie über ihren Stargast eher etwas enttäuscht waren. Dorin Wolf wäre eine Nummer größer gewesen. Das dachten wohl alle, aber selbstverständlich war man viel zu höflich und niemand beklagte sich.

Melitta Strauß tat ihre Schuldigkeit, gab die gewünschten Autogramme und plauderte mit den Leuten. Auf ihr Theaterstück sprach sie niemand an.

Langsam machte sich eine satte Müdigkeit breit, und einige mochten sich fragen, ob sie sich bis zur nachmittäglichen Führung «Auf den Spuren des Dritten Manns» auch wirklich wieder erholt haben würden und ob es nicht klüger wäre, auf den vormittäglichen Besuch des Kriminalmuseums zu verzichten. Man schaute sich nach dem Kellner um und wollte bezahlen.

Melitta setzte sich zu Mettler und nahm seine Hand.

«Ich nehme nicht an, dass du hier sitzen geblieben bist, seit ich dich verlassen habe», versuchte sie, einen Scherz zu machen. «Ich hoffe, du bist selbst auf eine Erklärung gekommen. Hat Moser dich benachrichtigt? – Dass aber auch ausgerechnet du mich finden musstest. – War ich denn wenigstens eine schöne Leiche?»

Mettler seufzte, warf ihr einen kurzen Blick zu und versuchte ein Grinsen, das dann doch eher ein Kopfschütteln war.

«Wie das blühende Leben. – Trotzdem werde ich den Anblick nicht vergessen, obwohl ich weiß Gott schon Schlimmeres gesehen habe. – Wie du allerdings dazukommst, bei so etwas mitzumachen, versteh ich nicht.»

«Es wird gut bezahlt. – Du bist doch nicht etwa moralisch entrüstet?», fragte sie ihn mit ihrer tiefsten Stimme und ehrlich erstaunt.

«Ich frage mich bloß, ich meine, wenn ich dich richtig verstanden habe, so nimmst du in deinem Theaterstück doch gerade dieses Spiel mit falschen Tatsachen aufs Korn.»

«Du verwechselst Äpfel mit Birnen», sagte sie eingeschnappt. «In Sendungen, wie sie die Wolf macht, werden wir verarscht, hier haben alle gewusst, dass gespielt wird. Natürlich nicht, wer eine Rolle spielt und wer Zuschauer ist, aber die Infos waren klar.»

«Mich hat niemand informiert. Und Dorin Wolf auch nicht.»

«Was? Das kann ich gar nicht glauben. Die Veranstalter haben mir versichert, dass sie einen eigenen Waggon haben. – Normalerweise findet die Veranstaltung an einem Wochenende statt und ist immer ausgebucht. Damit haben sie sich bei mir entschuldigt, um die leeren Plätze zu erklären. – Das Opfer ist immer ein Stargast und immer wieder jemand anderer. – Insofern brauchst du keine Angst zu haben, mir noch einmal als Leiche zu begegnen.» Sie grinste und sagte, wie um ihn zu versöhnen: «Ich werde mich beschweren, das verspreche ich dir. – Da hat jemand von der Bahn offensichtlich einfach alle in einen Kurswagen gesteckt. Zwei Mal halb leer gibt einmal voll. – Trotzdem. Es lag doch ein Flugblatt im Abteil. Alle Schaffner ... Hat dich denn unser Schaffner nicht aufgeklärt?»

«Du hättest mir doch etwas sagen können.»

«Ich glaubte doch, dass du der Detektiv bist. Ich habe von allem Anfang an auf dich getippt und bin dann auch einigermaßen enttäuscht gewesen, als ich erfahren habe, dass du es nicht bist. – Der Dickwanst war doch grauenhaft. – Ich als Opfer weiß nur, wann ungefähr die Tat geschehen soll, und natürlich wie und das ganze Drumherum. Der Detektiv kennt den Mörder, und der Mörder kennt das Opfer. Eine Abmachung, damit sich niemand von uns verplappert. – Dann dieser Zwischenfall mit der Wolf. Ich habe dir gesagt, dass ich das Ganze für eine Verwechslung halte. Aber du warst so eifrig dabei, den Täter zu finden, dass ich selbst nicht mehr wusste, was ich glauben sollte. Hatte ich mich in der Zeit geirrt oder war ich überhaupt auf dem falschen Dampfer? – Für Moser muss die Geschichte noch verzwickter gewesen sein. Er hat gesehen, wie der Glatzkopf in eine völlig falsche Richtung recherchiert und das Opfer mit einem Mitspieler schäkert. Deswegen musste er um dieses Gespräch bitten.»

Die Leute hatten sehr wohl bemerkt, dass Melitta wieder an Mettlers Tisch saß, und quittierten es mit einem wohlwollenden Schmunzeln.

Der Handyriese kam kurz an ihren Tisch und klopfte Melitta auf die Schultern, gut gemacht, und gab ihr die Hand. Auch von Mettler verabschiedete er sich. Sie verdrehte die Augen, zog die Nase kraus und wartete, bis er sich wieder entfernt hatte.

«Moser wollte, dass wir die Geschichte durchziehen. Wie

geplant, wenn auch mit einer zeitlichen Verspätung. Ich war erst strikte dagegen. Dieser Anschlag auf die Wolf und deine Vermutungen, ich hatte mittlerweile selbst das Gefühl, dass da etwas nicht in Ordnung ist.»

«Ist es auch nicht. – Der Blinde heißt Simon Koller und sieht, wie ich vermute, so gut wie du und ich. – Der Anschlag auf Dorin Wolf war kein Theater.»

«Du glaubst also immer noch, dass jemand die Absicht hatte, die Wolf zu töten?», fragte sie flüsternd. «Bevor ich zugesagt habe, meine Rolle zu Ende zu spielen, damit unsere Zuschauer auf ihre Rechnung kommen … – Hast du übrigens bemerkt, dass sich einige von ihnen kostümiert haben?», unterbrach sie sich selbst und deutete mit den Augen an, wie lächerlich sie die Leute fand. «Ausgerechnet die dicke Sennhauser kam als russische Fürstin. Schwendimann im rosa Hemd spielte den amerikanischen Detektiv Mr. Hardmann. Die Mutter der Ärztin hat sich mir als Greta Ohlsson vorgestellt und ihre Tochter als Gouvernante. Der Sikh und seine Frau haben wohl ganz allgemein auf den Orient Bezug genommen, und wen der Glatzkopf gespielt hat, wirst du ja selbst gemerkt haben. – Die Idee ist ja, dass man einen berühmten Krimi zum Vorbild nimmt, in unserem Fall ‹Mord im Orientexpress›, und dass alle irgendwie darauf Bezug nehmen. Selbstverständlich wird dann nicht einfach die Geschichte nachgespielt.»

Er schwieg, wartete darauf, dass sie ihm erzählte, was sie ihm ursprünglich sagen wollte, und sie fragte erstaunt:

«Hast du denn noch nie etwas von diesen Krimiwochenenden gehört, wo man sich in einem alten Hotel oder auf einem Schloss trifft?»

«Nein», sagte er und bedauerte, dass er bei ihrem ersten Gespräch all ihren Fragen ausgewichen war. Vielleicht hätte sich das Missverständnis früher aufgeklärt und ihm zumindest die Angriffe des Glatzkopfs erspart. Immerhin verstand er nun einige der Merkwürdigkeiten. Die nächtliche Geselligkeit im Speisewagen, die Umzüge, die schamlose Neugier. – Ein eigenartiger Tummelplatz für Leute, die in ihrem Alltag wohl alle einem bürgerlichen Beruf nachgingen.

Melitta beugte sich nach vorn und schielte unter ihrem Arm hindurch nach dem Tisch des Glatzkopfs. Der Rotschopf machte sich gerade über sein Frühstück her.

«Jetzt frisst er mir auch noch meine Weckerln weg», sagte sie und grinste.

«Du wolltest mir noch etwas anderes sagen.»

«Ach ja, richtig. Bevor ich einwilligte, meine Rolle zu Ende zu spielen, habe ich die Liegewagenschaffnerin besucht.»

«Agnes Waser?»

«Ja. Weil wir sie doch verdächtigt haben.» Ihre Augen wanderten zur Decke, sie fasste sich ans Kinn und ihr Zeigefinger klopfte ungeduldig auf die Lippen. «Ich habe ihr gesagt, dass wir ihr die Geschichte mit dem Mann in der roten Jacke nicht glauben. – Sie antwortete: Das ist unsere Sache. Ich habe nur gemeldet, was ich beobachtet habe. – Ich wollte wissen, ob sie Dorin Wolf kennt. – Sie: Ja. Vom Fernsehen. – Und so weiter. Bei allem, was sie gesagt hat, hatte sie diesen typischen Kleinbürgerton. Alles klang immer irgendwie beleidigt. Sie hat mir dann gesagt, dass sich mittlerweile herausgestellt hat, wer die Notbremse gezogen hat. Jugendliche aus dem Liegewagen 303.»

«Ach was, die Bahn will die Sache runterspielen. Auf dem betreffenden Notzug gibt es nicht einen einzigen Fingerabdruck. Es gibt kein Geständnis, weil keiner der Jugendlichen die Notbremse gezogen hat. Die Schaffnerin lügt. Sie selbst hat sie gezogen. – Und dann», sagte er mit einem zufriedenen Grinsen, «gibt es da noch etwas. Das da», und er legte den zerkauten Lederriemen auf den Tisch.

«Was ist denn das?»

«Der Köder, mit dem der Hund übertölpelt wurde. Ich habe ihn unter dem Bett gefunden. – Der Riemen gehört zu einem Gepäckstück des Täters, und ich wette, Koller besitzt einen Rucksack, dem dieser Riemen fehlt. – Die Täter sind Simon Koller und die Schaffnerin Agnes Waser. – Dorin Wolf hatte die Frau ebenfalls in Verdacht. Sie wollte ihre Stimme erkannt haben. Sie stattete ihr einen Besuch ab und verprügelte sie. – Ich hatte geglaubt, sie hätte dich erwischt. Wenn sie mich nicht total verschaukelt hat, was ebenfalls möglich ist. – Die Dame ist ein bisschen exzentrisch und schwer einzuschätzen. Doch das sind hier ja mehr oder weniger alle.»

«Danke», blitzte sie ihn an und lachte. «Und was machen wir jetzt?»

«Ich weiß es nicht. Dorin Wolf hat den Tiroler Polizisten gesagt, sie hätte schlecht geträumt. Kein Wort von einem versuchten Einbruch, selbst die Briefe hat sie abgestritten. Wenn sie keine Anzeige erstattet …»

«Aber du hast Beweise. Du entlarvst den Blinden, stellst die Schaffnerin … Es geht um Mord!»

«Es wurde niemand umgebracht. – Mordpläne reichen nicht aus für eine Verhaftung. Zugegeben, sie beschränkten sich nicht aufs Pläneschmieden, aber ohne eine Anklage machen wir uns nur lächerlich.»

«Die Wolf wird doch nicht so blöd sein, und die Chance verspielen, die Sache loszuwerden?»

«Doch. Ich befürchte. Genauso so blöd wird sie sein.»

Der Zug wand sich in den Kopfbahnhof von Wien. Eine blasse Wintersonne tauchte die Bahnanlage in ein bleiernes Grau, verschmutzte Fassaden duckten sich hinter die Gleise.

Dorin Wolf spähte durch das Fenster und suchte nach Anzeichen für die Festnahme der Richter, nach Männern mit Schäferhunden oder einem Mannschaftswagen der Polizei, als es an ihre Türe klopfte.

«Frau Wolf. Wir müssen mit Ihnen reden.»

Schorschi? Der Trampel siezte sie immer noch. Und wer war wir?

Sie öffnete die Tür. Tatsächlich. Im Flur standen der Skifahrer und seine Eroberung. Schorschi machte ein ernstes Gesicht und versuchte an ihr vorbei ins Abteil zu drängeln. Sie verstellte ihm den Weg.

«Hey Mann, ich wüsste nicht, dass ich dich eingeladen hätte.»

«Bitte, es ist dringend», flüsterte er. «Wir wissen, wer Ihnen die Briefe geschrieben hat und alles von heute Nacht. Wir haben Beweise.»

«Oh Gott, die habe ich auch, und ich glaube auch nicht, dass ihr beiden dem noch etwas hinzuzufügen habt. Also, meine Süßen, haut ab und lasst mich mit eurem Gewäsch in Ruhe!»

«Frau Wolf», fing er wieder an. «In ein paar Minuten ist es zu spät. – Ich muss Ihnen etwas zeigen», und dann versuchte er sogar, sie beim Arm zu nehmen und ins Abteil zu schieben.

«Fass mich nicht an, ja!»

«Ich muss mit dir reden, verdammt noch mal …»

«Ich sagte: nein, und jetzt verpisst euch. Oder muss ich erst einen Schreikrampf kriegen und den Schaffner rufen?» Sie knallte die Türe zu und schrie: «Das gibt eine Anzeige. Worauf Sie sich verlassen können.»

So ein Blödmann. Die beiden waren drauf und dran, ihr den ganzen Coup zu versauen. Ganz abgesehen davon, dass er sie mit seinen Andeutungen nur verunsicherte. Der Mann war eine einzige Katastrophe. Seine so genannte Hilfe, seine Warnungen, was er anfasste, endete in einem Desaster.

Auch ihr Horror, als ihr der Blinde entgegenkam, war seine Schuld. – Kohler? Was verteufelte er einen Mann, den er gar nicht kannte. Einen Blinden? Wenn er ihn nicht als ihren Mörder verschrien hätte, wäre sie bestimmt nicht vor ihm zurückgewichen. Halb tot vor Angst. Sie hätte die Ärztin und ihre Mutter, die aus dem Speisewagen zurückkehrten, nicht wie Retter begrüßt und für weitere Peinlichkeiten gesorgt. Der Blinde wollte auf Toilette und weiter nichts.

Nein, ihr Schorschibär war die totale Pleite, ein wahrer Albtraum. Auch jetzt war er wieder dabei, ihr den Auftritt zu vermasseln.

Ihr Wortwechsel hatte die Leute aus den Abteilen gelockt, und nun, da sie schon einmal im Flur waren, blieben sie. Die Fahrt war lang geworden, man vertrat sich die Beine, schleppte das Gepäck in den Gang und stand einander im Weg. Auf jeden Fall war es unmöglich, dass sie sich durch den gesamten Wagen zum Ausgang drängte. Dabei wäre es für sie wichtig gewesen, als eine der Ersten auszusteigen.

Immerhin hatten sich Schorschi und seine Dulcinea verzogen. Sie sah die beiden nicht mehr, und das war auch gut so, sonst hätte sie ihm noch ins Gesicht gesagt, wie peinlich sie es findet, wenn ältere Herren jedem Rock nachsteigen.

Sie musste den Ausgang des nachfolgenden Liegewagens benutzen. Das war immer noch nahe genug, um sich beim Redakteur, den sie vor den Schlafwagen bestellt hatte, bemerkbar zu machen. Selbstverständlich stauten sich auch dort Leute, doch man war wenigstens so freundlich und machte ihr Platz. Nur Busoni getraute sich wieder nicht, hinter ihr die Treppe runterzukommen. Die Leute lachten, sie musste ihr Gepäck abstellen, den Hund aus dem Zug lotsen, irgendein Trottel stand auch noch auf der Leine. Es war unmöglich. Immer diese Plackerei mit dem Hund.

Natürlich war der Bahnsteig bereits voller Leute, und sie musste sich auf die Zehenspitzen stellen, um die Lage abzuschätzen. Uniformierte entdeckte sie keine, aber ihren Redakteur. Er stand etwas weiter vorn in der Nähe eines winzigen Dienstraumes. Sie winkte und sprang hoch, und er winkte zurück.

Der Liegewagen war umstellt. Das hatte sie festgestellt, als sie den Hund die Treppe runterzog. Auf der anderen Seite des Waggons standen Männer, und nicht wenige. Man hatte immerhin mit der Möglichkeit einer Flucht gerechnet und die notwendigen Vorkehrungen getroffen. Überhaupt schien die Aktion besser geplant zu sein, als sie im ersten Moment angenommen hatte.

Den Bahnsteig entlang standen auffallend viele Herren, die dem Strom der Reisenden Spalier standen. Das waren keine Leute, die Bekannte oder Freunde vom Zug abholten, sondern Beamte, Polizisten in Zivil. Immerhin. Wenigstens etwas klappte. Für Wien ein kleines Wunder. Wenn es auch nicht zur einer filmreifen Festnahme kam, ihre Feindin entging ihrer Verhaftung nicht.

Vom Fernsehen waren nur ihr Redakteur und der Regisseur gekommen. Keine Kamera, keine Presse. Das enttäuschte sie nun schon ein wenig. Aber vielleicht wollte man sie erst einmal in Sicherheit bringen, wissen, wie sie drauf war.

Schwarz machte ein sauertöpfisches Gesicht, vermutlich nahm er ihr immer noch übel, dass sie ihn aus dem Bett geholt hatte. Auch der Regisseur blickte finster. Sie ging fröhlich auf die beiden zu und begrüßte sie. Auf jeden Fall merkte man ihr nichts an. Sie freute sich ja, dass sie da waren.

Sie drückte dem Regisseur die Reisetasche und die Hundeleine in die Hand und kletterte auf eine Bank, um den Liegewagen besser im Auge zu behalten.

Ihr Chef hielt sie zurück und nahm sie beim Arm. Er zog sie an sich, endlich ein bisschen freundlicher, und drängte in Richtung Ausgang. Sie schüttelte den Kopf.

«Ich will dabei sein, ich will sehen, wie sie verhaftet wird. Ich halt das aus.»

«Nein, wirst du nicht», sagte Schwarz übellaunig. «Es kommt zu keiner Verhaftung. Wir haben doch nichts in der Hand. Der Nothalt ist ein blöder Dummjungenstreich von Jugendlichen und …»

«Nun erzähl du mir nicht, was Sache ist …»

«Und die Schaffnerin heißt Agnes Waser.»

«Ja und? Meinst du, ich erkenn die Richter nicht? Ich habe mit ihr gesprochen, sie hat alles zugegeben. – Ihr tickt wohl nicht richtig, vermasselt mir, dass die Hexe festgenommen wird. – Ich verlange, dass sie für ihre Gemeinheiten endlich hinter Schloss und Riegel kommt.»

Sie wollte sich losreißen, doch der Redakteur hielt sie fest.

«Du bleibst hier. Nur schon wie du aussiehst. – Es mag ja

sein, du hast Recht und die Richter ist im Zug. Doch das beweist überhaupt nichts.» Er seufzte und schüttelte den Kopf. «Du und die Richter. Schrecklich. – Da habe ich doch tatsächlich geglaubt, es gibt endlich Ruhe, wenn eine von euch beiden nicht mehr dabei ist. Wir haben uns damals für dich entschieden, aber, wo wir schon davon reden, das kann sich auch wieder ändern.»

«Du gemeines Schwein!», schrie sie und rammte ihm die Faust in den Bauch. Doch der Redakteur lachte nur, und sie wusste, was er dachte. Das bisschen Selbstverteidigung, das die Weiber gelernt haben, parierte er mit seinem Fett.

«Sie wollte mich umbringen. Der Brief. Sie ist in mein Abteil eingebrochen …»

«Ich habe alles mit deinem Anwalt besprochen. Den hast du ja auch aus dem Bett geholt. – Du hast absolut nichts gegen die Richter in der Hand. Du behauptest, sie habe versucht, dich umzubringen. Ja, Herrgott noch mal! Wie kann man nur so bescheuert sein und glauben, das genüge, um jemanden zu verhaften? – Du bist doch sonst nicht auf den Kopf gefallen.»


Dieses Arschloch. Sie wusste, dass sie Recht hatte, aber sie konnte es nicht beweisen. Erst musste man sie wohl wirklich umbringen, damit irgendeiner von diesen selbstzufriedenen Wichtsäcken einmal einen Finger krümmte. Sie musste erst tot sein, bevor sich jemand darum bemühte, ihren Mörder zu fassen.

Das Fatale daran war, das es in gewisser Weise stimmte, sogar logisch war, und darum würde der Dickwanst von Redakteur immer Recht behalten und die Lacher auf seiner Seite wissen. Vom Regisseur, der stumm wie ein Stockfisch und dämlich grinsend neben seinem Chef stand, brauchte sie auf jeden Fall keine Hilfe zu erwarten. Warum war der Waschlappen überhaupt gekommen?

Sie spuckte ihrem Chef ins Gesicht, riss dem Regisseur die Tasche aus der Hand, schnappte sich den Hund und lief davon.

## BAHNSTEIG 6 / BAHNHOFSHALLE
## WIEN WESTBAHNHOF

Hundemüde, aber froh zumindest geografisch am Ziel seiner Reise zu sein, mischte Mettler sich unter den Strom der Aussteigenden und ließ sich auf einen Durchgang zutreiben, hinter dem er den eigentlichen Bahnhof vermutete.

Was er sah, enttäuschte ihn. Das wollte eine Drehscheibe internationaler Verbindungen sein? Eine armierte Bahnsteigüberdachung, aus welcher der Putz bröckelte, Kieselsteine auf dem Bahnsteig? In der Halle hinter den Schwingtüren ein paar heruntergekommene Kioske und eine Reihe dunkler Schalter. Schwarze Löcher in blassen Messingrahmen. Mief, wohin er auch schaute.

Melitta hatte sich noch im Zug von ihm verabschiedet. Sie hatte es eilig und wollte sich, trotz ihres großen Koffers, partout nicht helfen lassen.

«Ich habe ein Treffen mit der Intendantin des Volkstheaters. Zehn Uhr. Da solltest du mir mal die Daumen drücken.» Sie gab ihm ihre Karte und sagte: «Ruf mich doch in den nächsten Tagen einmal an. – Es gibt in Wien eine große Zahl wunderbarster Kaffeehäuser, in denen sich eine solche Geschichte bestens begraben lässt. Vielleicht bei einem ‹Mohr im Hemd›.»

Er wunderte sich über ihre Unbekümmertheit, nicht nur,

was ihren Fall betraf, sondern auch über die sonderbare Einladung. Was war denn ein «Mohr im Hemd?» Er dachte an Ali und seine Empfindsamkeit. Doch irgendwie erinnerte ihn ihre Bemerkung mehr an Schillers: «Der Mohr hat seine Schuldigkeit getan; der Mohr kann gehen», denn trotz Karte und Lachen klang ihre Einladung mehr nach Abschied und Adieu.

Er stand im trüben Licht der Schalterhalle und schaute sich vergeblich nach einer Hotelinformation oder einem Stadtplan um.

Er wollte sich nicht bei Ali einquartieren, auch nicht in Alis Hotel. Er kannte den Jungen ja kaum, und er wollte nicht in dessen Zimmer sitzen müssen, wenn dieser allein sein möchte, bestimmt nicht, bevor sie miteinander gesprochen hatten.

Vor und neben dem Bahnhof schienen Taxistände zu sein, zur anderen Seite ging es durch eine futuristisch anmutende und hässliche Glas-Metall-Konstruktion zur U-Bahn. Ein in die Halle wuchernder Betonklotz entpuppte sich als Provisorium einer Wechselstube, und so konnte er sich immerhin ein paar Euros besorgen.

Während er auf sein Geld wartete – der Automat war langsam und schien die verlangten Noten von weither holen zu müssen – sah er Dorin Wolf und ihren Hund. Sie war als eine der Ersten ausgestiegen und davongestürmt. Warum sie nun so viel später in der Halle auftauchte, konnte er sich nicht erklären. Hatte sie auf ihn gewartet? Bereute sie ihre aggressiven Vorwürfe? Dann hätte sie ihn sehen müssen. Nun stiefelte sie auf die breite Mitteltreppe zu und verschwand erneut in der Menge. Er klaubte sein Geld zusammen und folgte ihr. Warum wusste er selbst nicht so genau. Wollte er noch einmal mit ihr reden? Sich versöhnen?

Die Chance, den Fall abzuschließen, war längst vertan. Was hätte er bewiesen, wenn er dem Blinden den Riemen gezeigt und ihn entlarvt hätte, solange die Wolf keine Anzeige erstattete? Es war nicht an ihm, ihre Drohbriefe zu erwähnen. Warum sollte er zwei Täter überführen, gegen die nichts vorlag? Eine geradezu absurde Umkehrung der Verhältnisse. Zu guter Letzt würde man ihn für einen pervertierten Wichtigtuer halten, der auf diese Weise seine kriminelle Fantasie auslebte.

Die Wolf drängte sich einen Stock tiefer durch die Leute. Sie ging sehr schnell, lief immer wieder ein paar Schritte, stolperte und fing sich wieder auf, als wäre sie auf der Flucht. Es musste erneut etwas geschehen sein, das sie in ihre alte Verzweiflung stürzte. Das war nicht mehr die Frau, die ihn so schnodderig und kalt abgefertigt und beschimpft hatte.

Er zwängte sich durch die Menge, vergaß seine wunden Füße und eilte auf den schummrigen Gang zu, in dem sie verschwunden war.

Die Passage war ein harmloser Durchgang zu einem Parkfeld mit einem Standplatz für Taxen. Er sah die Moderatorin vor einem Wagen stehen und stoppte seinen Lauf.

Was sollte er ihr sagen, was fragen? Wenn sie sich nur so beeilt hatte, weil sie einen dringenden Termin hatte?

Er beobachtete, wie sie mit dem Fahrer sprach, der ihr um den Wagen entgegenkam, um ihre Tasche in Empfang zu nehmen. Er schien sie zu kennen, grinste, und sie lachte, kokettierte und schäkerte, während ihr Hund aufs Trottoir schiss. Einen riesigen Haufen mitten auf die Insel, bei der die Taxen ihre Fahrgäste abholten. Busoni schiss, und sie wartete, dann half ihr der Chauffeur in den Wagen, und sie fuhren davon. Er schlenderte in die Halle zurück, um sich nach einer Hotelinformation umzusehen. Doch dann fragte er sich, warum er nicht einfach Ali anrief. Warum erkundigte er sich nicht bei ihm?

Er musste ja nicht gleich bei ihm wohnen. Natürlich müsste er andeuten, weshalb er hier in Wien auftauchte. Was er Alice versprochen hatte. Aber wäre das nicht überhaupt der bessere Einstieg? Er würde seinen Sohn bitten, ihm ein gutes Hotel zu finden. Etwas in seiner Nähe. Er würde sich seinem Sohn anvertrauen.

Vielleicht signalisierte dieses kleine Zeichen mehr als tausend Worte. Er war nicht hierher gekommen, um Ali zu bevormunden. Im Gegenteil. Er bat ihn, ihm zu helfen, überließ sich seiner Führung, weil er hier der Fremde war.

Vielleicht stellte seine Schwäche ihr Verhältnis für einmal und endgültig auf den Kopf, und es gelang ihm, Ali als Erwachsenen zu behandeln, als einen Mann, der weder seine Hilfe noch seinen Rat brauchte und ihm trotzdem verbunden blieb.

Doch erst einmal wollte er ins Hotel «Sacher». Er brauchte einen guten Kaffee und wollte ein Stück dieser viel gepriesenen Torte essen. Danach würde er sich um alles andere kümmern; um seine Füße, um Ali, um ein Hotel, um ein Protokoll für die Wolf, um ... du liebe Zeit, es gab so viel zu tun, und alles war neu und fremd, und aufregend, als fange ein neues Leben an.

Hoffentlich war die Torte so gut wie ihr Ruf.

## EPILOG

Busoni hockte vor der Zimmertür und wedelte mit dem Schwanz. Er merkte, dass Mettler ausgehen wollte, und darum hockte er schon mal vor die Tür.

Dabei waren sie schon über eine Stunde den Donaukanal entlangmarschiert. Kaum zu Hause, klingelte das Telefon. Mettler erwartete einen Anruf von Melitta Strauß. Er hatte ihr schon zwei Mal eine Nachricht auf ihren Telefonbeantworter gesprochen und sie gebeten zurückzurufen. Am Apparat war Dorin Wolf.

«Schorschi? Ich fliege. Morgen Mittag. Und was fällt dir dazu ein?»

«Du möchtest dich von Busoni verabschieden?»

«Fast. – Da ich ja nun nicht mehr mit dem Zug nach Zürich fahre, hab ich einen freien Abend. Hast du schon etwas vor? Darf ich dich zum Essen einladen?»

«Bitte, gern.»

«Aber ohne Busoni.»

«Das wird kaum möglich sein. Der Kerl lässt mich nicht mehr aus den Augen.»

«Aber nur, wenn du ihn wieder mitnimmst.»

Er lachte, und sie sagte, dass sie sich freue, gab ihm ihre Adresse und bat ihn, sie abzuholen, ihr bevorzugtes Restaurant sei bei ihr ums Eck.


Er wohnte in der Pension «Alsergrund», einer gemütlichen Frühstückspension, in der sein Sohn Ali als Empfangschef arbeitete. Oder als stellvertretender Direktor. Ganz klar war ihm dessen Anstellung auch nach einer Woche nicht geworden.

Er hatte sich gleich nach seinem Besuch im Hotel «Sacher» (die Torte war schon sehr trocken) bei Ali gemeldet, und dieser schickte augenblicklich jemanden vorbei, der ihn abholte. Er bestand darauf, dass er bei ihm im «Alsergrund» wohne, und ließ ihm eines der schönsten Zimmer herrichten, gleich unter dem Dach und mit einer Terrasse.

Da Ali erst am Abend für ihn Zeit hatte, legte er sich erst

ein bisschen hin, danach schrieb er – um «seinen Fall» endgültig loszuwerden – einen Bericht an Dorin Wolf. Er fasste die Vorgänge so gut wie möglich zusammen, legte den Riemen dazu, brachte das Couvert zur Post und versuchte, die Geschichte zu vergessen.

Die Gespräche mit Ali waren längst nicht so schwierig, wie er dies befürchtet hatte. Nachdem das Schlimmste einmal gesagt war (Ali wirkte sehr gefasst und gestand ihm denn auch, dass ihn Freunde aus Lamu auf die traurige Nachricht und seinen Besuch vorbereitet hätten), saßen sie immer wieder bis weit über Mitternacht in seinem Hotelzimmer. Ali wollte alles über seine Mutter wissen, über ihre Zeit in Tansania und wie Mettler und sie sich kennen gelernt hatten.

Im Hotel war Ali mehr oder weniger sein eigener Chef. Die Hotelbesitzer, ein Ehepaar, das in der Steiermark ein Ferienhotel führte, hatten Vertrauen zu ihm und überließen ihm und zwei weiteren Männern, die Ali als Kollegen vorstellte, die Führung der Pension. Alis Art und sein Witz wurden geschätzt, seine Kompetenz war unbestritten, das Hotel war voll, und die Gäste schienen zufrieden.

Erst später stellte ihm sein Sohn seine Freundin vor, eine Wienerin, die ganz in der Nähe des Hotels eine riesige Wohnung besaß.

Am Montag hatte die Wolf seine Post erhalten und rief ihn im Hotel an. Sie war freundlich und bat ihn, ins Studio zu kommen, und da er tagsüber mehr Zeit hatte, als ihm lieb war, fuhr er hin.

Sie empfing ihn in ihrem Büro. Sie hatte seinen Brief vor sich auf dem Tisch liegen und bedankte sich leicht verlegen für seinen Einsatz. Dann entschuldigte sie sich für ihr Verhalten, aber vieles, was sie falsch eingeschätzt habe, sei ihr nun auf Grund seines Berichts klarer geworden. Sie habe ihren Anwalt eingeschaltet, und dieser habe ihr versprochen, alles Notwendige zu unternehmen.

Er entschuldigte sich seinerseits für die beiden Polizeibeamten, die er ihr auf den Hals gehetzt hatte, und schob alles auf die unglückselige Verkettung mit der Kriminacht, die ihnen den Blick verstellt hatte. Schließlich fragte er, was sie denn nun gegen Koller und Waser zu unternehmen gedenke.

Ohne ihr etwas zu versprechen, bot er ihr mehr oder weniger an, nach den beiden zu suchen. Es sei zwar nicht mehr ganz so einfach, wie es gewesen wäre, wenn er sie gleich gestellt hätte, aber vom Erdboden verschluckt seien sie auch nicht, und zumindest die Spur der Schaffnerin dürfte leicht zu verfolgen sein. Und wo die eine sei, da sei ja wahrscheinlich auch der andere.

Er wusste selbst nicht, welcher Teufel ihn ritt, ihr seine Hilfe anzubieten. Er war denn auch heilfroh, dass sie ihm nicht richtig zuhörte und ihn einfach reden ließ. Sie nickte zwar ab und zu, lächelte, als ob sie ihm zustimmen würde, schaute aber immer wieder zur Tür und wirkte angespannt und ungeduldig.

Leicht gereizt sagte sie schließlich, sie sei sicher, dass Dina Richter es kein zweites Mal versuchen werde. Er gab ihr Recht, obwohl er nicht verstand, wen sie mit Dina Richter meinte, und stand auf, um sich zu verabschieden. Sie grinste vergnügt, sagte, sie möchte ihm noch etwas schenken. Kurz darauf kam eine ältere Dame, die Busoni hinter sich herzog, und Dorin drückte ihm die Leine in die Hand.

Er wollte den Hund nicht. Er versuchte ihr zu erklären, dass er nur vorübergehend in Wien sei, in einem Hotel wohne und keine Ahnung habe, wie und wo er die nächsten Jahre leben werde.

Aber sie zerstreute alle seine Einwände. Womit konnte er später selbst nicht sagen. Mit ihrem Lächeln? Ihren Versprechungen? Indem sie fand, dass gerade er unbedingt einen Hund halten müsse und Busoni wie geschaffen für ihn sei? Kurz, sie verdrehte ihm den Kopf, der Hund tat im leid, und er sagte ja.

Ali konnte sich kaum halten vor Lachen als er mit dem Hund im Hotel aufkreuzte, aber drei Tage später war der schwarze Labrador der Liebling des Hotels.

Geld, Ausweis, Taschentuch. Er bückte sich nach den Hund, um ihn an die Leine zu nehmen, als das Telefon klingelte. Er zögerte und dachte, ich bin schon weg, ging ins Zimmer zurück und nahm den Hörer ab.

Es war eine der Empfangsdamen, die ihm mitteilte, dass zwei Polizeibeamte bei ihr seien, die mit ihm sprechen möchten. Sie wollte wissen, ob sie die Beamten zu ihm ins Zimmer schicken solle, oder ob er in die Halle komme.

Er entschied sich für die Halle und nahm den Lift.

Die Beamten saßen im Vestibül und standen auf, als sie ihn und Busoni kommen sahen. Er ging auf die beiden zu und gab ihnen die Hand.

«Ich wollte zwar gerade weggehen. Ich habe eine Verabredung, die ich nicht verschieben möchte. Was kann ich für Sie tun?»

«Es geht um Ihre Verabredung. Sie wollten zu Frau Wolf. – Sie hat Sie erwartet. Wir wissen das aus ihrer Agenda, die neben dem Telefon gelegen hat ...»

Mettler schaute sich nach einem Sessel um. Er setzte sich hin und schloss die Augen. Mehr brauchten die beiden nicht zu sagen.

### RAFIKI BEACH HOTEL

Mettler erhält den Auftrag, der Witwe Hornacker aus Bassersdorf nachzuspionieren, die in Lamu ihr Vermögen verjubeln soll. Als er in Lamu ankommt, wird in einer Bucht die Leiche einer Frau entdeckt: die Witwe aus Bassersdorf.

### DAS ELEFANTENGRAB

Mettler, der in Kenja lebt, wird in eine rätselhafte Geschichte verwickelt, deren Schauplatz der Nationalpark Mulika Range ist. Wilderer auf der Jagd nach Elfenbein treiben dort ihr Unwesen, eine junge Elefantenforscherin wird vermisst.

### SEIFENGOLD

Gold wird unterschlagen und illegal aus dem Land geschafft. Eine Schweizer Berater- und Treuhandfirma bietet ihre guten Dienste an. Ein Politthriller zwischen Zürichs Bahnhofstraße und einem kenyanischen Wüstenkaff.

«Peter Höner verwebt Krimi-Elemente in kluger Erzählstrategie und mit subtilen ironischen Kostbarkeiten zu einem spannenden Ereignisgefüge.» *Luzerner Zeitung*

«Also, das ist beste Schweizer Kriminalroman-Tradition.» *Basler Zeitung*

## AM ABEND ALS ES KÜHLER WARD

«Ein wunderbares Buch, in dem Peter Höner mit rührender Herzlichkeit einen klassischen Vater-Sohn-Konflikt schildert.» *Westdeutscher Rundfunk* WDR2

«Ein scheinbar kleines Buch mit großen Themen und äußerst anregenden Dialogen und Diskursen. Nicht nur für Pfarrerssöhne empfehlenswert!» ZDF *Morgenmagazin*

«Unverkrampft erzählt der Roman von wütenden Ausbruchs- und fast zärtlichen Annäherungsversuchen, von einer Suche nach Gemeinsamkeiten, die die Gegensätze nicht vorschnell einebnen will.» *Weltwoche*

«Die Aussenszenerie der ersten Bücher ist nun einer Innendramatik gewichen, die psychlogisch fundiert ist und sich Luft macht in vielerlei Disputen.» *Der Bund*

## BONIFAZ – INGENIEUR SEINES GLÜCKS

«Wie sich Schwarz und Weiss andauernd missverstehen und was daraus entsteht: Das erzählt Peter Höner in «Bonifaz». Spannend, komisch – und aufklärend.» *Tages-Anzeiger*

«Höner hat die seltene Gabe, Dinge mit einfachen Mitteln auf den Punkt zu bringen: Bilder statt Erklärungen!» *Schweizer Feuilletondienst*